D1843975

BLT
Mit der Welt
auf Buchfühlung

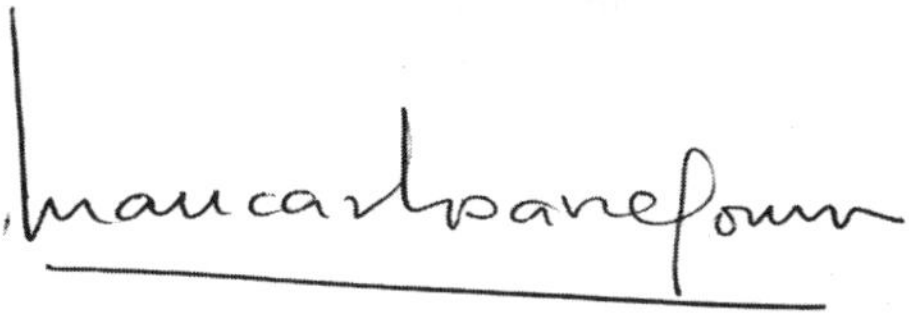

Juan Carlos Arce, geboren 1958 im spanischen Albacete, ist sowohl Schriftsteller als auch Anwalt.
Neben verschiedenen Preisen für seine Theaterstücke und Kurzgeschichten wurde ihm für »Im Tal der schwarzen Tauben« 2002 der »Premio de Novela Fernando Lara« verliehen. 1992 ernannte ihn die texanische Stadt Dallas für sein Theaterstück »Retrato en blanco« zu ihrem Ehrenbürger. Sein neuster Roman »La orilla del mundo« ist 2005 in Spanien erschienen.

Juan Carlos Arce

Im Tal der schwarzen Tauben

Roman

Aus dem Spanischen von
André Herrmann

BLT

BASTEI LÜBBE TASCHENBUCH
Band 92 225

1. Auflage: September 2006

BLT in der Verlagsgruppe Lübbe

Deutsche Erstveröffentlichung
© Juan Carlos Arce, 2002
© Editorial Planeta, S.A., 2002
Avda. Diagonal, 662-664, 08034 Barcelona
Die spanische Originalausgabe erschien unter dem Titel
Los colores de la guerra
© für die deutschsprachige Ausgabe: 2006 by
Verlagsgruppe Lübbe GmbH & Co. KG,
Bergisch Gladbach
Textredaktion: Kirsten Brandt
Umschlaggestaltung: Gisela Kullowatz
Titelbild: © View of the castle, 11th-13th century (restored) (photo)
Loarre, Spain/Bridgeman Art Library
Autorenfoto: © Gilberto Villamil
Satz: hanseatenSatz-Bremen, Bremen
Druck und Verarbeitung: GGP Media GmbH, Pößneck
Printed in Germany
ISBN-13: 978-3-404-92225-3 (ab 01.01.2007)
ISBN-10: 3-404-92225-5

Sie finden uns im Internet unter
www.luebbe.de

Der Preis dieses Bandes versteht sich einschließlich
der gesetzlichen Mehrwertsteuer.

Für José Ruibal, den ausgezeichneten Dramaturgen
und hochgeschätzten Freund.
Weil er zu mir war, wie er war.
Ich danke ihm
und bewahre ihn unauslöschlich in meinem Gedächtnis.

Prado, Madrid
7. Februar 2001, kurz vor acht Uhr abends.

Die alte Frau betrat am frühen Nachmittag einen der Ausstellungsräume und setzte sich auf die schmale Bank vor ein kleines Ölgemälde von Velázquez, das sie intensiv und beinahe regungslos betrachtete. Einige Stunden später, kurz vor acht Uhr, näherte sich ihr eine Museumsangestellte, um ihr mitzuteilen, dass jetzt geschlossen werde. Sie traf sie mit offenen Augen an, den Stock in den Händen, den Kopf leicht zur Seite geneigt und tot.

Die Angestellte gab an, dass sie um fünf Uhr mit dieser Frau noch ein paar Worte gewechselt habe. Sie erinnerte sich, wie sie ihr unter anderem gesagt hatte, dass sie in den Prado gekommen sei, um noch einmal dieses Gemälde zu sehen, bevor sie sterbe …

1. KAPITEL

Eine enge Wegkurve im katalanischen Empordà, kurz vor der französischen Grenze. Samstag, 28. Januar 1939, nach Mitternacht.

Antonio hatte die Gefahren der Reise vollkommen unterschätzt, falls er sich darüber überhaupt Gedanken gemacht hatte. Sintflutartige Regengüsse aus dichten, düsteren Wolken überschwemmten den hintersten Winkel Spaniens, und nur Furcht und Regen säumten den völlig verschlammten Weg. Nach sechs Tagen Marsch über Heideland und Äcker und durch das Gebirge auf der Suche nach geschützten Wegbiegungen hatte er fast den äußersten Saum seines Heimatlandes erreicht, jene Linie, die auf der Landkarte Spaniens Grenze bildet. Erschöpft, durchnässt und tief betrübt blickte Antonio kurz zu seiner greisen Mutter hinüber und sah sie lächeln. In ihrem Kopf hatte die Wirklichkeit schon seit langem keinen Platz mehr. Für sie war es, als befände sie sich auf einem Sonntagsspaziergang und nicht auf der Flucht durch abgeholztes, freies Gelände. Antonio schauderte, als er daran dachte, wie alle Ungerechtigkeit der Welt plötzlich über diese achtundachtzigjährige Frau hereingebrochen war. Immerhin war sie noch besser auf den Beinen als er, der kaum mehr gehen konnte. Er blieb am Wegrand stehen und gab sich für einen Augenblick dem verrückten Gedanken hin, ein wenig auszuruhen, als ob sich ein total geschwächter Mann nach einer kurzen Rast von einer tiefen inneren Erschöpfung erholen könnte. Antonio betrachtete nun die restlichen Flüchtlinge. Die meisten waren verwundete Soldaten, von denen einige noch nicht einmal notdürftig behandelt worden waren. Vor sich sah er etwa hundert Menschen, die da mitten in der Nacht nur noch schemenhafte Wesen eines finsteren Geisterzuges waren. Erschöpfte Mütter mit ihren Kindern auf den Armen und von Furcht verzehrte Alte sahen aus wie Angehörige einer gespenstischen Prozession, die sich wie eine ausgefranste Schnur in der Nacht verlor. Schmutzstarrende Männer und Frauen mit vom Regen aufgelösten Bandagen bewegten sich auf einem gefährlichen Pfad, der jederzeit bombardiert werden konnte. Einige von ihnen konnten noch gehen, aber andere schleppten sich mühsam voran, und die meisten waren am Ende ihrer Kräfte. Antonio wusste, dass er hier nicht mehr länger verweilen durfte. Er sah zu Boden, und mithilfe seiner Mutter, die ihn so lange stützte, bis er im schlammigen Grund wieder Tritt gefasst hatte, machte er sich erneut auf den Weg. Trotz der bitteren Kälte, des Regens, des eisigen Windes, der Steifheit seiner Beine und seiner Übermüdung musste er sich weiterschleppen, um auf einem von Furcht und Regen gesäumten, völlig verschlammten Weg die Grenze zu erreichen.

Einige Minuten früher, um Punkt Mitternacht, hatte sich Alberto Araque in einen Schatten verwandelt, während er in das Untergeschoss des Kastells Sant Ferran hinunterstieg, eine von Zinnen gekrönte, solide Masse aus altem Gestein auf einer Anhöhe in der Umgebung von Figueres. Der Gesichtsausdruck des Soldaten war widerwillig wie jede Nacht um diese Zeit, wenn er antrat, um die im Keller verborgenen Kunstwerke zu bewachen. Die dort unten unordentlich und achtlos neben- und übereinander gestapelten Gemälde des Prado schienen nun von einer jahrelangen Strapaze auszuruhen, nachdem sie von der Regierung aus Madrid evakuiert und von einem Ort zum nächsten verschoben worden waren.

Oft hatte Alberto sich gewünscht, dass alle im Kastell eingelagerten, gegen die Wände gelehnten und übereinander gestapelten Gemälde für immer verschwänden, hatten sie doch nichts direkt mit dem Krieg zu tun. Es kam ihm vor, als ob das Interesse der Politiker, diese Bilder zu verstecken und zu beschützen, aus Frontkämpfern nun simple Museumsdiener gemacht hätte. Alberto wusste aber nicht, wie diese Leinwände hierher gekommen waren, wie viel Mut, wie viel Verwegenheit, wie viel Liebe dazu gehört hatten, sie heimlich über Landstraßen und Feldwege hierher zu verfrachten, nur damit er sie jetzt auf seiner Wache verachten konnte.

Er hatte nicht gesehen, wie in einer Novembernacht vor mehr als zwei Jahren Männer und Frauen in anstrengender, schweißtreibender Arbeit diese Kunstwerke abgehängt hatten. Im Halbdunkel des unterirdischen Loches mit seinen ausgebleichten Wänden wusste Alberto lediglich, dass die Ballen und Kisten die Kunstwerke des Prado enthielten. Aber er verschwendete keinen Gedanken daran, dass Hunderte völlig unbekannter Männer und Frauen beim Transport der Gemälde durch Spaniens

Provinzen mitgeholfen hatten, um sie außer Reichweite der Bomben zu bringen, möglichst weit weg vom Schlachtlärm, um sie vor Feuersbrunst und Kugelhagel zu retten. Die mit Draht verschnürten, in Wachstuch eingerollten oder in staubige Kisten verpackten Gemälde, die Alberto Araque jetzt im Keller des Kastells betrachtete, waren aus Madrid evakuiert worden, bevor Francos Truppen ihre Artillerie auf die Mauern und das Dach des Prado-Museums richteten, hatten den Jarama überquert, noch bevor die Brücke, von Granatwerfern und Mörsern zerrissen, in den Fluss stürzte. Dann lagen sie für eine Weile in Valencia versteckt, bis die Front an die Küste der Levante vorgestoßen war und drohte, sie zu versengen und in Asche zu verwandeln. Zu dieser Zeit flüchtete die republikanische Regierung nach Barcelona und befahl einen erneuten Umzug der Bilder. Noch bevor der Pulverdampf und die Kriegsgräuel die Ufer des Turia erreichten, hatten die Gemälde Valencia bereits wieder verlassen und wurden unter der brütenden Küstensonne, mit schwarzen Tüchern notdürftig vor dem Staub geschützt und den Regenschauern ausgesetzt, über die Landstraßen nach Norden gekarrt, in Dutzenden von Lastwagen, in denen sie durchgeschüttelt wurden und ihre Rahmen zersplitterten.

Araque wusste nicht, wie sie auf ihrer Flucht vor der vorrückenden Front durch Dörfer und Weiler verfrachtet worden waren und hinter sich den Geruch nach alter Farbe, ein Aufblitzen von Geschichte und einen Hauch von Kultur in der Luft zurückließen. Es dunkelte bereits, als die Gemälde eines Abends nach Sagunto kamen und sich ihre Holzrahmen und die auf ihnen abgebildeten Figuren schattenhaft vor dem klassischen Profil des römischen Theaters abzeichneten, dem sich im ockerfarbenen Licht der untergehenden Sonne der schreckliche Anblick eines erzwungenen Auszuges bot, das Bild eines zerstückelten, über gefährliche Landstraßen rollenden Kunstmuseums auf der Flucht vor dem Grauen des Krieges. Noch in derselben Nacht wurden sie übereinandergestapelt auf dunklen, mit Schlaglöchern übersäten, endlosen Wegen durch Castellón, Benicasim und Oropesa gefahren. Das Kastell von Peñíscola bildete den steinernen Hintergrund für Rubens' Blau und Zurbaráns Weiß und für all die anderen Farben, mit denen die Künstler jene Leinwände bemalt hatten, die nun verletzlicher denn je waren. Als um die Mittagszeit die Fahrzeugkolonne in Benicarló hineinfuhr, löste sich ein Murillo aus seiner Stoffhülle. Auf den Gehsteigen standen Männer und Frauen, und als sie die auf den Ladeflächen verpackten Gemälde sahen, applaudierten sie, bestaunten die mit Kunst beladene Karawane, und auf beiden Seite der Straße drängten sich Knirpse und Greise, um der Evakuierung der Kunstwerke beiwohnen zu können.

Araque, der im Kellerdunkel widerwillig Wache schob, konnte nicht wissen, wie die Motoren aufheulten, als die Lastwagen eine steile Straße hinauffuhren, und dass genau dort der Zufall es wollte, dass die Kiste, in der Goyas Gemälde *Dos de Mayo* verpackt war, gegen die Ecke eines niedrigen Balkons stieß. Das Kunstwerk riss oben ein und krachte, immer noch in die Eisenstäbe des Balkons verheddert, auf den Boden. Die Leinwand hatte nun einen Riss und zwei Löcher und wurde vom Asphalt des Gehsteiges zerkratzt. Es war das Gemälde, auf dem Goya den anonymen Kampf des Volkes von Madrid gegen die ägyptischen Soldaten Napoleons verherrlicht, die verzerrten Fratzen der Mamelucken abgebildet und die Gewalttätigkeiten eines anderen spanischen Krieges festgehalten hatte. In diesem Moment riss die Mutter eines Milizionärs aus Benicarló ihrem Sohn das Hemd vom Leib, trug diesen Stoff wie eine Fahne zur zerrissenen Leinwand hinüber und verlangte lautstark, dass man sie mit diesem Kleidungsstück das Gemälde flicken lasse. Auf dem Boden kniend beugte sie sich über das Bild, legte das Hemd darauf und hieß die Nachbarinnen Nadel und Faden bringen. Mitten auf der Straße, unter dem Balkon und zwischen zwei staubigen Fahrzeugrädern spannte jener Milizionär mit bloßem Oberkörper die Leinwand, während seine Mutter sein Hemd zerschnitt und den Fetzen über die rasenden Köpfe der Mamelucken nähte, die in jener von Goya gemalten Schlacht ohne Helden ihre Säbel schwangen. Aber an jenem Tag in Benicarló hielt niemand das eindrückliche Bild dieser Frau auf einem Gemälde fest, die mit dem Hemdenstoff ihres Sohnes auf der Straße ein Kunstwerk flickte.

So waren die Prado-Gemälde nach Barcelona gekommen und dann nach Figueres, wo sie nun Araque in jener Nacht bewachte, in der er widerwillig seinen Dienst im Keller des Kastells angetreten hatte, einer finsteren Grotte, die sich einige Meter tief in die Erde hineinbohrte und in einem weiten Raum endete, der wie eine verlassene Katakombe wirkte. Die Wände bestanden aus alten Ziegeln, und der Boden war mit stark abgenutzten Steinplatten ausgelegt. Mehrere Reihen flacher Bogen überdachten das Gewölbe und ließen die innere Struktur einer beinahe mittelalterlichen Architektur erkennen. Die einzige Beleuchtung des ganzen Untergeschosses bildeten fünf oder sechs klägliche, an Drähten und geflochtenen Kabeln aufgehängte Glühbirnen, die aussahen, als wären sie schon über tausend Jahre alt, und die den Raum in ein schwaches, gelbliches Licht tauchten. Eine uralte, an eine Mauer gelehnte schmale und zerbrechliche Holzleiter führte zu einem auf derselben Höhe wie der Boden des Kasernenhofes liegenden Oberlicht.

Einmal dort unten, legte Alberto keinen Wert mehr auf militärische Formen und vertraute ganz seinem Gehör, damit die wenigen Offiziere, die sich zu ihm hinunter verirrten, ihn nicht auf dem Boden ausgestreckt anträfen. In einem dunklen Winkel hatte er sich ein Bündel aus Stoffresten und Zeitungen zurechtgelegt. Dort verbrachte er seine Wache, ohne sich um seine Aufgabe zu kümmern, und im Schutz einer breiten Säule, hinter der er das Bündel versteckt hielt, das ihm sowohl als Stuhl als auch als Bett diente, starrte er zur Kellerdecke hinauf. Das überraschendste und geheimste Ausstattungsstück des Kellers war jedoch nicht etwa das Bündel, sondern das immense Tuch, das Alberto aus der Küche entwendet und zu einer Hängematte umfunktioniert hatte, indem er zwei Lederstücke an jedes Ende angenäht hatte, mit denen er es an zwei Mauernasen befestigen konnte.

Alberto wandte sich von den Kisten ab, kehrte den Paketen und Kartonschachteln den Rücken und stieg bis zur obersten Leitersprosse hinauf, um durch das knapp unterhalb der Kellerdecke in der Wand angebrachte Loch, das wie die Luke eines Verlieses wirkte, hinauszuschauen. Er wusste, dass Teresa ihn diese Nacht besuchen würde, und hoffte, dass er sie nach so vielen vergeblichen Versuchen durch dieses Katzentürchen hindurch endlich von der Notwendigkeit überzeugen könne, mit ihm durchzubrennen und nach Frankreich zu fliehen. Alberto Araque legte sich sorgfältig die Worte zurecht, die er ihr sagen wollte, wenn sie zur Luke kam. Obwohl beide schon mehrfach darüber gesprochen hatten, blieb Teresa hartnäckig der Ansicht, zu fliehen sei schlimmer als auszuharren. Ihre Einstellung beruhte auf einer Auffassung von Ehr- und Pflichtgefühlen, die Alberto nicht so recht verstand und die Teresa jedes Mal anführte, wenn er von ihr eine Antwort verlangte.

Alberto lehnte sich an eine von einer Glühbirne schwach beleuchtete Säule, und wie jede Nacht betrachtete er von dort aus die aufeinander getürmten Kisten mit den Prado-Gemälden, welche die Regierung zwei Jahre zuvor aus Madrid evakuiert hatte. Seit mehr als zwei Jahren waren sie nun schon eingepackt und lagen versteckt in Kellern und Schächten, Türmen und Minen, Grotten und Gewölben. Wie auf einer geheimen Mission befanden sich verpackte Tintorettos und Tizians, eingewickelte Goyas und Murillos, verhüllte Velázquez' und Dürers vor den Bomben geschützt immer wieder auf dem Umzug. Zusammen mit der Munition, den Fahnen und den Waffen wechselten sie wie Zeughausmaterial ihren Standort, je nachdem, wo in Spanien sich gerade die Regierung befand. Und immer flohen sie vor der vorrückenden Schlachtfront.

Wie jede Nacht musste er wieder daran denken, dass er eigentlich keine richtige Kriegsaufgabe erfüllte. Soldat für ein verstecktes Museum zu sein, als Gendarm ein paar unterirdische Gemälde zu bewachen, kam Alberto wie eine Vergeudung von Menschen vor, die in den Schützengräben nützlicher wären. Dort kämen sie wenigstens zum Schießen und könnten dem Feind Widerstand leisten. Und wieder betrachtete er die Kisten mit den Gemälden, und es kam ihm vor, als seien diese zum Schlafen gelegten und schon fast begrabenen Kunstwerke ein Abbild des Scheiterns einer Regierung, die nun schon seit Monaten wie ein Gaukler von Jahrmarkt zu Jahrmarkt zog und vor einem Krieg floh, der längst schon verloren war. Mit einem Lächeln, das eher einem Anflug von Traurigkeit gleichkam, fragte er sich, was denn die Politiker mit ihren verdammten Gemälden machen würden, wenn Francos Truppen Figueres einnähmen. Er hatte Angst davor, dass eines baldigen Tages ein paar feindliche Soldaten ihn gleich hier über die Klinge springen lassen würden. Seine Leiche läge dann im blutgetränkten Uniformhemd inmitten dieser Prado-Gemälde in ihren albernen Kartonhüllen.

Alberto spähte durch das Oberlicht und erblickte Teresa auf der anderen Seite des Hofes. Je näher sie der Öffnung kam, durch die er sie wahrnahm, desto größer wurde sie, bis ihre Gestalt nicht mehr in die enge Fensterluke passte. Als sie nun neben ihm stand, sah Alberto nur noch ihre Schuhe. Wie jede Nacht streckte er im spielerischen Ritual seine Hände ins Freie und streichelte ihre Knöchel, um ihr anzuzeigen, dass er da war. Teresa bückte sich, um ihn besser sehen zu können, und hielt ihm durch das Loch ihre geschlossene Hand entgegen, damit er sie öffne.

»Was bringst du mir denn da?«

»Einen Kuss.«

»Gib mir die andere Hand.«

»Nein. Du würdest mich ja gleich zu dir hinunterziehen.«

»Ach was, du passt doch gar nicht durch dieses Loch.«

»Alberto, ich muss jetzt wieder gehen. Wir fahren

gleich weg, um die Flüchtlinge zu betreuen. Tausende sollen unterwegs zur Grenze sein.«

»Diese Leute, Teresa, verlassen Spanien, um vor dem Ende des Krieges zu fliehen.«

Teresa richtete sich auf. Sie wusste, dass hinter diesem letzten Satz die schreckliche Frage lauerte, auf die sie noch immer keine Antwort gefunden hatte.

»Hast du es dir schon überlegt, Teresa?«

Ohne eine Antwort abzuwarten, fuhr Alberto in absichtlich schroffem Ton fort, als könne er damit ihre Zweifel beseitigen, dass die Zeit nun langsam zur Neige gehe. Der Krieg sei bereits zu Ende, obwohl das noch niemand offen auszusprechen wage, und man müsse nun unbedingt nach Frankreich gelangen, bevor es zu spät sei. Mit Argumenten, die er sich zurechtgelegt hatte, während er auf sie wartete, versuchte Alberto ihr zu erklären, dass dieses Kastell nun Sitz der Regierung sei und deshalb ein militärisches Ziel von vorrangiger Bedeutung darstelle. Wenn Francos Truppen hier einträfen, würden sie und er umgebracht oder lebenslänglich eingekerkert werden.

»Aber Alberto, was du mir da vorschlägst, ist …« Teresa hielt inne, ohne den Satz zu Ende zu führen. »Willst du, dass ich wie ein Deserteur querfeldein und über die Landstraßen abhaue, um mein Leben zu retten, und all die andern im Stich lasse?«

»Was ich will, ist, dass wir dem letzten Ansturm entkommen.«

Lastwagenlärm und Auspuffwolken erfüllten den Hof.

»Dort wartet meine Gruppe, Alberto. Ich muss jetzt gehen«, sagte sie und brach das Gespräch ab.

Albertos Hände hatten nun plötzlich nichts mehr zu tun, weil sie, statt Teresas Knöchel zu streicheln, nur noch Luft umfassten und nichts mehr zu greifen hatten. Teresa hatte sich verflüchtigt. Alberto ballte die Hand zur Faust und blickte in den Keller zurück. Dort sah er die Kisten, die er zu bewachen hatte, betrachtete erneut seine Fäuste, und plötzlich war er sicher, dass auf keinem der Prado-Gemälde etwas Schöneres abgebildet war als Teresas Knöchel.

Von ganz oben auf der Leiter sprang er auf eine untere Sprosse hinunter und ließ sich von dort auf den Boden fallen. Dann stützte er sich auf die Hängematte und legte sich hinein. Er ließ die Wache Wache sein, blickte zur Kellerdecke hinauf und dachte darüber nach, wie man zur französischen Grenze gelangte, falls Teresa einwilligte, mit ihm zu gehen. Das Hauptproblem war, mit ihr aus dem Kastell zu kommen, ohne erwischt oder später als Deserteure gejagt zu werden. Dazu dachte er sich einen kühnen Plan aus und zog alles in Betracht, was er über die Sicherheitsvorrichtungen inner- und außerhalb des Kastells wusste, fand aber keine taugliche Lösung zu einer sicheren Flucht.

Eine enge Wegkurve im katalanischen Empordà kurz vor der französischen Grenze bot im Dunkel der Nacht etwa hundert verängstigten, im Gänsemarsch hintereinander gehenden Flüchtlingen Schutz. Plötzlich und ohne Ankündigung tauchten auf ihrem Sträßchen die Schatten zweier Lastwagen und dreier kleinerer Fahrzeuge auf, welche die Luft mit ihrem Motorenlärm erfüllten. Sie waren mit Planen und Netzen getarnt, ihr Lack war mit dunkler Farbe übertüncht, und sie fuhren mit ausgeschalteten Scheinwerfern nacheinander heran. Mitten im Schlick hielten sie an, und eine Gruppe von Sanitäterinnen in Begleitung von nur sechs Schützen sprang mit militärischem Drill, aber mitleidigem Gesichtsausdruck von den Fahrzeugen. In kaum mehr als drei Minuten hatten sie im Regen die Verteilung warmer Kleider an die Kinder und Alten organisiert, einen Erste-Hilfe-Posten errichtet und ein über drei Pfosten gespanntes wasserdichtes Tuch verzurrt, um unter diesem Schutzdach die dringendsten Fälle medizinisch behandeln zu können. Als hätte die Ankunft dieses unerwarteten Hilfstrupps das Schmerzgefühl aller entfesselt, verstärkte sich nun das Stöhnen der verwundeten Soldaten, das Weinen der Kleinsten, die Schreie der Frauen und das Schluchzen selbst der abgehärtetsten Männer. Wie aus dem Nichts hatten die Samariterinnen mitten in der Dunkelheit einen Sanitätsplatz aufgebaut und verteilten nun sauberes Wasser, um die Wunden zu waschen. Ohne sich lange miteinander abzusprechen, eilten sie von den Fahrzeugen an den Wegrand, durch den Schlamm zu den Verwundeten und Kindern, holten Alkohol und Verbandstoff und entfernten Geschosssplitter, als hätten sie alle diese Bewegungen für ein Ballett mit Gewitterbegleitmusik geübt. Da, wo Spanien endet und wo auf der Landkarte seine Grenze verzeichnet ist, legten nimmermüde Gendarmen und tapfere Sanitäterinnen mitten in all dem dumpfen Elend großherzig Hand an und lächelten noch dabei.

Antonio wurde auf eine Plane gelegt, damit sich seine Beine kurz erholen konnten. Als ihn die Sanitäterinnen versorgten, bat er sie, sich vielmehr um seine Mutter zu kümmern, die in ihrem Wahn glaubte, dass alle hier zum Ufer des Guadalquivir spazierten, um in der Maestranza von Sevilla einen Stierkampf zu sehen.

»Wie ist ihr Name?«, fragte Teresa.

»Antonio.«

»Ich meine, wie Ihre Mutter heißt, diejenige, die vom Stierkampf spricht«, erklärte sie. »Sehen Sie mal, wie zufrieden sie ist!«

»Ana. Obwohl sie alle immer nur Doña Ana genannt haben. Aber das spielt ja nun keine Rolle mehr. Und mich haben sie immer Don Antonio genannt. Und Sie, wie heißen Sie?«

»Teresa.«

Teresa Munera hatte diese Fragen absichtlich laut und mit ihren Lippen dicht an Antonios Ohr gestellt, damit er möglichst die Granaten nicht hörte, die in diesem Moment in gefährlicher Nähe einzuschlagen begannen. Sogleich bemerkte sie jedoch, dass das Artilleriefeuer seine Geschwindigkeit verdoppelte, dieser Mann aber kein Gefühl für Distanzen mehr hatte.

»Woher kommen Sie denn?«

»Wir kommen aus Figueres. Alle Straßen sind voller Menschen«, antwortete Teresa.

Antonio riss seine Augen auf und kämpfte gegen die Dunkelheit an, um weiterhin das Gesicht der jungen Frau betrachten zu können, die ihn fortwährend so nett anlächelte.

»Wohin gehen Sie?«

»Nach Cerbère. Aber von dort aus werde ich kaum mehr weitergehen können. Ich werde am Ufer des Meeres bleiben«, sagte Antonio, »möglichst in der Nähe meiner Heimat, irgendwo, von wo aus sich die Küste Spaniens noch aus nicht allzu großer Ferne erahnen lässt.«

Eine Stunde später nahm die Flüchtlingsgruppe ihren Marsch zum Grenzposten von Cerbère wieder auf. Antonio setzte seine Beine wieder in Gang und merkte, dass die Erschöpfung nun auch auf seinen Rücken und die Arme übergegriffen hatte. Er blickte nach vorne und entschloss sich, sein einziges Gepäckstück, ein kleines Köfferchen, am Weg zurückzulassen.

»Wenn ich mich nicht hingelegt hätte, wäre ich jetzt immer noch bei Kräften. Aber jetzt, wo ich mich wieder auf den Weg machen muss«, sagte er entschuldigend zu Teresa, »kann ich diesen Koffer nicht mehr mitschleppen.«

»Doch, doch, nehmen Sie ihn nur mit! Sie sind ja bereits ganz nahe an der Grenze.«

»Wollen Sie ihn nicht?«

»Ich? Wenn er wenigstens Watte, Verbandstoff oder Alkohol enthielte …«

»Er enthält …, sehen Sie mal …, ein paar lose Seiten. Ich möchte ihn weder hier lassen noch kann ich ihn mitnehmen. Behalten Sie ihn. Wenn dieser unselige Krieg vorbei ist, können Sie ihn mir vielleicht eines Tages in Frankreich wieder zurückgeben.«

»Was sagen Sie da, Don Antonio! Nehmen Sie ihn mit, lassen Sie ihn nicht hier!«

Mit letzter Kraft hob der völlig erschöpfte Mann den Koffer auf. Einige Meter von ihm entfernt drehte sich seine Mutter mit regennassem Haar zu ihrem Sohn um und fragte ihn mit erhobenen Armen, als ob sie ihn zum Tanz auffordern wolle:

»Wann sind wir denn in Sevilla?«

Teresa, die anderen Sanitäterinnen und die Soldaten stiegen in ihre Fahrzeuge und warteten ein Weilchen, bis die Flüchtlinge, ein Abbild der Hölle, ein paar hundert Meter weitergewandert waren. Dann starteten sie die Wagen und fuhren mit immer noch abgestellten Scheinwerfern ein paar Meter voraus, um besser wenden zu können. Als sie wieder an der Stelle vorbeikamen, wo sie soeben angehalten hatten, erblickte Teresa am Wegrand das verlassene Köfferchen. Ohne etwas zu sagen ließ sie sich wie eine Kriegerin in den Schlamm fallen und hob es aus einem Gefühl von Mitleid auf. Darauf sprang sie dem Lastwagen nach, setzte ihren Fuß auf das hintere Trittbrett, schwang sich kraftvoll in den Wagen hinein und zog eine Plane über sich und das schlammverspritzte Köfferchen, das ein paar lose Blätter von Antonio Machado enthielt.

Es war schon weit nach vier Uhr nachts, als Teresa Munera wieder im Kastell von Figueres ankam, müde und am Ende ihrer Kräfte. Zum Ausruhen fand sie allerdings keine Minute, denn von Kugeln und Geschützsplittern schwer verletzte Menschen hatten sich über viele Wege und Straßen, die mit wehrlosen Flüchtlingen verstopft waren, bis hierher verirrt. Kaum war sie vom Fahrzeug gestiegen, da wurde ihr schon ein Sterbender in die Arme gelegt, und mitten auf dem Kasernenhof sah sie einen Soldaten liegen, dem eine Granate keine zwei Stunden zuvor auf einem abgelegenen, mit anderen Toten bedeckten sumpfigen Pfad die Seite aufgerissen hatte und der starb, bevor jemand seine Wunde versorgen konnte. Teresa hielt überall nach Albertos Gestalt Ausschau, und als ob ihre Augen immer wüssten, wo er war, sah sie seine Silhouette auf einem Mäuerchen sitzen, mit umgehängtem Gewehr und bis zu den Ellbogen aufgerollten Ärmeln. Allein sein Anblick aus der Ferne unter dem wolkenverhangenen Himmel, der Umriss seines Körpers im schwachen Lichtschein zweier Lampen genügte, dass die Müdigkeit, mit der sie eben noch ins Kastell von Figueres zurückgekehrt war, plötzlich von ihr abfiel und neuen Kräften wich. Teresa spürte nun, wie ihr Herz schlug und sie zur Krankenstation trieb, wo sie helfen wollte, und inmitten dieser bereits alltäglich gewordenen Schreckensbilder zeichnete sich auf ihrem Gesicht ein Lächeln ab, als sei Alberto die vollkommene Erfüllung aller irdischen Liebe. Was Teresa nicht wusste, war, dass Alberto Araque sie bereits viel früher gesehen hatte, kaum dass sie zwischen den Planen hervorgelugt hatte und von der Ladefläche auf den Boden gesprungen war. Er hatte seinen Blick durch diese dichte, dunkle Nacht voller Bomben und Blut schweifen lassen und war nun erleichtert, sie noch am Leben zu sehen, und wie immer, wenn er an sie dachte, spürte er in seiner Brust eine zarte, flüchtige Regung, spürte er, wie der Klang ihres Namens, den er soeben leise ausgesprochen hatte, sanft sein Herz liebkoste.

Von der Schwelle der Krankenstation aus bot sich Teresa Munera das schreckliche Bild des Krieges in der Etappe, der für immer unvergessliche Anblick eines Sanitätspostens, in dem es mehr guten Willen als chirurgische Hilfsmittel und weniger Verbandsmaterial als Wunden gab. Sie wusch sich die Hände, so gut es ging, und trat zu den Verletzten, um dort mit Zuspruch und Ermunterung beizustehen, wo kein Verbandstoff mehr hinkam. Und so verging die Nacht wie andere Male. Der Schlaf wurde auf später verschoben, die Tränen mussten warten, die Angst wurde auf ein Wort verkürzt. Und stets tauchte aus den blutigen Wundlöchern wieder das Leben auf, öffnete der Hoffnung den Weg, Kugeln wurden entfernt und dem Schmerz wurde mit einem Lächeln begegnet.

Als Alberto und Teresa sich am nächsten Morgen trafen, hatten sie wieder keine Zeit, sich ihren Gefühlen hinzugeben oder sich verliebt zuzulächeln. Die italienische

Luftwaffe hatte Figueres und die Umgebung des Kastells bombardiert, und die Verluste unter der Zivilbevölkerung des Städtchens und die Zahl der gefallenen Soldaten ließen erahnen, dass nun jeder Widerstand am Zusammenbrechen war. Alberto war entschlossener denn je. Mit zusammengebissenen Zähnen schaute er Teresa fest in die Augen und sagte:

»Los, mein Schatz! Los …, jetzt gehen wir! Wenn der Feind kommt und wir immer noch hier sind, werden sie uns trennen, Teresa, und zwar für immer.«

Albertos Augen wurden feucht, aber er hielt die Tränen zurück. Teresa wandte ihren Blick ab, betrachtete den Himmel und verharrte in dieser Haltung, ohne etwas zu sagen.

»Wenn wir getrennt werden, sei es, weil wir ums Leben kommen oder weil wir uns aus den Augen verlieren, sehen wir uns nie wieder. Wie kann ich dann noch leben, Teresa, ohne zu wissen, ob du noch lebst, ohne dein Gesicht zu sehen, ohne dein langes Haar zu streicheln? Eher bringe ich mich um.«

Dieses hastig geführte Gespräch zwischen den Auspuffschwaden der Lastwagen, dem Geschrei der Soldaten, angesichts der allgemeinen Auflösung einer militärischen Stellung, die nicht länger gehalten werden konnte, und des Frontverlaufs, der auf weniger als 30 km herangerückt war, bewirkte, dass in den Blicken, mit denen Teresa und Alberto einander ansahen, zum ersten Mal seit vielen Monaten völlige Hoffnungslosigkeit lag. Beide sprachen offen über die Zukunft und blickten der nackten Wahrheit ins Auge. Trotzdem konnte Teresa sich immer noch nicht mit dem Gedanken abfinden, nun unverzüglich Richtung Grenze zu fliehen, um ihr Leben zu retten.

»Eng beisammen, Teresa, eng beisammen werden wir sein, wenn sie uns erschießen. Sollten wir aber nicht beisammen sein, schieße ich mir eigenhändig eine Kugel in den Kopf, um mich nicht mit dem Gedanken quälen zu müssen, dass sie dich umgebracht haben.«

Albertos Stimme war bei diesen Worten immer leiser geworden; nun blickte er zu Boden und ging davon, ohne sich von ihr zu verabschieden. Teresa stand zitternd und ratlos da und spürte, wie das Herz in ihrer Brust immer heftiger klopfte. Als Alberto sich bereits einige Schritte von ihr entfernt hatte, drehte er sich um, warf ihr, die ihm unverwandt nachgeschaut hatte, einen kaum wahrnehmbaren Kuss zu und sagte:

»Mit dir, Teresa, könnte ich selbst in der Hölle leben, aber ohne dich nirgendwo.«

Dann kehrte er nochmals zu Teresa zurück, schaute ihr in die Augen, presste seine Lippen an ihr Ohr und flüsterte:

»Ohne dich, Teresa, ist das ganze Leben eine Hölle.«

»Ohne den Klang deiner Stimme ist das Leben die Hölle.«

2. KAPITEL

Am 30. Januar 1939 ging um vier Uhr nachmittags über Genf ein heftiges Gewitter nieder, und die Fassaden des Völkerbundpalastes färbten sich grau wie der wolkenverhangene Himmel. Im Innern des riesigen Gebäudes dachten einige Beamte, dass Joseph Avenol an diesem Nachmittag noch übellauniger war als an anderen Tagen. Viele von ihnen hatten ihn noch nie lachen sehen, und alle hatten ihn mit einem Spitznamen bedacht, der bestens zu seinem schiefen, unansehnlichen Gesicht passte. Avenols Miene war abweisend, verzerrt und misstrauisch. Er war bekannter für sein unergründliches, barsches und mürrisches Wesen als für seine politische Begabung und hatte sich mit seinen Mitarbeitern, die er allesamt als lästig empfand, einen Umgang angewöhnt, der allen missfiel. Seit dem Tag, an dem Avenol zum Generalsekretär des Völkerbundes ernannt worden war, hatte er alles Menschenmögliche unternommen, um alle und jeden gegen sich aufzubringen, und nach kaum einer Woche war ihm dies auch gelungen.

Lange Vorhänge umrahmten die Balkonfenster im geräumigen Arbeitszimmer des Generalsekretärs. Im Gegenlicht zeichnete sich die Silhouette von Jacques Jaujard ab, dem Vizedirektor des Louvre, der angespannt wartete.

Trotz der tiefen Skepsis, mit der er zu dieser Unterredung gekommen war, ging er bei sich nochmals seine allerletzte Strategie durch, mit der er Avenol dazu bewegen wollte, den Völkerbund zur Rettung der Kunstschätze des Prado zu verpflichten. Ihm standen Bilder von brennenden Kunstwerken vor Augen, Geschosssplitter, die Leinwände zerfetzten, Gemälde, die in endlosen Kämpfen für immer verloren gingen, und er fand, es müsse unbedingt etwas unternommen werden, um zu verhindern, dass der Krieg die Gemälde von Velázquez, Goyas Kartonvorlagen und die Werke unzähliger anderer Maler zerstörte, Werke, die zur Zeit lediglich in improvisierten Depots gelagert waren, dem Feuer und den Bomben ausgesetzt.

Man hatte ihn bereits gewarnt, dass Avenol ein mittelmäßiger Politiker sei, dem durch sein Amt die Hände gebunden waren. Wer den Generalsekretär des Völkerbundes kannte, wusste, dass dieser irgendeine möglichst unverbindliche und unwirksame Lösung suchen würde und dass sein ganzes politisches Talent darin bestand, sämtliche Prinzipien zu missachten. Aus diesem Grund versuchte Jaujard, ihm gleich zu Gesprächsbeginn klar zu machen, wie sehr die Prado-Gemälde gefährdet waren.

»Wie Sie wohl sicherlich verstehen, Monsieur Avenol, sind wir alle dazu verpflichtet, alles in unserer Macht Stehende zu unternehmen, um diese Kunstschätze zu retten. Und in erster Linie Sie, die Politiker.«

»Die Franco-Regierung«, unterstrich Avenol, »widersetzt sich den Evakuierungsplänen keineswegs. Sie ist einzig dagegen, dass der Völkerbund sich an den Rettungsmaßnahmen beteiligt. Franco möchte, dass das Rote Kreuz die Evakuierung übernimmt und dass die Kunstwerke nach Burgos kommen. Was will man da machen? Der Prado gehört nicht der Republik, sondern allen Spaniern.«

Zur selben Zeit, als Jaujard versuchte, Avenol von der Notwendigkeit der Evakuierung der Gemälde zu überzeugen, brachte Teresa Munera weit weg von Genf, im Kastell von Figueres, den Koffer, den sie vor zwei Nächten auf einem von Regen und Tränen nassen Weg aufgelesen hatte, zur Krankenstation. Mitten auf dem Kasernenhof traf sie Carlos Sánchez, einen Soldaten des Übermittlungsregiments. Er sprang auf sie zu und wollte ihr den Koffer aus der Hand nehmen.

»Galant wie immer, Carlos, dieses Ding ist aber gar nicht schwer …«

»Für dich würde ich die Welt hochstemmen, das weißt du ja, nur damit du darunter durchgehen könntest.«

Seit Carlos Teresa das erste Mal gesehen hatte, war sie ihm nicht mehr aus dem Kopf gegangen. Mit Worten, Gesten und Aufmerksamkeiten kämpfte er darum, ihre Zuneigung von Araque weg auf sich zu lenken, hatte jedoch bisher nichts weiter erreicht, als dass sie ihm ab und zu ein flüchtiges Lächeln schenkte oder rätselhafte Blicke zuwarf, die ihm Ansporn genug waren, sie weiter zu umwerben. Carlos war sich bewusst, dass dieses tägliche Liebesgeplänkel von vorneherein verloren war. Er wusste genau, dass all seine Komplimente, seine wohl überlegten Sätze und all seine Anstrengungen, ihr zu gefallen, zur Vergessenheit verdammt waren, solange sie einen andern Soldaten liebte. Als er sie nun auf dem Kasernenhof erblickte und ihr den Koffer abnahm, spürte er wieder die verhaltene Anziehungskraft, die von ihrem Gesicht, ihren

Bewegungen, ihrer Stimme und ihrem Lächeln ausging, fühlte sich sacht zu ihr hingezogen wie immer, wenn er sie sah. Carlos begleitete sie bis zur Tür der Krankenstation und gab ihr den Koffer zurück.

»Danke.«

»Viel lieber hätte ich dich selbst getragen.«

»Ach, hör auf mit solchem Zeug …«

Teresa hatte nichts gegen Carlos' Sprüche und sein ständiges Werben einzuwenden. Im Gegenteil, sie fand es aufregend, in ihrem Rücken den Blick eines Soldaten zu wissen, der sie umwarb und mit Aufmerksamkeiten überhäufte. Alles, was er ihr sagte, klang scherzhaft, heiterte sie auf und weckte in ihr ein angenehmes Gefühl, das später, wenn sie an ihn zurückdachte, sie wie von selbst lächeln machte.

Teresa nahm den Koffer und betrat das Krankenzimmer, während Carlos unbeweglich im Hof stehen blieb und ihr nachblickte. Auf der Station waren zu dieser Zeit nur ein Militärarzt, der versuchte, den versäumten Schlaf der letzten Nacht nachzuholen, und zwei oder drei Milizionärinnen, welche die Patienten pflegten. Teresa lehnte sich an eine Pritsche und machte sich daran, den Koffer zu öffnen. Sie fragte sich, welche Dinge sich im Notgepäck eines Menschen befinden mochten, der beschlossen hatte, sein Land im Schutze der Nacht zu verlassen, der vor dem Krieg zu Fuß über die Grenze floh, wie ein Wurm durch die unwegsame Einöde kroch. Noch bevor sie aber das Schloss geöffnet hatte, hielt sie inne und blickte zu Boden, ohne etwas zu sehen. Wie schon frühere Male kamen ihr Albertos flehende Worte in den Sinn, die nun in ihrem Kopf wie eine simple, aber beharrliche Melodie nachhallten. Sie erinnerte sich wieder an die Gesten und Gesichter aller jener erschöpften Schatten, die sie zwei Nächte zuvor an der Wegkurve betreut hatte, an Antonios Gebaren, an das verklärte Lächeln seiner der Wirklichkeit entrückten Mutter und die Anstrengung, die sich auf allen Gesichtern abgezeichnet hatte. Und zum ersten Mal wurde ihr bewusst, dass Alberto mit seinen Fluchtplänen vielleicht doch Recht haben könnte. In Figueres zu bleiben und abzuwarten, bis die feindlichen Truppen als Sieger in das Kastell einrückten, bei den ersten Schüssen das Leben zu riskieren, Niederlage, Gefängnis oder Tod zu akzeptieren, war sicherlich sehr unklug.

Teresa Munera hatte auf den umliegenden Wegen schon Tausende von Flüchtlingen in Richtung französische Grenze vorbeiziehen sehen. Sie wusste, wie alle andern auch, dass diese Menschen Tag und Nacht den Unbilden der Witterung und des Eisregens ausgesetzt waren, dass ihre Füße im Schnee erfroren, dass sie ihre Wolldecken mit andern teilten, einander die Mäntel stahlen, einzig besessen von der Hoffnung und dem Wunsch, die Grenze zu überqueren und Spanien hinter sich zu lassen. Menschenmengen, die ihr wie die ganze Weltbevölkerung vorkamen, wurden zur anonymen Masse, stürmten Züge, Eselkarren, Autos und Lastwagen, verstopften Landstraßen, stürmten steile Hänge hinauf und abschüssige Halden hinunter, spähten besorgt nach hinten, flohen Hals über Kopf, um jene Linie zu erreichen, die Spaniens Landesgrenze bildet.

Und rund um sie herum, über das Krankenzimmer hinaus, sah Teresa im Innern der massiven Kastellmauern keine funktionierende Einheit mehr, sondern nur noch den wehrlosen Schatten einer versprengten, hoffnungslosen Armee, in der alle von Angst getrieben waren. Ganze Archive, Papiere und Kartonschachteln waren auf den Hof hinausgezerrt worden und lagen dort wild aufeinandergehäuft und verlassen herum. Niemand wusste mehr, ob die Minister noch hier oder bereits geflohen waren, ob die Regierung noch ihres Amtes waltete oder sich bereits auf der Flucht befand. Wie bei einem schlecht vorbereiteten Umzug lagen in allen Fluren und Treppenhäusern Mappen und Militärkarten herum. Pakete und Schachteln, die niemanden mehr interessierten, lagen wahllos über den Boden verstreut. Das Kastell war zum Abbild der Trostlosigkeit und des Zusammenbruchs geworden.

Etwas weiter, in Figueres, hatte das unaufhaltsame, unentwegte Vorrücken der Frontlinie dazu geführt, dass Autos, Lastwagen und Karren die Straßen verstopften. Sie schoben sich durch eine Menschenmenge aus Kämpfern, Deserteuren, Bauern, zurückgeschlagenen Soldaten, von denen die meisten keine Waffe mehr hatten, und aufgeschreckten Zivilisten. Alle wichen in heillosem Durcheinander über die Felder zurück, flohen Richtung Norden und verwandelten die Stadt in ein Nadelöhr, in dem sich schreckliche Szenen abspielten. In den von der Generalintendantur eingerichteten Volksküchen waren an einem einzigen Tag die gesamten Lebensmittelvorräte aufgezehrt worden, und Tausenden von Menschen blieb nichts anderes übrig, als Hunger und Kälte zu erdulden, sich in Cafés, unter Torbögen und in Säle zu drängen, die zu Schlafräumen umfunktioniert worden waren. Dort standen viele von ihnen an die Wand gedrückt, als einzigen Schutz das, was sie am Leibe trugen, oder ein paar zerschlissene Militärwolldecken. Figueres platzte aus allen Nähten, die Straßen quollen über vom Andrang von

Tausenden von Flüchtlingen. Niemand wusste, wie es weitergehen sollte, und alle hofften auf irgendeine Anweisung oder Stimme, die sie irgendwohin führen würde.

Teresa, die an diesem Morgen in einem breiten Hauseingang in einer Straße von Figueres Verletzte und kranke Zivilisten gepflegt hatte, zweifelte nun nicht mehr am Ausgang des Krieges. Erst eine Woche zuvor hatten Francos Truppen Manresa eingenommen, vor sechs Tagen waren Badalona, Mataró und Sabadell gefallen, und wie man hörte, marschierten in diesem Augenblick italienische Truppen in Arenys de Mar ein. Teresa wusste, dass der Krieg endgültig zu Ende war, obwohl noch geschossen wurde. Jetzt endlich war sie entschlossen, Alberto zu folgen.

Während Teresa in Figueres hautnah die Wirklichkeit des Krieges erlebte und an ihre Flucht dachte, diskutierten in Genf zur selben Zeit zwei Männer im luxuriösen Arbeitszimmer eines mittelmäßigen, pflichtvergessenen Politikers, in einem Gebäude, das nie von Bomben bedroht worden war, über Krieg und Malerei. Avenol beharrte auf seiner Entscheidung, sich an der Rettung der Kunstschätze des Prado nicht zu beteiligen.

»Dieser Krieg ist Spaniens innere Angelegenheit. Die Haltung des Völkerbundes in diesem Konflikt ist ganz klar diejenige der Nichteinmischung.«

»Wir sprechen aber davon, Rubens zu retten und Tizian, Velázquez und Goya ...«, sagte Jaujard.

»Zwei Jahre lang war es die republikanische Regierung, die sich geweigert hat, die Gemälde zu retten. Die Evakuierung, die nun in einem verzweifelten Appell an die ganze Welt gefordert wird, hätte unter den besten Bedingungen und mit voller Garantie vor zwei Jahren, vor einem Jahr oder vor sechs Monaten stattfinden können, als dies der Völkerbund selbst vorgeschlagen hat. Und immer haben wir dieselbe Absage erhalten. Sie beharrten darauf, den Prado auf ihrem eigenen Buckel über Spaniens Landstraßen zu schleppen, ihn in Höhlen und Keller zu versenken, um ihn vor den andern Spaniern zu verstecken.«

»Jetzt sieht es aber anders aus. Der Prado ist eingekesselt und ist von allen Seiten vom Krieg bedroht.«

»Um dieselben Maler zu nennen, die Sie soeben aufgezählt haben, sage ich Ihnen, dass die Republikaner es vorgezogen haben, Rubens in Azañas Essraum zu hängen und Tizian von Kaserne zu Kaserne zu schleppen, Goya in feuchten Höhlen zu begraben und sämtliche Gemälde von Velázquez aufs Spiel zu setzen. Jetzt, da ihnen nur noch eine Handbreit Erde verbleibt und eine Evakuierung unmöglich geworden ist, versucht die republikanische Regierung, den Schatz in Sicherheit zu bringen, den sie nicht retten wollte, als dies noch möglich war.«

»Kein Grund, nicht einmal dieser«, entgegnete Jaujard, »rechtfertigt es, die Gemälde jetzt im Stich zu lassen.«

»Was wollen Sie denn? Dass wir den Krieg für eine Weile anhalten und ich selbst die Gemälde abholen gehe und sie aus ihren Verstecken zerre? Wissen Sie, dass viele davon sich ausgerechnet am Sitz der republikanischen Regierung befinden, sich schon immer dort befunden haben? Wissen Sie, was das heißt? Das bedeutet, dass diese Kunstwerke immer schon als vorrangiges militärisches Ziel galten und als Schutzschild aufgestellt wurden, als läge es eben in der Absicht der Regierung, dass sie zerstört werden.«

Unbeteiligt an den politischen Betrachtungen, die Avenol in Genf anstellte, und ohne zu wissen, dass viele Kilometer entfernt zwei Männer, die nie in Spanien gewesen waren, versuchten, ein Übereinkommen bezüglich der Gemälde zu treffen, die sich unter Teresas Füßen befanden, öffnete sie den Koffer. Darin befanden sich nur Blätter, die meisten lose und in der Mitte gefaltet, dazu zwei Schulhefte und ein altes Buch. Teresa kam es vor, als wühlte sie im Intimsten eines alten Mannes, den sie auf über siebzig schätzte. Als sie nun die Blätter sichtete, verstand sie, dass Antonio ihr tatsächlich ein Geschenk gemacht hatte, als er sie bat, den Koffer zu übernehmen. Vielleicht, so dachte sie, hatte er ihr einen Schatz übergeben, den er bereit war aufzugeben, damit er nicht völlig verloren ging. Teresa betrachtete einige beidseitig mit Bleistift beschriebene Blätter, legte sie auf ihre übereinander geschlagenen Beine und schlug eines der Hefte in der Mitte auf, um zu sehen, was darin stand. Sie fand Gedichte und einzelne Sätze, die sie für Fragmente eines Tagebuches hielt. Der größte Teil war mit Tinte geschrieben, in einer scharf gestochenen Schrift. Teresa traute ihren Augen nicht, als sich das alte, abgegriffene Buch als ein Exemplar von Antonio Machados *Einsamkeiten* entpuppte. Einige dieser Gedichte waren ihr noch immer in Erinnerung, denn sie hatte sie erst vor ein paar Jahren gelesen, damals in Madrid, als sie mit dem ganzen Elan ihrer Jugend gegen die faschistischen Gruppierungen kämpfte. Kurz vor Ausbruch des Krieges hatte Teresa sich maßvoll, aber sehr engagiert für die Republik eingesetzt, hatte Wandmalereien angebracht, Flugblätter entworfen und verteilt. In diesen Monaten hatte sich ihr politisches Bewusstsein geschärft, und sie las jedes einzelne der Gedichte Machados, des republikanischen Dichters, den sie bewunderte. Diese Lektüre und ihren linkspolitischen Aktivitäten hatten in Teresa den Grundstein zu ihrer Liebe für die republikanischen Ideale gelegt und in ihr ein ausgeprägtes Bewusstsein dafür geweckt, ihre Meinung zu verteidigen. Als dann der Krieg ausbrach, meldete sie sich freiwillig an die Front und arbeitete in den Feldlazaretten, weil sie von der Wichtigkeit des persönlichen Einsatzes überzeugt war. Unerschütterlich in ihrer politischen Haltung, hatte sie bereits zwei Jahre Kriegsdienst hinter sich, als ihr Alberto Araque vorschlug zu fliehen. Ihre Überzeugung und ihr freiwilliger Einsatz hatten sie bis jetzt zögern lassen, der Flucht zuzustimmen.

Mit einem wehmütigen Lächeln überlegte sie, wo sich jetzt wohl ihr eigenes Exemplar von *Einsamkeiten* befinden mochte, das Buch, in dem sie vor ein paar Jahren gelesen und Zeilen unterstrichen hatte, dessen Reime sie aufmerksam studiert und dessen klangvolle Strophen sie auswendig gelernt hatte. Die erste Seite schien von Antonio Machado persönlich firmiert zu sein, und sie schüttelte lächelnd den Kopf, voller Freude, dass sie nun wieder ihren geliebten Gedichtband in den Händen hielt, noch dazu ein vom Dichter signiertes Exemplar. Sie fragte sich, ob jener Mann, um den sie sich letzte Nacht gekümmert hatte, wohl den Dichter persönlich kannte.

Und plötzlich durchfuhr sie ein Schauer. Antonio …, so hatte doch auch der völlig entkräftete alte Mann geheißen, den sie auf dem Weg angetroffen hatte, Antonio … Teresa griff nach den Heften und da, auf jeder einzelnen Deckseite, sah sie in leicht lesbarer, schöner Tintenschrift den Namenszug von Antonio Machado y Ruiz. Sie schloss die Augen und presste die Hefte an ihre Brust. Nun war ihr klar, dass sie, ohne es zu wissen, Antonio Machado gepflegt hatte, den Dichter, den sie so bewunderte.

Ihre Hände und ihre Augen konnten es kaum erwarten, sich mit all den Heften und gefalteten Blättern zu beschäftigen, die in ihrem Schoß lagen. Doch dazu kam es nicht mehr, denn die Krankenstation wurde vom Widerhall einer gewaltigen Explosion erschüttert, und einer der Türme des Kastells ging in Flammen auf. An der Festungsmauer waren ohne jede Vorsichtsmaßnahme Dynamitkisten aufgeschichtet worden, und die Geschossgarben einer soeben aufgestellten Flugabwehrbatterie hatten sie in Brand gesetzt. Als sie diesen Höllenlärm vernahm, steckte Teresa den soeben entdeckten Schatz hastig in den Koffer zurück und entfernte sich im Laufschritt.

Der Knall dieser Explosion, die einmal mehr die Schutzmauern des Kastells bedrohte, in dessen Kellergeschoss sich die Gemälde befanden, drang jedoch nicht bis nach Genf. Dort waren der Generalsekretär des Völkerbundes und der Vizedirektor des Louvre immer noch in ihr Gespräch vertieft.

»Ich verstehe Sie nicht, Monsieur Avenol«, sagte Jaujard gerade. »Wollen Sie etwa sagen, dass der Völkerbund nichts zur Rettung des Prado unternehmen wird?«

»Ich sage nur, dass jenseits der Pyrenäen jede Intervention unmöglich ist. Da sind mir die Hände gebunden. Sie haben aber um dieses Gespräch nachgesucht, um über ein anderes Projekt zu sprechen …«

»Ja, natürlich. In der Zwischenzeit hat sich ein internationales Komitee gebildet, das aus den Museumsdirektoren der Vereinigten Staaten, Frankreichs, Belgiens, Hollands, Englands und der Schweiz besteht. Angesichts der Weigerung ihrer jeweiligen Regierungen, sich für diese Sache einzusetzen, wird das Komitee, das völlig unpolitisch ist, versuchen, die Gemälde auf eigene Faust zu retten.«

»Und was haben Sie bis jetzt erreicht, Monsieur Jaujard?«, fragte Avenol.

»Als Vorsitzender des Internationalen Komitees habe ich Sie aufgesucht, um Sie zu informieren, dass wir nun selbst versuchen werden, mit der spanischen Regierung die dringende Verlegung aller Kunstwerke zu verhandeln, damit sie so schnell als möglich aus Spanien evakuiert und nach Frankreich gebracht werden können.«

»Der Völkerbund unterstützt keine Evakuierung der Werke, in welches Land auch immer. Und ich bin sicher, Monsieur Jaujard, dass sich keine einzige Regierung der Welt direkt an einem solchen Unternehmen beteiligen wird.«

»Das haben wir bereits erfahren müssen. In der Tat ist unser Komitee eher so etwas wie ein Freundschaftsverein und erhält keinerlei Unterstützung von irgendeiner politischen Institution. Wir glauben aber, dass das, was auf dem Spiel steht, jede Anstrengung wert ist. Was sich die Regierungen zu tun weigern, werden die Museen zuwege bringen.«

»Wenn es Ihnen gelingt, die Kunstwerke aus Spanien zu schaffen und sie hierher zu bringen, bin ich einverstanden, die Gemälde bis Kriegsende hier aufzubewahren. Sie werden dann in diesem Palast bewacht. Ich möchte aber, dass Sie sich bewusst sind, Monsieur Vorsitzender des Komitees, dass Sie auf eigene Faust handeln und weder mit politischer noch finanzieller Unterstützung des Völkerbundes rechnen können. Der Völkerbund erkennt Ihr Komitee nicht an, er gewährt ihm keinerlei Schutz oder Hilfe und beteiligt sich in keiner Weise an Ihrem Plan. Falls die Werke aber dennoch irgendwie nach Genf kommen, nehme ich sie in Empfang und werde sie bis Kriegsende in diesem Gebäude deponieren und unter meine Obhut nehmen, denn schließlich gehören sie zum Weltkulturerbe.«

Immerhin hatte Jaujard nun einen sicheren Ort gefunden, wo er die Gemälde unterbringen konnte. Alles andere, die Politik, die Haltung der internationalen Organisationen und die diplomatischen Rücksichten, interessierten ihn nicht. Ihn beflügelte einzig die Idee, die Kunstwerke vor ihrer sicheren Zerstörung zu retten. Bevor er sich verabschiedete, sagte der Vizedirektor des Louvre noch auf der Türschwelle von Avenols Arbeitsraum:

»Sie wissen nun, dass das Internationale Komitee alles unternehmen wird, um den Prado zu retten und die Gemälde nach Genf zu bringen.«

»Sie wissen nun, Monsieur Jaujard, dass Sie bei allem, was Sie in diesem Sinne unternehmen, auf sich selbst gestellt sein werden«, wiederholte Avenol. »Ohne jedwede Unterstützung.«

Im Gang draußen verabschiedeten sie sich kühl.

»Ich wünsche Ihnen viel Glück«, sagte Avenol.

Einige Stunden später, während Avenol am Abend in Galakleidung am Protokoll- und Zeremonientisch dinierte, bombardierten italienische Bombengeschwader Figueres und nahmen es immer wieder unter Maschinengewehrfeuer.

Im Untergeschoss des Kastells beobachtete Alberto

Araque durch das Oberlicht, wie einige Soldaten verzweifelt zwei Flugabwehrbatterien in den Schutz der Türme schoben, um die feindlichen Flugzeuge beschießen zu können. Durch seine Luke wurde Araque nicht nur Zeuge des völligen Versagens der Abwehr, sondern des militärischen Versagens auf ganzer Linie, es war die endgültige Niederlage. In dieser schneidend kalten Januarnacht hatte er weder einen Befehl vom Wachoffizier erhalten noch bei der Wachablösung jemanden angetroffen. Es war, als ob im Kastell nur noch der diffuse Schatten eines Heeres läge, das sich keiner Schlacht mehr stellen wollte. Es schien nur noch den totalen Rückzug und eine ungeheure Angst vor der Niederlage zu geben. Dies war weder eine Kaserne noch der Regierungssitz. In diesem Kastell wurde nichts mehr verteidigt. Es gab keinen Staat, keine Regierung und keinen Militärdienst mehr. Inmitten des Krieges, genau im Zentrum jener Handbreit Erde, die die republikanische Regierung in Katalonien noch hielt, kam Alberto Araque zur Einsicht, dass ihm nichts anderes mehr blieb, als seine Flucht mit Teresa vorzubereiten. Er beschloss, noch in dieser Nacht zu fliehen, denn er fragte sich, was er in diesem Kellerloch zu suchen hatte, außer ein paar Gemälde zu bewachen, die niemanden mehr interessierten, Wache zu schieben, wenn keine mehr erforderlich war, seine Stellung zu halten, wenn niemand mehr wusste, wo die anderen steckten. Er war sich sicher, dass ihn bei Wachende niemand mehr ablösen würde, so wie er bei seinem Wachantritt im Untergeschoss seinen Vorgänger nicht mehr angetroffen hatte. Er stellte fest, dass es weder Befehlshaber noch nächtliche Patrouillen oder irgendeine Organisation mehr gab.

Ein Flugzeug donnerte vorbei, und gleich darauf hörte Alberto aus dem Kellerdunkel Teresa Muneras Stimme. Sie war zu ihm hinuntergestiegen, um in dieser chaotischen Nacht des verlorenen Krieges bei ihm zu sein. Sie küssten sich lange, wie sie das schon andere Male getan hatten. An diesem Abend jedoch waren ihre Küsse anders. Die Berührung ihrer Lippen schien ungewohnt und süß. Alberto und Teresa hielten einander eng umschlungen wie zum Abschied oder bei einem Wiedersehen. Beide spürten, wie der andere zitterte, aus Verlangen, Kälte oder Angst. Es war, als brächten ihre Küsse und innigen Umarmungen nie zuvor ausgesprochene Worte hervor, als wäre jene Stille in Wirklichkeit das trauliche Raunen aller Liebenden dieser Welt.

Mit ihrer langen, schmalen Hand streichelte Teresa Albertos Nacken und fuhr über seinen Rücken, während er mit seinem starken Arm ihren Leib umfasst hielt und sie sanft an sich drückte. Ihre Blicke hingen aneinander, ihre Lippen waren aufeinander gepresst, und so waren sie im Dunkel des Untergeschosses das vollkommene Abbild zweier Liebender, deren Silhouette sich gegen die Nacht abzeichnete.

»Dein Haar, dein herrliches langes Haar«, flüsterte Alberto.

Fast zwei Stunden lang durchfurchten die italienischen Savoias hartnäckig den Himmel, zerschnitten die Luft, zerrissen die Wolken und kündeten mit dem quälenden Heulen ihrer Motoren den Tod an. Als das Bombardement schließlich vorüber war, war Figueres nur noch ein dunkler, in Rauch gehüllter Fleck, vollkommen schutzlos und nur noch vom Flackern einer Feuersbrunst erleuchtet. Drunten, im Untergeschoss des Kastells, von wo aus

Alberto die Unfähigkeit der Luftabwehr hatte mit ansehen müssen, wo die Armee nur noch ein Phantom war, sämtliche Befehlsgewalt fehlte und alles drunter und drüber ging, hielt Teresa immer noch Alberto umarmt, so als seien ihre Küsse stärker als alle Bomben. Zwischen zwei Detonationen presste sie ihre Lippen auf Albertos, knöpfte ihre Bluse auf, führte seine Hand an ihre Brust, atmete tief und sagte:

»So könnte es für den Rest des Lebens bleiben.«

»Unter Bombenhagel?«

»Dich im Bombenhagel küssen. Oder in der Hölle. Hauptsache, ich kann dich küssen …«

»Und ich mit meinen Fingern durch dein Haar streichen. Wie ich dein langes Haar liebe! Schneide es nur nie ab!«

Unvermittelt nahm Albertos Stimme einen andern Ton an:

»Los, Teresa, wir hauen ab!«, sagte er abrupt.

Als sie am Nachmittag den Koffer des Dichters geöffnet hatte, war sie bereits zu der Einsicht gekommen, dass Alberto Recht hatte. Schweigend umarmte sie ihn noch fester, dann sagte sie:

»Los, gehen wir …«

Alberto atmete tief auf, löste sich aus ihrer Umarmung und fasste ihre Hände.

»Bist du sicher?«

»Ja. Aber …«, sagte Teresa und brach wieder ab.

Aber sie musste es ihm sagen. Sie musste Alberto ihre wahren Gefühle schildern, den inneren Widerspruch, in den sie verstrickt war.

»Aber«, setzte sie wieder an, »jetzt zu fliehen, hieße, im schlimmsten Moment alles im Stich zu lassen, wegzulaufen, wenn wir alle bleiben und den Faschisten Widerstand leisten sollten.«

»Die Faschisten ...! Was kümmern uns Faschisten oder Nicht-Faschisten? Mir ist egal, wer diesen verdammten Krieg gewinnt. Für mich zählen nur wir zwei. Hör doch auf mit deinen Ideen und dem Faschismus ...«

Teresa sah ihn an, ohne zu verstehen, was sie soeben gehört hatte.

»Mir sind die Politik und die blöden Ideen egal. Sollen doch die Politiker für diese Ideen kämpfen. Sie sind sowieso alle gleich. Wir sind auf dieser Seite, weil uns der Krieg in diesem Gebiet erwischt hat. Das ist alles.«

»Aber ich, Alberto, ich kämpfe gegen die Faschisten. Ich gehöre zu einer Seite«, sagte Teresa langsam, damit er die Tragweite ihrer Aussage ganz klar begreife. »Ich verstehe aber, was du sagst«, log sie ihm vor.

Dann küsste sie ihn erneut, umschlang ihn mit ihren Armen, und in dieser Umarmung lösten sich ihre Worte auf. Es wurde still.

»Und ich komme mit dir«, fügte sie hinzu.

»Bist du sicher?«

»Dich zu lieben.«

Die Bombardierungen hatten einige Minuten zuvor aufgehört.

»Du hast mir aber noch nicht verraten, wie wir von hier wegkommen«, sagte sie.

»Ich verrate dir ein Geheimnis. Die Ladefläche der Sanitätsfahrzeuge, mit denen du zu den Verwundeten fährst, hat zwischen den Hinterrädern einen Hohlraum, der mit einem Blech abgedeckt ist. In diese leere, gut getarnte Blechwanne passt genau ein Mensch. Wir schrauben den Deckel ab, zwängen uns in die Lücke und schließen dann die Öffnung wieder mit dem Blech. Aber …«

»Aber …?«

»Es hat nur eine Person Platz.«

»… und es gibt zwei Fahrzeuge!«

3. KAPITEL

Zwei Militärlastwagen brachten die Stühle, die sie vom Kino in Figueres hergeholt hatten, zum Kastell. Die republikanische Regierung beabsichtigte, im Kastell eine Parlamentssitzung abzuhalten, ganz so, als wäre sie nicht schon vom Krieg umzingelt, als wären nicht schon alle Schlachten verloren, als gäbe es immer noch politische Beschlüsse zu fassen. Die Stühle wurden unter dem Backsteingewölbe auf dem Sand und Stroh der Pferdestallungen aufgestellt. Kurz vor zehn Uhr abends nahmen auf ihnen etwa sechzig Parlamentarier Platz. Die andern vierhundert fehlten. Einige befanden sich auf dem von Francos Truppen eroberten Gebiet, andere hatten Spanien verlassen, und wieder andere waren an die Wand gestellt oder ermordet worden oder im Krieg gefallen. Alle sahen einander skeptisch und verstohlen an und wussten genau, dass dies das letzte Mal sein würde, dass sie zusammensaßen. Sie waren erfüllt von der seltsamen, quälenden Gewissheit, dass dies die letzte Sitzung des spanischen Parlaments war, und dies in den Stallungen eines katalanischen Kastells, im kalten, ungeschützten Untergeschoss einer Festung, die bald in Trümmern liegen würde.

Es war keine wichtige Versammlung, eine reine Formsache, und alle wollten sie möglichst schnell hinter sich bringen, verschwinden, über die Grenze gehen, den Krieg hinter sich lassen und nicht länger Abgeordnete der allerletzten Kriegsstunde sein. In den schäbigsten der Untergeschosse, gleich neben den Pferdestallungen, stapelten sich, kaum bewacht, die Gemälde des Prado, zitterten vor der bevorstehenden Schlacht, fielen übereinander, wenn sich die Bomben in die Schlossgemäuer bohrten, und sprangen in ihren Rahmen, sobald die Flugzeuge am Himmel auftauchten und die Luft zerrissen. In dieser Nacht schien das Kastell von Figueres eine unterirdische Welt zu beherbergen, ganz Spanien schien verschüttet, kaum fähig, sich noch auf den Beinen zu halten. Hier, im Bauch der Erde, in den Untergründen einer Festung, die immer weniger Schutz bot, lag ganz Spanien begraben, in diesen Katakomben waren die Schätze des Prado und die Spanischen Cortes versammelt, ihrer Heimat beraubt. Nachdem ein Geschwader der Legion Condor am Morgen das Kastell aus der Luft mit Maschinengewehrfeuer belegt hatte, zeigten sich in der Decke des Kellergewölbes, in dem die Gemälde aufbewahrt wurden, die ersten Risse. Bröckelnd und geschwächt drohten die Wände des Depots beim nächsten Angriff auf die Kunstwerke zu stürzen.

Der Staatsminister, Julio Álvarez del Vayo, hatte die Katakomben noch am Mittag besucht, um zu sehen, ob die Gemälde sicher waren. Seiner Meinung nach konnte der in Ballen und Kisten verpackte und verschnürte Prado durch einen einzigen Bombeneinschlag in das bereits stark beschädigte Dach, welches dem Kellergeschoss ohnehin keinen Schutz mehr bot, völlig zerstört werden. Álvarez del Vayo, Journalist und ein sehr gebildeter Mann, der drei Sprachen beherrschte, war nach seiner Entlassung aus dem Gefängnis, in das ihn Primo de Rivera gesteckt hatte, Botschafter in Mexiko gewesen. Unter der Republik war er zweimal zum Minister ernannt worden, und im Krieg hatte es ihn nach Figueres verschlagen, wo er mit der Aufrechterhaltung der außenpolitischen Beziehungen der Regierung und der Beaufsichtigung der Gemälde des Prado betraut war. Hier, angesichts der Gemälde, die an bröckelnden Mauern lehnten und zwar vor den Bomben versteckt, aber nicht vor ihnen geschützt waren, wurde Álvarez del Vayo bewusst, dass der ganze Prado in lodernde Flammen aufgehen könnte, und es schmerzte ihn, dass keine einzige Regierung etwas unternahm, um die Gemälde vor der sicheren Katastrophe zu bewahren.

In dieser Nacht ging Álvarez del Vayo in der gespenstischen Versammlung der tristen, ausgedünnten Cortes zwischen Strohresten, im Versteck vor den feindlichen Flugzeugen, die katalanischen Himmel zerrissen, nochmals besorgt die letzen Kriegsnachrichten durch. Nur ein paar Stunden zuvor waren im unaufhaltbaren Vorstoß der franquistischen Truppen Vic und Tossa del Mar gefallen, und die Feinde hatten sich bereits im Sturmesschritt bis auf ein paar Kilometer Figueres genähert, ohne irgendwo auf Widerstand gestoßen zu sein. In dieser Nacht wussten alle, dass weder auf dem Land noch in den Dörfern mit Kämpfen zu rechnen war und dass der Rückzug der republikanischen Kräfte, der Zusammenbruch der Verteidigungslinien sowie die Massenflucht zu den Grenzübergängen es dem Feind erlauben würden, sich Figueres unaufhaltsam zu nähern und die Regierung auf ihrem letzten Stück Land immer enger einzukesseln. Tarragona, Barcelona, Mataró, Sabadell waren ohne Widerstand und ohne nennenswerte Kämpfe gefallen, Manresa, Badalona, Arenys de Mar, ein Ort nach dem andern, Vic, Tossa, Berga, Tordera, einen Tag nach dem andern ...

In dieser Nacht hörte das republikanische Parlament in den Pferdestallungen eines katalanischen Kastells auf zu sein.

Am Schluss der Sitzung, als die Abgeordneten aufgestanden waren und einige von ihnen bereits die Treppen zum Innenhof hinaufstiegen, während andere voneinander Abschied nahmen, vielleicht für immer, trat Álvarez del Vayo auf den Kasernenhof hinaus und unterhielt sich ein paar Minuten mit Timoteo Pérez Rubio, während ihnen der eisige Morgenwind ins Gesicht blies.

Pérez Rubio trug einen dünnen Schnurrbart, hatte einen beinahe kahlen Schädel und eine liberale Grundhaltung. Er war Kunstmaler und hatte überhaupt nichts mit Politik zu tun, war aber überzeugter Antifaschist. Er war Leiter des Zentralausschusses für Kunstschätze und als solcher verantwortlich für die Evakuierung der Prado-Kunstwerke von Madrid nach Valencia und von Valencia nach Figueres gewesen. Er hatte die Katalogisierung und den Schutz der Gemälde übernommen und wusste am besten, wie man die Prado-Gemälde von einem Ort zum anderen transportierte. Nun wusste aber auch er nicht mehr, wohin er sie noch bringen konnte.

»Wie heißt er?«, fragte Pérez Rubio den Minister.

»Jaujard. Jacques Jaujard«, antwortete Álvarez del Vayo.

»Und wann kommt er?«

»Schon morgen. Aber Rubio ..., wir können nicht zulassen, dass sie die Gemälde einfach mir nichts, dir nichts mitnehmen. Hinter Jaujard steht weder Frankreich noch der Völkerbund noch der Internationale Museumsrat. Hinter ihm steht niemand. Nichts! Nur eine Art Komitee ...«, erklärte der Minister und stockte.

»Wir können die Gemälde aber auch nicht hier lassen. Keinen Tag länger.«

»Den Prado werde ich aber einzig und allein dem Völkerbund übergeben. Er ist die einzige internationale Organisation, die bei der Rettung mitwirken sollte.«

»Herr Minister«, sagte Pérez Rubio, »der Völkerbund wird sich auch jetzt nicht einmischen, ebenso wenig wie vor einem Monat, als wir ihn um Unterstützung gebeten haben. Wir sind allein. Man hat Sie, die Regierung, die Republik und den Prado im Stich gelassen. Niemandem ist noch etwas an unseren Idealen und unseren Gemälden gelegen.«

»Was können wir tun?«, fragte Vayo in die Nacht hinein, ohne eine Antwort zu erwarten.

»An die zukünftigen Generationen denken, an die Maler, an die Kunst, an die Kultur. Daran denken, Herr Minister«, sagte Pérez Rubio, »dass diese Gemälde wichtiger sind als die Republik und dieser verdammte Krieg. Wir müssen sie unter allen Umständen evakuieren, irgendwohin, wo sie sicher sind.«

Pérez Rubio hielt inne und wagte dann, eine Bitte vorzubringen.

»Empfangen Sie wenigstens diesen Jaujard. Erlauben Sie ihm, seinen Plan zu erklären.«

»Heute Morgen habe ich das Depot im Kellergeschoss besichtigt. Die Wände sind rissig, das Deckengewölbe ebenfalls. Dieses Kastell fliegt in den nächsten Tagen in die Luft ..., und mit ihm und für immer all die Gemälde von Velázquez, Tizian und Goya«, sagte Álvarez del

Vayo, schaute ratlos und sichtlich nervös zu Boden und biss auf seinen Zigarettenstummel.

Der Staatsminister entfernte sich, vor sich hin murmelnd und mit gesenktem Blick, als trüge er eine ungeheure Last auf seinen Schultern. Hinter ihm, auf dem Kasernenhof, blieb die Erinnerung an die letzte Parlamentssitzung zurück, das Heulen der Bomber, der Fall von Städten und Dörfern, der Vormarsch der franquistischen Truppen, die eben daran waren, die Serra de Montseny zu überrennen.

In dieser Nacht des allgemeinen Abschiednehmens ließen alle den Krieg hinter sich. Für die Abgeordneten, für viele Führer und Offiziere und für einige Regierungsmitglieder zählte nur noch die Frage, wie man sich am besten in die Niederlage schickte, wie man damit umging, dass man den Krieg verloren hatte. Daran dachte Álvarez del Vayo in dieser Nacht und auch an die Rettung der Prado-Werke. Der Minister wusste, dass er am folgenden Morgen den Generalsekretär eines internationalen Komitees empfangen würde, das sich genau zu diesem Zwecke gebildet hatte. Eine Auslieferung der Gemälde an gewöhnliche Leute, an einen Verein ohne offizielle Unterstützung und ohne den Beistand des Völkerbundes schien ihm so gut wie ausgeschlossen. Ebenso unmöglich war es aber, die Gemälde in Figueres zurückzuhalten, bis der Krieg sie erreichte und in Flammen aufgehen ließ.

Um zehn Uhr morgens wartete Timoteo Pérez Rubio zusammen mit dem Minister in dessen Arbeitszimmer auf den Besuch Jaujards.

»Er kommt als Generalsekretär eines Komitees von Museumsdirektoren verschiedener Länder. Stellen Sie sich vor, Rubio, es sind die Museen und nicht etwa die Regierungen, die sich für die Rettung interessieren. Die Republik ist schon überall auf der Welt abgeschrieben.«

Rubio bemerkte, dass der Minister sich geschlagen gab; seine Stimme klang enttäuscht. Nur selten hatte der Maler Vayo derart besorgt um die Rettung der Gemälde gesehen. Bisher hatten die Schutzräume ihre Mission erfüllt. Die Gemälde waren immer außerhalb der Reichweite der Bomben gewesen und hatten bei keinem Angriff Schaden genommen. Aber jetzt wurde Figueres täglich angegriffen, und auch das Kastell würde nicht mehr lange standhalten. Es gab schlichtweg keinen Ort mehr, wo die Gemälde hingebracht und geschützt werden konnten, denn die letzte Stunde hatte bereits geschlagen.

Um zwölf Uhr mittags kamen von Perpignan her mit einem Passierschein Jacques Jaujard und ein weiteres Mitglied des Internationalen Komitees, Neil MacLaren, der stellvertretende Konservator der National Gallery, den das Foreign Office abgeordnet hatte, um bei den Gesprächen als Beobachter zu fungieren.

In Vayos Arbeitszimmer erklärten die zwei Komiteemitglieder im Beisein von Pérez Rubio dem Minister, dass sämtliche Regierungen sich geweigert hatten, sich in irgendeiner Weise an der Rettung zu beteiligen, und dass sie allein – auf eigene Faust, als Vertreter der jeweiligen Museen und ohne die geringste diplomatische und staatliche Unterstützung – eine Möglichkeit gefunden hatten, die Gemälde nach Genf zu überführen. Álvarez del Vayo schwieg und ließ sie reden, während er zusehends düsterer wurde, als ob ihm das, was er hörte, zutiefst zuwider sei.

»Monsieur Avenol, der Generalsekretär des Völkerbundes«, fuhr Jaujard fort, »hat mir gesagt, dass ihm die Hände gebunden seien.«

»Gebunden!«, entgegnete der Minister. »Von Hitler und Mussolini gefesselt! Ganz Europa ist darauf erpicht, die Faschisten nicht zu verärgern. Der Völkerbund hat die Spanische Republik vergessen. Er hat es zugelassen, dass wir den Krieg verloren haben, und jetzt will er, dass auch noch die Gemälde verloren gehen. Wie ist es möglich, dass sie uns nicht einmal helfen, den Prado zu retten?«

Vayo ließ nicht zu, dass ihm jemand auf die Frage antwortete; in aller Härte fordert er die direkte Intervention einer internationalen Organisation, die den Erfolg der dringenden Evakuierung garantieren könne.

»Sie, die Abgeordneten der Museen und die Künstler, sind nur gewöhnliche Beamte. Erlauben Sie mir, Monsieur Jaujard, Ihnen zu sagen, dass Sie nicht wissen, dass dies eine politische Entscheidung ist. Für Sie zählt lediglich die Idee, die Bilder aus Spanien heraus zu bringen. Für mich aber und für die Regierung ist es wichtig, wohin die Gemälde kommen, wem sie übergeben werden und unter welchen Bedingungen sie einst zurückgegeben werden. Vor allem wie, wann und wem sie zurückgegeben werden. Ich muss weiter blicken als Sie.«

Pérez Rubio versuchte zu vermitteln und dem Minister klar zu machen, dass der ganze Prado in Flammen aufgehen könnte, wenn eine oder zwei Bomben in den Schutzraum im Kastell einschlügen.

»Natürlich, Rubio, selbstverständlich! Ich weiß, dass der Prado evakuiert werden muss«, sagte Vayo auf Spanisch und Französisch. »Aber ich kann die Gemälde nicht einfach einer Gruppe von Privatpersonen ausliefern, die sich zusammengefunden hat, nur um den Prado in die Schweiz zu bringen. Ich will wissen, was später geschieht. Ich käme meiner Verantwortung nicht nach, wenn die Gemälde einfach so aus diesem Kastell weggeschafft würden. Der Prado gehört allen Spaniern, er ist ein Kulturgut der gesamten Menschheit, vor allem aber untersteht er der Verantwortung der Regierung. Die spanische Regierung hat die Verpflichtung, die Kunstschätze des Prado zu bewahren und sie hier in Spanien und über alle Grenzen hinaus zu schützen.«

»Wenn Sie die Kunstwerke aber hier belassen, werden Sie sie nicht schützen können!«, brauste Jaujard auf.

»Man schützt sie auch nicht, wenn man sie ohne Rückgabegarantie ausliefert!«, entgegnete Vayo. »Wie können Sie bloß glauben, dass die Regierung die Gemälde einem neugegründeten Komitee übergeben wird, das weder auf offizielle noch auf politische Hilfe zählen kann? Wer sind Sie denn?«

»Die Einzigen, die versuchen, etwas für den Prado zu tun. Wenn Sie erwarten, dass eine einzige europäische Regierung diese Arbeit auf sich nimmt, oder wenn Sie glauben, dass Avenol seine Meinung ändert, täuschen Sie sich gewaltig«, sagte Jaujard lautstark; er benahm sich, als ginge es um den Schutz seines persönlichen Eigentums.

»Das Hauptproblem ist die Rückgabegarantie. Die Regierung«, sagte Vayo, »hat das Gefühl, dass eine Evakuierung, wie Sie sie planen, dem totalen Verlust der Kontrolle über die Gemälde und den ganzen Prado gleichkommt. Und unter diesen Bedingungen kommen die Kunstwerke nicht von da weg, wo sie jetzt sind.«

Diese Worte des Ministers hallten durch das Arbeitszimmer wie eine starrköpfige und absurde Erklärung. Alle wussten, dass in diesem Moment die franquistischen Truppen Felder und Dörfer überrollten, ohne auf Widerstand zu stoßen. In den letzten Kriegstagen war auf republikanischer Seite kaum mehr gekämpft worden, und die militärischen Operationen bestanden darin, alles im Stich zu lassen, abzuziehen und nach Norden zu fliehen, Posten, Waffen, Stellungen und die Hoffnung aufzugeben, während die andere Seite in einem dramatischen militärischen Ungleichgewicht ihre Front zügig nach vorne stieß, unaufhaltsam vorrückte und unermüdlich Boden gewann, alle anderthalb Stunden etwa einen Kilometer.

Um halb ein Uhr mittags schien eine Einigung unmöglich. Skeptisch und entmutigt wechselte Jaujard mit MacLaren leise ein paar Worte, während Vayo und Pérez Rubio sich den Kopf zerbrachen, wie man die Gemälde des Prado evakuieren könne, ohne sie bar aller Garantie einem ausländischen Komitee ausliefern zu müssen. Pérez Rubio sah, dass die Verhandlungen vor dem Scheitern standen und die Halsstarrigkeit des Ministers schließlich dazu führen würde, dass die Gemälde blieben, wo sie waren, und dann innerhalb kürzester Zeit zerstört würden.

»Die Gefahr, welcher die Gemälde ausgesetzt sind«, wagte er zu sagen, »war noch nie so groß. Wir haben keine Zeit mehr. Die Gemälde müssen sofort weggeschafft werden, oder wir kommen zu spät.«

Aber Álvarez del Vayo änderte seine Haltung nicht. Er bedauerte, zu keiner Einigung kommen zu können, und obwohl die anderen ihn drängten, sich zu entscheiden, schlug er für den Nachmittag des folgenden Tages ein neues Treffen vor. Er gab vor, dass er sich noch mit dem Präsidenten des Ministerrates zu besprechen habe, nochmals darüber nachdenken müsse und im jetzigen Moment noch keiner Auslieferung der Werke ohne internationale Unterstützung zustimmen könne.

Als sie das Arbeitszimmer verließen, hatten MacLaren und Jaujard die Hoffnung verloren, die spanische Regierung zu einer Überführung der Kunstwerke bewegen zu können.

»Sie ziehen es vor, die Gemälde in Flammen aufgehen zu sehen«, sagte Jaujard im Fahrzeug, das sie nach Perpignan zurückbrachte. »Avenol hatte Recht. Diese Leute haben sich schon immer gegen eine Evakuierung gesträubt. Diese Spanier …! Die Spanier werden in der Geschichte der Kunst eine Lücke von zehn Jahrhunderten zu verantworten haben!«

Wieder allein, schauten sich Pérez Rubio und Álvarez del Vayo in die Augen und fragten sich wortlos, ob am nächsten Tag überhaupt noch ein Gemälde für den Transport intakt sein würde.

»Ich weiß, Rubio, dass sie es ehrlich meinen. Aber sagen Sie selbst: Wem werden sie die Gemälde zurückgeben? Welchen wirklichen Kompromiss kann eine Regierung mit ein paar einfachen Museumsdirektoren eingehen?«

Teresa Munera las in Machados Aufzeichnungen. Der Anblick des offenen Koffers, des Griffes, den der Dichter berührt hatte, und seiner winzigen, scharf gestochenen Schrift berührten sie zutiefst. Sie dachte, dass es nicht nur Zufall gewesen sein konnte, dass diese Blätter und das Buch in ihren Besitz gelangt waren. Es handelte sich mit Sicherheit um einen Wink des Schicksals. Wenn dem nicht so wäre, hätte sie in jener Nacht andere Menschen betreut, Machado hätte seinen Koffer nicht in einer Wegkurve zurückgelassen, oder sie hätte ihn mitten im Dreck stehen lassen. Teresa gefiel die Vorstellung, dass die Ereignisse irgendwie miteinander verknüpft waren und dass die Dinge, die Umstände und die zeitliche Abfolge nach einem geheimnisvollen, höheren Code geordnet waren, den sie nicht verstand, der jedoch dazu geführt hatte, dass sie Machados eigene Erstausgabe in ihren Händen hielt und die Blätter, Notizen, Verse und unvollendeten Gedichte nun zwischen ihren Kleidern und ihren wenigen Habseligkeiten in einem Koffer lagen, den sie bereits als den ihren betrachtete. Aber während sie nun die Deckseiten der Hefte betrachtete, kam ihr der Gedanke, dass dieselbe glückliche Fügung, die ihr eine Begegnung mit diesem Schriftsteller geschenkt hatte, ihr auch den Auftrag hätte anvertrauen können, ihm die Blätter wieder zurückzugeben. Als sie damals Machado den Koffer übergeben wollte, hatte er ihr gesagt, dass sie das vielleicht einmal in Frankreich tun könne, wenn dieser verdammte Krieg zu Ende sei. Sie erinnerte sich noch gut an die Worte des Dichters, und ihr wurde bewusst, dass dieser Auftrag, der ihr damals wie ein Scherz erschienen war, jetzt, da sie die Blätter bei sich hatte, zu einer echten Bitte geworden war. Teresa entschloss sich deshalb, die Blätter mitzunehmen, wenn sie mit Alberto über die Grenze ginge, nicht nur, um den Willen des Schriftstellers zu erfüllen und sie ihm zurückzugeben, sondern auch um nochmals das Glück genießen zu können, ihn wiederzusehen.

Als Teresa an diesem Abend Alberto sagte, dass sie einen Koffer voller Literatur habe, den sie mit über die Grenze nehmen wolle, freute sich der Soldat, in ihrer Stimme und ihrem Gesicht dieselbe überschwängliche

Freude zu bemerken, mit der sie ihm erzählt hatte, dass sie, ohne es zu wissen, Antonio Machado betreut habe und nun zwei seiner Hefte, lose Blätter und ein Buch mit seinem persönlichen Namenszug besitze.

»In Frankreich geben wir ihm seine Sachen und den Koffer zurück.«

»Wir wissen aber nicht, wo er ist.«

»In Frankreich, am Ufer des Meeres, von wo aus man noch die spanische Küste sieht. Waren es nicht seine Worte? Und warum gehen wir nicht ebenfalls dorthin?«

Terese sah auf, und ihr Blick verlor sich in der Weite.

»Ganz in der Nähe der Küste und mit Blick aufs Meer …«

»Dort werden wir ihn finden«, sagte Alberto, »und dort werden wir uns selbst finden, uns küssen und den Krieg und die Kugeln vergessen …, und wir werden nur noch uns selbst gehören.«

»Ganz in der Nähe der Grenze und mit Blick aufs Meer …«

4. KAPITEL

In Burgos brach der Tag mit eisigem Dunst an. Der Februarwinter hatte Raureif und Feuchtigkeit über die Flussufer gebracht. Der Himmel war mit grauen Wolken verhangen, ein kalter Wind fuhr durch die erstarrten, kahlen Bäume, die zu schlafen schienen, und durch die beinahe leeren Straßen. Im Gebäude des Generalkapitanats, dem Sitz der franquistischen Regierung, erklangen mit dem ersten Licht die Signalhörner der Tagwache. Am vereisten Mast wurde die nationale Flagge gehisst, und die rot-gelb-roten Farben flatterten im schneidenden Wind. In den ungeheizten Wachhäuschen stiegen den Soldaten Frostwolken aus dem Mund, und an den Gewehrkolben setzte sich Eis an. Luft wie Spiegelglas. Im Windschatten der Mauern schlummerten gefrorene Schneereste. Nebel und Feuchtigkeit. Das Grau der Luft als Vorankündigung allen Lichtes. Und in den Straßen das Geheul des alles durchdringenden, grausamen, bissigen Windes.

Im zweiten Stock des Kapitanats schmückte ein gerahmtes Foto von General Franco das Arbeitszimmer von Francisco Gómez Jordana, der mit einem Telegramm in der Hand im Raum auf und ab schritt. Gómez Jordana hatte in Kuba und Marokko gekämpft, von wo er mit der

Ernennung zum Botschafter zurückgekommen war. Er galt als Literaturliebhaber und war unter Primo de Rivera Minister gewesen, später aber von den Republikanern ins Gefängnis gesteckt worden. Der Krieg hatte ihn im Rang eines Generalleutnants als Außenminister und Regierungsvizepräsident nach Burgos geführt. Zerschunden und verletzt von Kämpfen in Stacheldrahtverhauen und den Schützengräben dreier Kontinente, betrachtete er mit seinen dreiundsechzig Jahren den Bürgerkrieg nur noch von seinem Arbeitszimmer aus, wusste jedoch noch immer, wie man die Absätze seiner Militärstiefel zusammenknallt. Er hielt sich kerzengerade, mit hoch erhobenem Kinn, und seine Augen, in denen sich seine Intelligenz spiegelte, hatten schon sämtliche Militärstrategien gesehen, die afrikanischen Wüsten und die kubanischen Meeresküsten erblickt, erfüllt vom Blitzen der Macheten und Gewehre. Unter der Mütze lag seine breite Stirn, die einmal vom Kampfesfieber erhitzt gewesen war und hinter der er Angriffs- und Verteidigungspläne geschmiedet hatte. Jordana trug eine eng an seinem strammen Körper anliegende Uniform mit über der Brust gekreuztem, schwarzem Koppel. Die Medaillen, die diese Brust schmückten, waren wie in rundes Metall gefasste Reminiszenzen an seine Vergangenheit.

Generaloberst Jordana, Graf von Jordana, schritt in seinem Arbeitszimmer, einem geräumigen Salon mit zwei Kristalllampen, die den Raum bis in den letzten Winkel erhellten, auf und ab, während er mit Oberst Arias sprach, einem unauffälligen, schlanken Mann mit einer Brille mit dünnem Rand auf der schmalen Hakennase. Zwischen den beinahe kahlen Schläfen trat eine hohe Stirn hervor, die sein kantiges Profil griechisch-klassisch erscheinen ließ. Sein hagerer, drahtiger Körper wirkte in der Uniform wie ein wandelndes Skelett.

Als Chef des Militärischen Nachrichtendienstes der Franco-Regierung hatte Arias in der Stadt zwei geheime Radiosender ausgehoben, und es wurde geraunt, er sei verantwortlich für die Asyl- und Austauschpolitik, welche die Regierung seit Kriegsbeginn verfolgte. Mehr Politiker als Soldat, hatte er die Erstürmung der chilenischen Botschaft organisiert und hatte, immer aus dem Schatten heraus und immer von seinem Bürotisch aus, verhindert, dass viele Republikaner das von den Franquisten eroberte Gebiet über die Konsulate und ausländischen diplomatischen Vertretungen verlassen konnten. Er gebot über ein für den Kriegsverlauf äußerst nützliches Netz von Spionen und Zuträgern und hatte Zugang zu einer hoch geheimen, dicht verwobenen Gruppe von Agenten, die für die Regierung in Burgos arbeitete.

Arias las die neuesten Nachrichten, die ihm über die Verhandlungen zwischen der republikanischen Regierung und einem internationalen Komitee zur Evakuierung der Meisterwerke des Prado zugetragen worden waren.

»Das heißt, Arias, dass die Roten, die den Prado bereits ausgeräumt und die Gemälde während des ganzen Krieges mit sich geschleppt haben, als gehörten sie ihnen, den Kunstraub nun vervollständigen wollen, indem sie versuchen, die Werke außer Landes zu schaffen.«

»So wie sie bereits das Gold der Bank von Spanien weggeschafft haben«, fügte Arias hinzu. »Aber das war um einiges schwieriger. Erinnern Sie sich noch, mein General, damals mussten sie mit Schiffen das ganze Mittelmeer durchqueren und nach Odessa gelangen, um in Moskau tonnenweise Gold in Münzen und Barren zu hinterlegen.«

»Ja. Das jetzige Unternehmen ist viel einfacher. Sie brauchen die Gemälde ja nur bis zur französischen Grenze zu schaffen. Ich nehme an, dass Álvarez del Vayo dahintersteckt ...«

Arias nickte stumm. Er sah den Minister bittend an, dieser möge einen Entschluss fassen. Jordana ging mit gesenktem Blick auf und ab und gestand, dass die Lage, politisch gesehen, sehr heikel sei.

»Wir sind zu spät gekommen, Arias.«

Der Oberst nickte erneut.

»Falls die Roten dank internationaler Unterstützung die Gemälde ausgerechnet jetzt aus Spanien wegschaffen, wo unsere Truppen in Figueres einmarschieren, und dies durch die ausländische Presse geht, sieht es aus, als ob sie diese vor uns retten müssten und wir nichts anderes beabsichtigten, als sie zu zerstören«, räsonierte Jordana.

»Während der letzten Tage habe ich über eine Möglichkeit nachgedacht zu verhindern, dass unser Prado ins Ausland gelangt. Aber die Idee ist wohl nicht so gut. Wir könnten an der französischen Grenze eine neutrale Zone schaffen, in der die Gemälde deponiert werden müssten.«

»Nein, das ist keine gute Idee. Sie wissen genauso wie ich, wenn im roten Gebiet eine neutrale Zone geschaffen wird, werden sich darin sowohl ihre Regierung als auch ihre Truppen festsetzen. Und die Gemälde werden sie wie einen Schutzschild um sich herum aufbauen. Auch eine militärische Befreiungsaktion ist ausgeschlossen, denn die Kommunisten könnten die Gemälde in Brand stecken, ehe wir es bemerken.«

»Der Prado interessiert sie nur als Mittel, international Druck ausüben zu können. Mit der Mär, dass wir mit unseren Angriffen die Gemälde zerstören, versuchen sie, die ganze Welt aufzurütteln.«

»Können Sie sich vorstellen, was geschähe, wenn unsere Luftwaffe die Gemälde zerstörte?«, fragte Jordana, ohne die Antwort abzuwarten. »Das würde uns bis in alle Ewigkeit angelastet werden. Es wäre der größte taktische Fehler des ganzen Krieges. Sie wissen ja, Arias, auf dieser Welt können Sie eine Million Menschen umbringen und trotzdem ein Kriegsheld sein, aber wenn Sie einen Velázquez zerkratzen, sind Sie für die Ewigkeit verdammt. Wenn sich diese unnütze intellektuelle Pest zwischen Kunst und Leben zu entscheiden hat, entscheidet sie sich immer für die Kunst.«

»Diese Schlacht müssen wir ohne Kugeln gewinnen.«

»Sie haben Recht, Arias. Wir müssen sie in der europäischen Presse gewinnen.«

Jordana nahm dem Oberst gegenüber Platz.

»Zuerst«, fuhr der Minister fort, »müssen wir in Umlauf bringen, dass die Roten selbst Schuld daran sind, dass sich die Gemälde jetzt mitten im Kriegsgeschehen befinden, denn sie haben sie schließlich geraubt und dort deponiert. Diese Schlagzeile will ich in den Medien der halben Welt sehen, Arias. Sorgen Sie auch dafür, dass die Welt erfährt, dass wir die Evakuierung der Gemälde unterstützen, um ihre Zerstörung zu verhindern. Wir sind aber dagegen, dass sie im Völkerbundpalast landen, dieser von den Kommunisten dominierten Institution, die sich weigert, unsere Regierung anzuerkennen. Verstanden?«

»Jawohl.«

»Seien Sie darauf bedacht, dass die Regierungen erfahren – und die internationale Presse die Idee aufgreift –, dass wir um die Rettung der Kunstschätze besorgt sind, dass wir deren Evakuierung wollen und die Ersten sind, die diese Situation bedauern … Alle diese Floskeln, Sie kennen sie ja … Aber sorgen Sie dafür, dass auch die Entschlossenheit der Regierung deutlich wird, nicht mit den Feinden Spaniens zusammenzuarbeiten.«

Jordana blickte an die Decke. Arias stand von seinem Stuhl auf und ging zur Tür.

»Die Welt schaut auf uns, Arias. Sie haben aus dem Prado eine internationale Angelegenheit gemacht … Verdammt noch mal!«, brummte der Minister.

Nachmittags um halb vier fuhr ein schwarzer Fort T von Perpignan herkommend durch die Tore des Kastells von Figueres. Seit sie die französische Grenze passiert hatten, waren Jacques Jaujard und Neil MacLaren durch ein vom Krieg gezeichnetes Land gereist, um mit der spanischen Regierung über die dringende Verlegung des Prado zu verhandeln. Minister Álvarez del Vayo empfing sie mit demselben Gesichtsausdruck, mit dem er sie am Vortag verabschiedet hatte, und aus seiner unveränderten Miene errieten Jaujard und MacLaren, dass der Minister seine Meinung nicht geändert hatte.

Der Politiker versuchte noch einmal, seine Befürchtungen deutlich zu machen. Es handelte sich um die Auslieferung der Kunstwerke an ein internationales Komitee von Museumsdirektoren, deren einziges Interesse darin bestand, die Gemälde aus Spanien zu schaffen. Für Álvarez del Vayo aber war nicht die Evakuierung der Bilder das Wichtigste, sondern vor allem ihre Rückkehr.

»Sie«, erklärte der Minister, »wollen lediglich die Gemälde aus Spanien herausbringen. Damit erfüllen Sie Ihre historische Mission, wie Sie das nennen. Unsere Regierung aber braucht neben der Ausschaffung eine Rückgabegarantie. Ist diese Überlegung so schwer zu verstehen, meine Herren?«

Jaujard ergriff das Wort und versicherte ihm, dass das Komitee die Werke lediglich nach Genf bringen und sie dort im dortigen Völkerbundpalast unterbringen könne.

»Avenol wird die Gemälde beaufsichtigen«, sagte er, »und sie nach Kriegsende wieder zurückgeben.«

»Wem denn? Franco?«, fragte Álvarez del Vayo aufgebracht. »Die Gemälde unterstehen der Regierung, und das muss auch so bleiben, wenn sie Spanien verlassen.«

»Dieser Krieg, der jeden Augenblick zu Ende sein kann«, fuhr der Minister fort, »wird Franco an die Macht bringen. Wird Avenol die Gemälde einer faschistischen Regierung zurückgeben? Ist Ihnen das nicht bewusst? Geben wir dann den ganzen Prado den Faschisten als Geschenk dafür zurück, dass sie den Krieg gewonnen haben? Wenn dem so ist, bleiben die Gemälde da, wo sie sind.«

Bei diesem letzten Satz erstarrten die Mienen der Anwesenden. Sogar Pérez Rubio, der die Haltung des spanischen Politikers gut verstand, wand sich auf seinem Stuhl und entschloss sich, das Wort zu ergreifen, um die unterschiedlichen Standpunkte einander anzunähern.

»Ich weiß nur«, sagte er, »dass die Gemälde für immer zerstört sein werden, wenn sie noch einen Tag länger in Figueres bleiben. Das Kastell wird immer präziser bombardiert. Wohin die Gemälde auch kommen und wo immer sie auch bleiben mögen, das Einzige, was zählt, ist ihre Rettung für die zukünftigen Generationen. Wem auch immer sie zurückgegeben werden, das Wichtigste ist ihre Rettung.«

»Das können Sie sagen, weil Sie nicht für ihre Auslieferung verantwortlich sind, Rubio. Natürlich ist die Rückgabe wichtig! Wissen Sie denn«, fragte Vayo, »was geschieht, wenn die Gemälde bei der faschistischen Regierung landen? Franco hat bei Italien und Deutschland gewaltige Schulden. Er wird Hitler und Mussolini Goya ausliefern, um seine Kriegsausgaben zu begleichen. Das ist es, was geschehen wird. Und die Verantwortung dafür werden weder Avenol noch Sie tragen. Die Verantwortung werde ich tragen, weil ich die Probleme der Rückgabe nicht in meine Überlegungen einbezogen habe.«

Jaujard blickte dem Minister in die Augen. Er erhob sich vom Stuhl, lehnte sich über den Tisch, bis sein Gesicht dem des Ministers bedrohlich nahe war, und sagte:

»Jetzt hören Sie mir mal gut zu, Herr Minister. Ich befinde mich hier im Kriegsgebiet in einem fremden Land und riskiere an einem kalten Februarnachmittag zum zweiten Mal mein Leben für diese Gemälde, für die Kunst und den Prado und nicht etwa für die verdammte Politik. Die Rückgabe wird nach Kriegsende an die spanische Regierung erfolgen. Das habe ich Ihnen in drei Sprachen gesagt! Und so und nicht anders wird es sein.«

»Und ich sage Ihnen«, entgegnete Álvarez del Vayo, erhob sich ebenfalls und reckte Jaujard ebenso streitlustig sein Gesicht entgegen, »dass die Gemälde nur unserer Regierung zurückzugeben sind. Unserer Regierung! Unserer Regierung und nicht der Francos!«

Nach einer kurzen Pause beruhigten sich die beiden und setzten sich wieder.

»Obwohl es noch etwas verfrüht sein mag, dies zu sagen, sind Sie und Ihre Regierung besiegt. Der Prado kann keiner Regierung zurückgegeben werden, die es nicht mehr gibt, auch keiner Exilregierung, weil eine Regierung in der Verbannung ein politisches Hirngespinst ist«, sagte Jaujard dann.

Die anschließende Stille roch nach totaler Niederlage. Álvarez del Vayo vermied jeden Blickkontakt und steckte Jaujards grausamen Kommentar halb beleidigt, halb zustimmend mit einer vagen Handbewegung weg. In diesem Moment drohte das Gespräch vom Thema abzuweichen, sich zu verflüchtigen.

»Glauben Sie mir, Herr Minister«, hob Jaujard nochmals an, »wenn Sie dem Evakuierungsplan nicht zustimmen, werden Sie zum berühmtesten Menschen der Kunstgeschichte. Nicht einmal Nero hat es so weit gebracht.«

»Ich verstehe die Situation besser als jeder andere«, sagte Álvarez del Vayo langsam, als fehle ihm die Kraft für weitere Worte. »Ich kann die Gemälde weder hier lassen noch sie ausliefern. Von mir wird nun ein historischer Entschluss erwartet …«, murmelte er gedankenversunken.

Der Abend hatte sich zunehmend metallschwarz verdichtet, während die Sonne hinter den Bergen versank. Der blaue Glanz des wolkenlosen Himmels versank in Schwärze. Der lange Schatten einer Mauer fiel quer über den Kasernenplatz und kündigte die nahende Nacht an. Die Luft füllte sich mit schweren, plötzlich aufgetauchten feuchten Schwaden und Nebel. Ein eisiger Wind heulte von weit entfernten Gipfeln auf das Kastell hinunter.

Álvarez del Vayo verharrte in finsterem Schweigen. Schließlich erhob er sich.

»Meine Herren, unsere Regierung lässt die Evakuierung der Kunstwerke nach Genf zu«, sagte er feierlich. »Sie billigt diesen Umzug aber nur, wenn alle Kunstgegenstände der spanischen Nation, der einzigen Eigentümerin des Kunstschatzes, zurückgegeben werden, sobald der Frieden wiederhergestellt ist, wer immer auch die Regierung stellen wird.«

Er hielt inne und stellte fest, dass sich alle bewusst waren, dass er soeben einen sehr schwierigen Entschluss gefasst hatte.

»Es muss jedoch ein Vertrag aufgesetzt werden«, fuhr er fort, »der diese Bedingung schwarz auf weiß enthält.«

Während die Sonne am Horizont versank, wurde es in Álvarez del Vayos' Arbeitszimmer immer dunkler.

In diesem Moment ertönte am Himmel der Motorenlärm der italienischen Luftwaffe. Die Bombardierung Figueres' begann von neuem, und viele Bomben fielen auf das Wegstück zwischen dem Kastell und der Stadt. Die Scheiben im Arbeitszimmer des Ministers zerbarsten, und die Soldaten schossen mit ihren Flakgeschützen in die Luft, eine völlig wirkungslose Maßnahme, die nichts weiter zur Folge hatte als das Geschützgeknatter. Am Himmel führten die Flugzeuge ein rituelles Todesballett auf, das jeder Verteidigung spottete. Eine Bombe schlug in eine der Mauern, und ihre Splitter flogen bis in den Kasernenhof. Álvarez del Vayo, Pérez Rubio, Jaujard und MacLaren zitterten bei dem Gedanken, dass dies ihre und auch der Gemälde letzte Stunde sein könnte. Es konnte kaum noch schlimmer kommen; man spürte, wie die Gemäuer zitterten, aufrissen und barsten. Die vier stürzten aus dem Raum und tasteten sich mit vorgestreckten Armen, wie Gespenster, durch die Dunkelheit, erreichten schließlich Türen und Durchgänge, durch die sie ins Untergeschoss gelangten, um sich vor dem Angriff zu schützen. MacLaren und Jaujard fürchteten auch hier noch um ihr Leben, und der Minister drückte sich zwischen zwei Sandsäcke, die zufällig herumstanden und auch keinen Schutz boten.

Zwischen dem Aufröhren des ersten Flugzeuges und der letzten Bombe waren achtunddreißig Minuten vergangen. Um Punkt sieben Uhr abends stiegen die vier wieder zum Innenhof hinauf, schauten zum Himmel empor, stießen in der Kälte weiße Atemwolken aus und zitterten vor Angst. Sie verstanden nun auch ohne weitere Gespräche, dass die Evakuierung der Gemälde dringender denn je geboten war und spätestens am folgenden Tag stattfinden musste. Da das Elektrizitätswerk zerstört worden war, lag das Kastell ohne Licht, wie ein riesiger dunkler Schatten mitten auf dem Feld. Die Mauern bebten noch immer, und hier, an diesem soeben bombardierten Ort, befanden sich die Gemälde des Prado, konnten jederzeit von einem Splitter, einem glühenden Funken oder einer Stichflamme getroffen und zerstört werden, waren dem Geschossfeuer preisgegeben.

Álvarez del Vayo gewann seine Fassung zurück, und die Spuren der Angst schwanden aus seinem Gesicht.

»Holt mir Marín!«, befahl er.

Einige Minuten später tastete sich Miguel Ángel Marín, der juristische Berater des Ministers, durch die Dunkelheit auf dem Innenhof. Vayo teilte ihm kurz den Beschluss mit, die Prado-Gemälde unverzüglich zu evakuieren, und wies ihn an, ein Dokument aufzusetzen, das als formelles Abkommen zwischen der Regierung und dem Internationalen Komitee zu gelten hätte.

»Sie haben zwanzig Minuten.«

Marín schauderte, schwieg aber zunächst. Er schickte nach einer Schreibmaschine und versuchte in der Zwischenzeit, dem Minister klarzumachen, dass zwanzig Minuten zu wenig seien, um einen Vertrag aufzusetzen, und dass dieses konkrete Abkommen auf jeden Fall juristisch unhaltbar sei.

»Das Internationale Komitee ist keine juristische Person, es existiert gar nicht. Das wäre dasselbe, als ob man einen Vertrag mit irgendeinem Passanten abschlösse.«

»Was wollen Sie damit sagen, Marín?«

»Dass ich nicht weiß, wem wir die Gemälde übergeben. Außerdem wird der Treuhänder, dieser Avenol, ja gar nicht unterzeichnen. Das ist doch absurd. Hier wird über den Willen einer Person verfügt, die gar kein Vertragspartner ist …«

»Glauben Sie, dass mir heute Nacht das Recht noch irgendwas bedeutet, Marín? Tun Sie, was ich Ihnen sage.«

Als dem Rechtsberater die Schreibmaschine übergeben worden war, betrachtete er wie betäubt die Männer, die um ihn versammelt waren, und auf seinem Gesicht zeichnete sich sein völliges Unverständnis ab. Der arme Marín, beauftragt, eine unmögliche, jeder rechtlichen Grundlage entbehrende Vereinbarung aufzusetzen, stand da mit der Schreibmaschine auf den Armen und schien auf die Anweisungen eines Ministers zu warten, der wie ein römischer Kaiser der Geschichte die Ereignisse diktierte. Er wirkte wie die Karikatur des einzigen besonnenen Menschen unter so vielen unvernünftigen Wesen, die einzige umsichtige Person, die alle Umstehenden erstaunt und wütend zugleich anstarrten.

»Notieren Sie«, sagte Vayo, ohne sich mit der Einschätzung der Lage aufzuhalten. »Treuhänder: Avenol. Bestimmungsort: Genf. Finanzieller Aufwand: zu Lasten des Internationalen Komitees. Im Falle möglicher Beschädigungen der Kunstwerke verzichtet die Regierung auf eine Entschädigungsforderung ...«

Als der Minister merkte, dass Marín ihn nur ansah, ohne etwas zu notieren, ein Schatten inmitten der stockfinsterer Nacht, unbeweglich und immer noch mit der schweren Schreibmaschine auf den Armen, hielt er inne. Vayo straffte seine Muskeln, biss die Kiefer zusammen, ballte die Fäuste und sagte:

»Muss ich denn alles selber machen?«

Er löste sich von der Gruppe und trat mit zwei, drei langen Schritten auf einen im Innenhof abgestellten Opel zu, drehte den Zündschlüssel und schaltete die Scheinwerfer ein.

»Nun haben wir wenigstens Licht, meine Herren. Licht zum Schreiben. Was uns fehlt, ist Zeit!«

Im schwachen Licht der Scheinwerfer eines alten Opels begann Marín, vom Ministerialberater zu einem Ja und Amen sagenden Messner degradiert, auf seiner Maschine herumzuhämmern, während die andern die sich zunehmend steigernden rhetorischen Wendungen Vayos bewunderten, der weiterdiktierte:

»... verzichtet die Regierung auf eine Entschädigungsforderung. Bei Übergabe der Werke stellt Avenol eine Empfangsbescheinigung aus; diese gilt nach Beendigung des Krieges als Verpflichtung zur Rückgabe der Kunstwerke an die spanische Regierung, damit sie als Gemeingut der spanischen Nation erhalten bleiben. Figueres, Freitag, den dritten Februar, und dann die Unterschriften. Marín, erstellen Sie das Abkommen mit den üblichen Klauseln und vergessen Sie, was Sie über die Rechtsformalitäten wissen.«

Schwarz zeichnete sich die Silhouette Miguel Ángel Maríns ab, des juristischen Beraters, der mit seiner Schreibmaschine auf den Knien den Vertrag tippte. Neben ihm stand Pérez Rubio, der ihn in diesem kritischen Augenblick nicht allein lassen wollte. Álvarez del Vayo, der beim Opel stand, versuchte, Autorität auszustrahlen. MacLaren und Jaujard, die an seiner Seite gestanden hatten, zogen sich ein paar Schritte zurück, damit der Minister ganz allein das triste Bild betrachten konnte, die zwei nach vorne gekrümmten Männer, die ein Schriftstück aufsetzten, das über ein Weltkulturerbe entschied. Der eisige Wind, die klirrende Kälte, die dunkle, unauslotbare Nacht und als einzige Lichtquelle die zwei Scheinwerfer mitten im stockfinsteren Kastell zeichneten ein Bild des Unglücks und der Eile, der Dringlichkeit, der vordersten Frontlinie, das düstere Bild einiger Männer, auf deren Gesichtern sich die Niederlage und die schiere Angst abzeichneten.

»Da haben wir noch einmal Glück gehabt«, flüsterte MacLaren Jaujard zu.

»Den Prado hier zu behalten, ist ein Verbrechen!«, sagte Jaujard laut, fast schreiend, als ob ihn alle hören sollten.

Auch der Minister hatte es gehört. Nach all den Verhandlungen, den Bombardierungen, dem Warten und bei dieser Kälte waren die Nerven aller bis zum Bersten gespannt, und so entgegnete er:

»Das Verbrechen war der Aufstand gegen die Republik, Monsieur Jaujard! In diesem Krieg bin ich weder der Aufständische noch derjenige, der ihn begonnen hat,

Monsieur Jaujard! Das ist das Endergebnis des Faschismus, Monsieur Jaujard! Und der Einzige, der hier schreit, Monsieur Jaujard, bin ich!«

Die Stille wurde immer länger und drückender. In der Nacht hallten Álvarez del Vayos Worte wider, als seien sie der höchste Befehl, der während des ganzen Krieges gegeben worden war.

»Lesen Sie mir das Abkommen nochmals vor, Marín. Und bitte jetzt!«

Der Berater hatte soeben das letzte Wort auf das zerknitterte Papier getippt, richtete sich auf, streckte seine Arme in Richtung der Autoscheinwerfer und las alles nochmals laut vor. Um sieben Uhr fünfundzwanzig abends, in stockdunkler Nacht, konnten die im Kasernenhof versammelten Männer endlich ihre Unterschrift unter den Vertrag setzen. Mit nichts als der Gewissheit, die Evakuierung der Kunstwerke unter den widrigsten Bedingungen beschlossen zu haben, legte Álvarez del Vayo die Papiere auf die eisige Karosserie des Opels und setzte seine Unterschrift unter die zwei Originale. Jaujard unterschrieb als Zweiter, und anschließend signierten MacLaren und Pérez Rubio als Zeugen. Der Minister steckte seinen Durchschlag ein und zog sich mit langen Schritten, in widersprüchliche Gedanken versunken, grußlos ins dunkle Nirgendwo zurück. Einige Minuten später verließen die Mitglieder des Internationalen Komitees das Kastell in Richtung Perpignan. Die Evakuierung hatte begonnen.

5. KAPITEL

Zur selben Zeit und weit entfernt lag Burgos unter einem kalten, grauen, stürmischen Himmel. Der Februarwind trieb tief hängende Wolken durch die Straßen, und der Tau bedeckte die Felder mit hartnäckigem Raureif. Der Winter klammerte sich eisig an die Fassaden, und der Himmel hatte sein Blau verloren. Im Gebäude des Generalkapitanats unterhielt sich Minister Jordana mit Oberst Arias, dem Chef des Militärischen Nachrichtendienstes. Die zwei Männer besprachen, wie sie eine groß angelegte Operation verhindern könnten, welche die republikanische Regierung in der Schweiz durchzuführen gedachte. Der Militärische Nachrichtendienst hatte von im feindlichen Gebiet eingeschleusten Agenten chiffrierte Informationen erhalten, die einen geheimen Plan enthüllten. Die Republikaner brauchten Waffen, um dem Vorstoß der nationalen Truppen standhalten zu können. Und wieder einmal – so, als sei der Krieg endgültig mit den Gemälden des Prado verknüpft – drehte sich alles um ein Bild. Jordana hätte nie geglaubt, dass ihm in diesen allerletzten Kriegstagen eine Handvoll Kunstwerke noch so viel Arbeit und Kopfzerbrechen bereiten würde. Es war, als ob die Politik und die militärischen Angelegenheiten dem Druck einer Macht hätten weichen müssen, die alle Aufmerksamkeit auf die Bilder und deren Maler zwang.

Arias seinerseits hatte bis jetzt an verschiedenen geheimen Operationen teilgenommen, wichtigen und weniger wichtigen, aber auch er konnte nicht verstehen, wieso in den letzten Tagen die Leinwände den gesamten Raum einzunehmen schienen. Im Laufe des Gespräches versuchte Arias, den Minister zur Ausführung eines Plans zu gewinnen, der die Wiederaufrüstung der Republikanischen Regierung verhindern würde. Aber noch nie hatte der Oberst seinen Vorgesetzten derart unentschlossen gesehen wie an diesem Tag. Jordana war geplagt von endlosen Zweifeln und schob nach jedem Wort lange Pausen ein.

»Den Roten mitten in der Evakuierung ein Gemälde zu entwenden …«, staunte Jordana, »das ist unmöglich, Arias! Wie kommen Sie auf eine solche Idee?«

Der Oberst wusste genau, dass sein Plan sehr riskant war. Ihm war jedoch nichts Besseres eingefallen, um die Operation zu verhindern, welche die Republikaner gerade vorbereiteten.

»Es ist schwierig«, erklärte er dem Minister. »Aber unmöglich ist es nicht. Theoretisch können wir das Gemälde noch heute stehlen lassen oder spätestens morgen.«

»Glauben Sie tatsächlich, dass Sie den Kommunisten ein Gemälde stehlen können, damit es einer unserer Agenten in die Schweiz schafft, sich dort als Republikaner ausgibt und es verkauft?«

»Im jetzigen Moment, mein General, haben die Roten nichts anzubieten: keine Waffen, kein Geld, kein Gold und auch sonst nichts – außer dem verdammten Prado. Und genau den bieten sie jetzt an.«

Jordana stand auf und trat ans Fenster. Durch die Scheiben hindurch betrachtete er die schwarzen, kahlen Bäume, die nackten, verkrüppelten Äste, bedeckt mit einer dünnen Schicht aus vereistem Regen.

»Gehen wir nochmals alles in Ruhe durch«, sagte der General. »Was genau haben Sie herausgefunden, Arias?«

Der Oberst schlug seine Beine übereinander, presste seinen Rücken gegen die Stuhllehne und fasste sich ans Kinn.

»Wie Sie bereits wissen«, sagte er, »verfügen wir innerhalb des Kastells von Figueres über einen Agenten. In seinen Berichten teilt er uns mit, dass der Feind die Übergabe eines Velázquez paktiert hat, für den er eine Ladung Waffen erhalten wird.«

»Ist diese Meldung unseres Agenten vertrauenswürdig?«

»Vollkommen.«

»Die Kommunisten werden also die Gemälde nicht nur aus Spanien schaffen, sondern wollen darüber hinaus eines davon in der Schweiz gegen Waffen verkaufen.«

»Richtig, und zwar in Bern. Die Roten haben Salomon Salinger kontaktiert.«

»Und wer ist dieser Salinger?«

»Ein Hai, der an schmutzigen Geschäften beteiligt ist, ein Zwischenhändler auf dem Kunstmarkt. Er ist der einzige in Europa, dem es gelingt, mit allem zu handeln: mit Gemälden, mit Waffen ... Es handelt sich um einen hochgradigen Kriminellen, der mit illegalen Geschäften ein Vermögen gemacht hat.«

Dem nationalen Agenten in Figueres zufolge bestand der Plan der Republikanischen Regierung darin, einen Velázquez nach Bern zu schaffen, wo ihn Salinger entgegennehmen und dafür Waffen nach Spanien liefern würde. Arias nahm an, dass der Transport der Waffen nur über das Meer erfolgen und die Ladung nur in einem noch von den Republikanern kontrollierten Hafen gelöscht werden konnte, vielleicht in Alicante oder Cartagena. Um zu verhindern, dass dem Feind die Waffen in die Hände fielen, hatte Arias einen riskanten und vielleicht etwas zu gewagten Plan ausgeheckt. Er wollte seinen Gegnern zuvorkommen und mit Salinger in Verhandlung treten, noch bevor der republikanische Abgeordnete mit dem Gemälde die Schweiz erreichte. Wenn ein Agent der Nationalen sich als der Abgesandte der Roten ausgäbe, den Salinger erwartete und mit dem er das Geschäft abwickeln wollte – so versuchte Arias seinem Vorgesetzten klar zu machen –, dann würde Salinger sich auch mit ihm über die Route und den Hafen einigen, und dann wäre es ein Leichtes, die Waffen von der Nationalen Marine unterwegs abfangen zu lassen, sodass sie nie in den Besitz des Feindes gelangten.

»Salinger behält das Gemälde und verschifft die Waffen auf der von unserem Agenten vorgeschlagenen Route, im Glauben, das Geschäft mit den Roten gemacht zu haben. In Wirklichkeit hat er aber die Waffen uns geliefert und nicht ihnen.«

»Ihr Plan scheint mir sehr riskant, aber wir müssen alles versuchen, um die Wiederbewaffnung der Roten zu verhindern.«

Jordana sagte das im Brustton der Überzeugung. Er blickte an die Decke, atmete tief durch und sah Arias dann fest an.

»Können Sie sich vorstellen, Oberst Arias, was geschähe, wenn der Feind zum jetzigen Zeitpunkt zu diesen Waffen käme? Seit über einem Jahr verkaufen ihnen die Russen kein einziges Gewehr mehr. Die Roten sind ausgebrannt, kurz vor der Aufgabe. Militärisch besiegt. Und trotzdem wollen sie noch Waffen. Wissen Sie wozu?«

General Jordana stellte diese Frage, ohne eine Antwort abzuwarten, und noch bevor Arias etwas entgegnen konnte, sprach der Minister bereits weiter.

»Ich sage es Ihnen, Arias. Die Roten wissen, dass sie diesen Krieg nicht mehr gewinnen können. Deswegen wollen sie ihn ausdehnen. Sie wollen Waffen, um diesen Krieg zu verlängern.«

»Aber was bringt es ihnen, das Ende hinauszuzögern? Noch mehr Leid? Noch mehr Schmerz und Blut?«

»Oberst, es besteht nicht der geringste Zweifel, dass der Feind den Krieg verlängern will, um uns direkt in den nächsten hineinzumanövrieren. Sie wollen diesen Krieg mit dem europäischen Krieg verbinden, der bereits unausweichlich scheint. Wenn die Welt einmal in Flammen steht, so denken sie, werden sie von den demokratischen Staaten die Hilfe erhalten, die ihnen jetzt verweigert wird.«

Arias verstand, was Jordana meinte.

»Wenn der Konflikt in Europa ausbricht«, erwiderte er, »wird Deutschland bestimmen, wie lange der Krieg dauert.«

»Keinesfalls, Arias. Keinesfalls. Dies wird ein allgemeiner und totaler Krieg zwischen Demokratie und Faschismus werden. Und die Kommunisten hoffen zu siegen, wenn sich die politische Landschaft ändert. Sie kämpfen gegen die Zeit. Noch sechs oder sieben Monate. Das ist es, was sie wollen. Durchhalten bis August oder September, damit dieser Krieg Teil eines allgemeinen Konfliktes wird.«

Arias spürte, dass die Unterhaltung in eine Erörterung der internationalen Politik abzugleiten drohte; das Thema erschien ihm zwar ausgesprochen wichtig, aber noch war die Frage mit dem Gemäldeverkauf nicht geklärt. Um das Gespräch wieder auf das Wesentliche zurückzuführen und von Jordana die Billigung seines Planes zu erhalten, entgegnete der Oberst:

»Uns bleibt nicht mehr viel Zeit, um zu verhindern, dass Salinger das Gemälde erhält.«

Der Minister überdachte nochmals, was Arias ihm gesagt hatte.

»Von welchem Gemälde sprechen wir eigentlich?«

»Unser Agent gibt an«, antwortete der Oberst, »dass es sich um das Bild *Im Garten der Villa Medici in Rom* handle. Ein kleiner Velázquez, kaum zwei Spannen breit.«

»Natürlich, ein kleines Gemälde, das leicht transportiert werden kann. Man könnte es in einer Hosentasche in die Schweiz schmuggeln ...«

»Unsere Informationen sind noch unvollständig. Velázquez malte zwei kleinere Bilder mit demselben Titel. Eines wird als *Der Mittag,* das andere als *Der Nachmittag* bezeichnet. Wir wissen nicht, um welches es sich handelt. Und das, was zunächst wie ein Problem aussieht, ist genau der Schlüssel für unseren Plan.«

»Ich sage es Ihnen offen, Arias. Mir scheint dies alles viel zu gewagt. Aber erklären Sie es mir nochmals ausführlich, Oberst.«

Bereits zum zweiten Mal bat Jordana ihn, das Ganze

zu wiederholen, als versuche er damit, sich mit dem Plan anzufreunden.

»Wir wissen, dass die Roten das Gemälde nach Bern bringen müssen. Diese Aktion können wir nicht verhindern, da wir weder wissen, wer das Bild übergibt, noch wann und wie. Wir wissen nicht einmal, um welches der zwei Gemälde es sich handelt.«

»Sie schlagen also vor, dass wir dem Feind zuvorkommen?«

Arias nickte. Dann fuhr er fort:

»Die einzige Möglichkeit, die Aktion zu unterbinden, ist, uns selbst in sie hineinzuschleusen und noch vor den anderen Kontakt zu Salinger aufzunehmen. Wir schicken einen Agenten nach Bern, der sich Salinger gegenüber als der rote Abgesandte ausgibt. Er überreicht ihm das erwartete Gemälde und vereinbart mit ihm eine Route und einen Zielhafen für das Schiff, das wir dann auf See abfangen können. So gelangen die Waffen nie in die Hände des Feindes.«

»Das Problem ist, dass wir kein einziges Gemälde besitzen, das wir Salinger übergeben könnten.«

»Um es nach Bern zu bringen, müssen die Roten den *Garten der Villa Medici* von den übrigen zu evakuierenden Gemälden trennen, und zwar, bevor die Prado-Werke an der französische Grenze sind. Wir aber machen dasselbe. Wir stehlen ihnen den Velázquez mitten in der Evakuierung.«

Obwohl der Minister nun bereit war, Arias Plan zu billigen, äußerte er erneut seine Bedenken:

»Der Plan ist äußerst kompliziert.«

»Es gibt aber weder einen anderen, noch haben wir Zeit, einen auszuhecken«, antwortete der Oberst.

»Nun denn …«, willigte Jordana ein. »Aber etwas habe ich noch nicht verstanden. Wenn doch die Roten Salinger bereits ein bestimmtes Bild angeboten haben, was haben wir dann davon, wenn wir ein anderes stehlen? Der schweizerische Zwischenhändler erwartet nicht irgendein Gemälde, sondern dasjenige, das ihm angeboten worden war.«

»*Im Garten der Villa Medici* ist kein bestimmtes Gemälde. Es sind zwei. Beide heißen gleich. Salinger wird annehmen, dass es sich um eine bloße Verwechslung während der Verhandlungen handelt.«

»Ein Meisterstück. Aber …«

In diesem Augenblick hielt der Minister inne, ohne den Satz zu Ende zu führen, als ob er noch einen Einwand gefunden hätte.

»Aber die Roten«, fuhr er fort, »werden ihren Plan ebenfalls ausführen. Das heißt, es wird auf jeden Fall einen Republikaner geben, der nach Bern reist, um Salinger ein Gemälde zu übergeben. Was geschieht in diesem Fall?«

»Wenn der kommunistische Agent nach uns ankommt, hat uns Salinger die Waffen bereits ausgeliefert. Wenn er aber vor uns dort ist …, war der ganze Plan umsonst.«

»Dann verlieren Sie keine Zeit mehr, Arias. Verlieren Sie keine Zeit mehr.«

6. KAPITEL

Das im Kastell von Figueres unterzeichnete Abkommen sah vor, dass die Prado-Gemälde bis zur Grenze in französischen Lastwagen transportiert werden sollten, die vom Internationalen Komitee zur Verfügung gestellt wurden. Und tatsächlich war es dem Komitee gelungen, an die fünfzig Lkws aufzutreiben, die nun in Kolonnenformation auf der anderen Seite des Grenzüberganges von Le Perthus warteten. Bisher hatte sich jedoch noch keines davon in Bewegung gesetzt, denn der Weg zum Kastell von Figueres wurde aus der Luft hartnäckiger als je zuvor mit Maschinengewehrfeuer belegt. Auf diese Weise versuchte General Jordana Zeit zu gewinnen, um die Evakuierung zu erschweren, wenn nicht ganz zu verhindern. Die Flugzeuge bombardierten die Verbindungswege und zwangen die langen Reihen von Flüchtlingen, sich in den Bergen zu verstecken. Flugzeuggeschwader beschossen das kurze Wegstück zwischen Figueres und der Grenze. Jordana hatte durchgesetzt, dass dieses Gebiet seit dem Morgengrauen ständig unter Feuer genommen wurde. Zwar konnte er von Burgos aus nicht genau wissen, ob diese Angriffe tatsächlich, wie geplant, den Umzug verzögerten. Auf alle Fälle wollte er jedoch die Verbindungen zwischen Figueres und der Grenze erschweren. Jordana wusste genau, dass bei einer Verzögerung des Transports die Bilder Gefahr liefen, sowohl im Kastell als auch unterwegs zerstört zu werden. Er war sich nicht sicher, ob diese Strategie sinnvoll war, hielt aber den Befehl aufrecht, die Wege aus der Luft zu kontrollieren und auf alle Lastwagen, Fahrzeugkolonnen und Personen zu schießen, die sich darauf fortbewegten. Damit versuchte der General, die Gemälde im Kastell von Figueres zurückzuhalten, bis es den nationalen Truppen gelänge, sich ihrer in einer Militäraktion zu bemächtigen, welche die bereits verminderte feindliche Verteidigung noch mehr schwächte, und damit ein Abkommen zu erzwingen, dass der Prado auf spanischem Territorium verblieb.

Um zehn Uhr früh erhielt Álvarez del Vayo einen Anruf von Jaujard, der ihn von Perpignan aus über die momentane Lage informierte.

»Die Fahrer weigern sich, über die Grenze zu fahren. Sie haben Angst.«

Viel mehr konnten sich Jaujard und der Minister nicht mehr sagen, denn nach einem heftigen Getöse verstummten zuerst die Stimmen, dann brach die Verbindung zusammen und konnte auch nicht wieder hergestellt werden, da die Telefonleitungen beschädigt waren. Dieses kurze Gespräch hatte aber Álvarez del Vayo genügt, um zu wissen, dass er nicht über die vom Internationalen Komitee versprochenen Fahrzeuge verfügen würde.

Die Bombardierungen hielten den ganzen Tag an. Die Flugzeuge überflogen das Kastell und ließen ihre Bombenteppiche auf die Umgebung fallen, auf Figueres, auf die Landstraßen und Felder, auf die Feldwege und auf die Bäume, die noch nicht in Flammen aufgegangen waren.

Manchmal änderten die Flugzeuge ihre Richtung, nur um ihre Präsenz zu bekunden, drehten ab und kehrten wieder, als ob sie über ihren Zielen einen Tanz aufführten. Die Prado-Gemälde erzitterten bei jedem Einschlag, wankten, wenn die Erde erdröhnte, einige fielen um und wurden vom abblätternden Putz der Wände oder Dreckspritzern vom Boden beschmutzt.

Álvarez del Vayo wusste nun, dass es trotz der Unterzeichnung des Evakuierungsabkommens zu spät für die Rettung der Bilder war, und als er in seiner Arbeitsstube den Hörer auflegte, schloss er die Augen. Ohne Lastwagen kein Transport. Der Kriegslärm war zu nahe an die Grenze gerückt, als dass die französischen Fahrer für die Rettung der Gemälde ihr Leben aufs Spiel gesetzt hätten. Unterstützt von der deutschen und italienischen Luftwaffe belagerten die franquistischen Truppen Figueres, verschoben die Front nach Norden, zerstörten die Verbindungswege, schossen auf Flüchtlinge, verhinderten jede Bewegung und schlossen die letzte republikanische Verteidigungslinie auf einem kleinen Fleckchen Erde ein. Und im Mittelpunkt dieses winzigen noch verbliebenen Streifen Landes wankten die Kunstwerke unter den Blitzen, die die Luft zerrissen, und unter dem Gedonner der endlos anbrausenden Flugzeuge.

Bevor Álvarez del Vayo den Befehl gab, jenen schrecklichen Befehl, hatte er es sich eingehend überlegt, hatte das nahe Kriegsende in Betracht gezogen, die totale Zerstörung von Figueres und das Ende der Geschichte. Es war ihm nicht leicht gefallen, diesen Entschluss zu fassen, wenn er an die Menschen dachte, die jetzt aus Spanien flohen, all die Flüchtlinge, die auf der anderen Seite der Grenze Schutz suchten, Männer und Frauen, die vor

Kälte erstarrt waren und von Angst zerfleischt wurden und von denen viele vom Schnee erfrorene Füße hatten. Aber er dachte auch an die im Untergeschoss des Kastells gelagerten Gemälde des Prado, die kurz vor der Evakuierung standen. Nach seinen Berechnungen würde er für ihre Auslagerung jedes Fahrzeug brauchen, das noch im Kastell war, einschließlich derjenigen, die zum Truppen- und Lebensmitteltransport dienten, der Sanitäts- und Militärfahrzeuge und sämtlicher Motoren, die irgendwie im Stande waren, vier Räder anzutreiben. Álvarez del Vayo verzweifelte, als er daran dachte, dass dreißig Kilometer weiter, bloße dreißig Kilometer weiter, mindestens fünfzig Fahrer für die Einreise nach Spanien bereit standen, vom Kriegslärm aber abgeschreckt wurden, die Grenze zu überschreiten. Die einzige Möglichkeit, die Gemälde zu evakuieren, bestand darin, Fahrzeuge aufzutreiben, wo immer es ging. Das war die unanfechtbare Wahrheit, mit der sich der Minister an diesen Morgen konfrontiert sah. Deswegen hatte es sich Álvarez del Vayo gründlich überlegt, bevor er den Befehl gab, jenen schrecklichen Befehl.

»Alle Soldaten rücken nach Figueres aus, schwärmen über die Felder, durchkämmen Wald und Wiesen und requirieren sämtliche Lastwagen, holen Fahrer und Fahrgäste heraus und bringen die Fahrzeuge unverzüglich hierher. Die Soldaten können bei Bedarf Gewalt anwenden und von ihren Schusswaffen Gebrauch machen. Sie beschlagnahmen sämtliche Fahrgelegenheiten, die sie auftreiben können, zwingen Kinder, Frauen, Männer, Alte auszusteigen und bringen die Fahrzeuge ins Kastell. Dies ist ein Notfall. Wir werden jetzt den Prado evakuieren!«

Alberto Araque tat alles, was in seinen Kräften lag, um bei dieser Razzia in den Feldern, Wäldern und Wiesen dabei zu sein. Fünf leichtere Fahrzeuge wurden mit je sechs Soldaten und einem Fahrer bemannt, die den Befehl hatten, jeden Lastwagen, dessen sie ansichtig würden, zu beschlagnahmen. So blieb dem Heer als letzte Lösung nur die Plünderung, um Fahrzeuge aufzutreiben und damit Stück für Stück den ganzen Pradoschatz im Bombenhagel über schmutzige, feuchte Wege abzutransportieren.

Alberto Araque fuhr auf dem Rücksitz eines schwarzen Buick durch das Haupttor des Kastells. Wenige Kilometer vom Kastell entfernt gewahrten sie eine Lastwagenkolonne von Flüchtlingen, die sich langsam über einen Feldweg vorwärts bewegte. Araque und die übrigen Soldaten sprangen aus ihrem Fahrzeug, ergriffen die Gewehre, näherten sich dem Flüchtlingskonvoi und schossen in die Luft. Alle dachten, die Militärpatrouille sei gekommen, um ihnen das fehlende Schutzgeleit zu geben, bis sie die gebrüllten Befehle vernahmen, von den Fahrzeugen hinunterzusteigen. Der Widerstand der Insassen dauerte nur so lange, bis die Soldaten mit ihren Gewehrkolben auf Mütter und Kinder einschlugen, die sich aneinanderkrallten. Mit dem Finger am Abzug, die Mündung auf die Männer gerichtet, fegten Araque und die übrigen Soldaten die Flüchtlinge von den Fahrzeugen, wischten sie förmlich gewaltsam von den Ladeflächen und schlugen alle, die sich wehrten, schmetterten den Kräftigsten den Kolben über den Kopf, überhörten die Schreie und das Weinen und schossen den Flüchtlingen vor die Füße.

»Mörder, Mörder ...«, schrie eine Frau, die ihre Arme zwischen zwei Metallstäbe verkeilt hatte und sich so mit beiden Fäusten an den Lastwagen geklammert hielt.

»Mörder«, schrie sie, bis ein Soldat sie zum Rand der Ladefläche schleifte und von dort hinunterstieß.

Im Straßengraben krümmten sich die Alten, auf deren Rücken die Kolbenschläge geprasselt waren, die Frauen, die ihre Kinder in den Armen hielten, und die Kinder mit vor Schreck geweiteten Augen.

»Müssen wir erst einige von euch umbringen, damit ihr endlich von den Lastwagen runterkommt?«, schrie ein Soldat in drohendem Tonfall.

Es schien, als ob bei diesem Überfall auf freier Flur sich die Uniformen, die Waffen und die Gewalt nun gegen das eigene Volk richteten, um den Wehrlosen, den Kranken und Verwundeten, den Kindern und Alten, den namenlosen Männern und tapferen Frauen das wegzunehmen, was sie noch hatten; mitten auf dem Feld wurden sie barfuß im Schnee ihrem Schicksal überlassen, und wer zu krank oder zu schwer verletzt war, um weiterzugehen, blieb einfach still auf der nackten Erde hocken.

Wie die übrigen Soldaten riss auch Araque viele Menschen auseinander, die sich umklammert hielten, schlug auf Männer ein, schleuderte Insassen von einem Lastwagen zu Boden wie ein Bündel Lumpen und zielte auf die Tapfersten, um ihnen die Macht zu demonstrieren, die sein Gewehr ihm verlieh. Um die Befehle befolgen zu können, musste er den Gedanken verdrängen, dass die Fahrzeuge für diese Leute die einzige Hoffnung waren, noch die Grenze zu erreichen.

Nach der Räumung fuhren die Soldaten die konfiszierten Fahrzeuge in einer Staub- und Sandwolke zum Kastell Sant Ferran zurück, und auf dem offenem Feld hinter ihnen wurde den eingeschüchterten, schutzlosen und angsterfüllten Flüchtlingen klar, dass für viele von ihnen die Flucht in den Norden nun zu Ende war. Viele konnten keinen Schritt mehr weitergehen, schwache Greise, verwundete Männer, eine hilflose Menge, die nun versuchte, wieder Fuß auf dem kalten Boden eines Weges zu fassen, auf dem sie die pure Erschöpfung erwartete, ein Weg, auf dem Frankreich weiter entfernt war denn je.

»Ich kann nicht zurückschauen. Was haben wir nur getan?«, brachte einer der Soldaten mit abgehackter Stimme hervor.

»Wenn wir das noch einmal machen müssen, soll das der Minister selbst erledigen«, antwortete ein anderer.

Alberto Araque setzte sich ans Steuer des schwarzen Buick und fuhr hinter der Kolonne der requirierten Lastwagen her, die jetzt von den Soldaten gesteuert den Rückweg zum Kastell antraten. Als er allein im Auto saß, war ihm seine innere Unruhe anzusehen, und in seiner Brust wuchs die Hoffnung, diese Gelegenheit zur Flucht nutzen zu können. Er dachte daran, einfach zu verschwinden, mit der Umgebung zu verschmelzen, hinter den anderen zurückzubleiben und zu fliehen, sobald sich ihm die Chance bot. Er verringerte die Geschwindigkeit, erhöhte den Abstand zu den anderen, und als die Lastwagen hinter einer lang gezogenen Kurve, die um einen Hügel führte, aus seinem Blickfeld verschwanden, fand er die Gelegenheit günstig und hielt den Buick an. Er wendete und fuhr nach Norden.

Während er beschleunigte, verscheuchte er Teresas Bild aus seinen Gedanken und bemühte sich nach Kräften, das liebliche Gesicht, das er einst geküsst hatte, und die sanfte Stimme der Sanitäterin, mit der er eigentlich hatte flüchten wollen, aus seinem Gedächtnis zu löschen. Er redete sich ein, dass im Krieg eine andere, zwingendere Logik herrsche. An diesen Gedanken klammerte er sich eine Zeit lang, um vom Kastell und Teresa wegzukommen, ohne dass ihn auch nur ein Funken Liebe hätte aufhalten oder zweifeln lassen können. Als er das Pedal bis zum Anschlag durchtrat, war er bereits überzeugt, dass er nur noch an sich selbst denken dürfe, wie das im Krieg ein jeder macht. Nichtsdestotrotz fühlte er sich für einen kurzen Augenblick sonderbar verwirrt, und etwas wie Gewissensbisse weckten in ihm eine unbekannte Beklemmung. Er lächelte, um dieses Gefühl zu verbannen, und während die Entfernung zwischen ihm und dem Kastell und Teresa immer größer wurde, versuchte er mit aller Macht, sich einzureden, dass alle gehandelt hätten wie er, selbst Teresa.

Alberto Araque, der Mann, der um zwölf Uhr nachts vor den Prado-Gemälden Wache geschoben hatte, verabschiedete sich nicht von Teresa. Der Soldat, der mit einer Sanitäterin hatte flüchten wollen, welche die Poesie liebte, brannte bei der erstbesten Gelegenheit durch und ließ eine Liebe zurück, die an der Angst zerbrach. Er ging, weil die Angst ihm die Brust einschnürte, floh vor dem Krieg, seinem Schicksal, seiner Vergangenheit, vor Teresa, vor all dem, was er einmal gewesen war, von der Feigheit gehetzt, mit bebendem Herzen. Mit allen seinen Kräften versuchte er zu vergessen, ergriff die Gelegenheit zu einer Flucht, die er sich eigentlich immer zu zweit vorgestellt hatte. Zurück und bereits vergessen blieben im Kastell all die Küsse und Versprechen.

Als man Teresa von der Desertion berichtete, brauchte sie lange, um sich von Albertos Abwesenheit zu überzeugen. Immerhin bemühte sie sich, eine letzte Spur von Würde zu bewahren, die, wie sie meinte, darin bestand, dass sie nicht weinte. Nicht eine Träne wollte sie seinetwegen vergießen, obwohl sie spürte, wie die Bande der Liebe in ihr in unendlichem Schmerz zerrissen. Aus irgendeinem Grund, den nicht einmal sie selbst verstand, war sie überzeugt, dass sie nur dann noch einen gewissen Respekt vor sich selbst bewahren könne, wenn sie nicht weinte. So zwang sie sich zu einem freudlosen Lächeln, zwang sich, sich nicht ihrem Seelenschmerz hinzugeben, sondern ein fröhliches Gesicht aufzusetzen, wie wenn sie Verwundete und Kranke pflegte und Sterbende betreute. Mit zum Himmel gerichtetem Blick, geballten Fäusten und zusammengebissenen Zähnen riss sie sich die Todesgedanken, die sie umkreisten, und die unendliche Enttäuschung aus ihrem ausgebluteten Herzen, zwang ihre Trauer hinunter, hob den Kopf, richtete sich auf und atmete tief durch. Die Tränen, die in ihr aufsteigen wollten, unterdrückte sie, indem sie die Augen so lange offen hielt, bis sie trocken blieben, und obwohl sie innerlich beinahe erstickte, weinte sie nicht. Mit den Händen fuhr sie über ihre Haare, bündelte sie in ihrem Nacken zu einem Knoten, ballte erneut die Fäuste, schaute wieder zum Himmel empor, setzte eine heitere Miene auf und ließ ihre Erinnerungen hinter sich. Um sich endgültig von ihnen loszureißen, um keinen weiteren Schritt unter dem Gewicht ihrer Erinnerungen mehr machen zu müssen, entschloss sie sich, auf die Krankenstation zu gehen. Dort, vor einem abgenützten, halbblinden Spiegel, löste sie ihren Haarknoten und schnitt sich Strähne um Strähne ihres prächtigen Haares ab, ließ es zu Boden fallen, säbelte wild und ohne Tränen an ihren dichten Locken, als fielen mit jedem Haarbüschel ein Stück Schmerz und tausend Erinnerungen von ihr ab. Diese langen Haare, die

Alberto gestreichelt hatte, wollte sie nicht mehr tragen, auch nicht die Frisur, die ihm so gefallen hatte. Auch, als der Spiegel ihr das Bild einer Frau mit kurzem Haar zeigte, schnitt sie noch weiter, um mit der alten Frisur endgültig Schluss zu machen, stutzte die Stirnfransen, die Haare an den Schläfen und im Nacken, bis sie schließlich einem Soldaten glich. Dann betrachtete sie ihren neuen Haarschnitt, ihr nun befreites Gesichtsoval, ihr neues Erscheinungsbild. Noch ein paar letzte Korrekturen, ein kleiner Schnitt hier und da, und schon sah ihre Frisur aus wie nach einem professionellen Schnitt. Sie betrachtete sich von neuem und sah eine Frau, die nicht mehr dieselbe war wie zuvor, eine klügere, stärkere und mutigere Frau.

Es wurde Abend, und Álvarez del Vayo konnte nicht fassen, dass die Grenze so nahe lag und die Gemälde immer noch nicht gerettet werden konnten. Fahrzeuge, nichts als Fahrzeuge, das war alles, was der Minister an diesem Tag wollte. Um fünf Uhr nachmittags befahl er, die zwei Sanitätsfahrzeuge auszuräumen und sie ebenfalls für den Transport herzurichten. Zwanzig Minuten später hastete der Arzt, ein Hauptmann, zwei Stufen auf einmal nehmend zum Arbeitszimmer des Ministers hinauf.

»Kunstwerke sind keine Menschen, Herr Minister. Sie mögen zwar den Prado retten, verurteilen dafür aber die Verwundeten, die wir nicht mehr verlegen können, zum Tode.«

»Sämtliche zur Verfügung stehende Lastwagen werden zur Evakuierung des Prado genutzt. Diejenigen, die dazu nicht geeignet sind, werden entsprechend hergerichtet. Und wenn uns dann noch einige fehlen, holen wir die mit Gewalt«, stellte der Minister klar.

»Es gibt bereits keine Intendantur mehr, kein Telefon, keinen Strom, keine Munition. Es gibt nicht einmal mehr Hoffnung!«, sagte der Arzt wütend. »Zumindest aber müsste immer noch eine Flasche mit Alkohol und ein Lastwagen vorhanden sein. Nehmen Sie eines der beiden Fahrzeuge und lassen Sie mir das andere.«

»Was immer rollt und beladen werden kann, muss für die Evakuierung des Prado dienen! Das Gespräch ist beendet, Herr Hauptmann!«

»Sie können doch nicht den Sanitätsdienst auflösen!«

»Doch, das kann ich, und außerdem kann ich Sie auffordern, diesen Raum zu verlassen! Dies ist ein Befehl!«

Der Arzt eilte ebenso schnell die Treppen hinunter, wie er sie hinaufgestiegen war, und ging zur Krankenstation. Oben stand Álvarez del Vayo, der in den vergangenen drei Tagen gerade mal sieben Stunden geschlafen hatte, besorgt am Fenster und schaute in den Innenhof hinunter, von Zweifeln gequält, ob sein Entschluss auch richtig war. Er hatte bereits Menschen, die vor den Faschisten flohen, ihrer Fahrzeuge beraubt, Frauen und Alte kurzerhand auf schneebedeckten Straßen zurückgelassen, der Bevölkerung ihre eigenen Transportmittel entwendet, ihre Privatautos genommen, die Wagen der Militärintendantur und die Patrouillenfahrzeuge. Der Minister hatte, einen nach dem andern, alle für den Transport notwendigen Lastwagen eingezogen, und nun wusste er nicht, ob dieser ganze Aufwand für die Rettung des Prado die richtige Entscheidung war. Um diesen einzigartigen Kunstschatz in Sicherheit zu bringen, hatte er fast alle Dienstleistungen unmöglich gemacht, die im Kastell – in dessen Mauern die nackte Angst regierte – noch funktionierten. Dieser Entschluss, dachte der Minister, war der schwierigste, den er während des ganzen Krieges je gefasst hatte. Er wischte sich den Angstschweiß von der Stirn, fuhr mit der Hand über seine geschlossenen Augen, atmete tief durch und kehrte an seinen Arbeitstisch zurück. Er würde den Krieg verlieren, sagte er sich, aber die Kunstwerke retten. Er entwendete der Zivilbevölkerung ihre Transportmittel und bewahrte dafür den Prado. Vayo wusste, dass er Entschlüsse von historischer Tragweite fasste, die einst in die Geschichte eingehen würden. Er erschauerte, schloss erneut die Augen und beschloss weiterzumachen wie bisher.

Um halb sieben Uhr abends brannten keine Lichter im Kastell. Elf schwere Fahrzeuge waren mit dem größten Kunstschatz Spaniens beladen worden und warteten im Dunkel der Nacht auf den Abfahrtsbefehl. Die Fahrer waren Soldaten, die sich freiwillig für die Mission gemeldet hatten, die Meisterwerke über die Grenze nach Frankreich zu bringen. Man formierte eine Wagenkolonne, die im Verband bis zu den ersten Pyrenäenausläufern eskortiert werden und von da aus allein zum Grenzübergang Le Perthus weiterfahren sollte. In jedem Fahrzeug würden sich je zwei bewaffnete Männer am Lenkrad abwechseln.

Von der Krankenstation aus sah der Sanitätshauptmann die auf dem Kasernenhof bereitstehende Wagenkolonne. Ihre Scheinwerfer waren ausgeschaltet, graubraune Planen schützten die Ladung, und glänzende Holzteile waren übermalt worden. Der Hauptmann hatte das Personal seiner Abteilung um sich versammelt und erklärte ihm, dass nun keine Lastwagen mehr zur Verfügung stünden, um Verwundete von den Straßen zu bergen. Teresa Munera lauschte den Worten des Arztes, und ihr schien, als sei das Ende bereits da für dieses Kastell, das keine Verteidigung und nicht mehr genügend Soldaten besaß, in dem es keine Dienste und Wachen mehr gab und keine einzige Flagge mehr zu beschützen war. Und sie dachte an Alberto, der die Katastrophe schon Tage zuvor angekündigt hatte, der vorhergesehen hatte, dass die militärische Niederlage innerhalb weniger Tage erfolgen würde und man dann schutzlos dem anrückenden Feind ausgeliefert wäre.

Teresa zog sich zurück; sie wollte es sich ersparen, mit den anderen Sanitäterinnen, die immerhin noch das Glück hatten, nur unter dem Krieg zu leiden, über alles und letztlich doch nichts reden zu müssen. Sie hingegen litt nicht nur unter der prekären militärischen Lage, sondern stand noch dazu vor den Trümmern ihres Lebens, und das konstant unterdrückte Weinen schnürte ihr das Herz zusammen. Plötzlich kam ihr, sie wusste selbst nicht woher, der Gedanke, in die Kellerräume hinunterzusteigen, wo Alberto und sie sich so viele Male geküsst hatten. Sie tastete sich durch die dunklen, von keiner Glühbirne mehr erleuchteten Katakomben bis zu der Luke vor, durch die Alberto immer gespäht und durch die sie ihm in ihrer Hand gefangene Küsse mitgebracht hatte. Sie kämpfte gegen den Druck in ihrer Brust, und wieder gelang es ihr, die Tränen zurückzuhalten – ein Sieg über sich selbst und die Erinnerungen, die dieser Keller in ihr weckte. Dann ging sie noch ein bisschen weiter, bis sie mit ihren Händen die Säule berührte, gegen die sie eines Nachts ihren Rücken gelehnt hatte, um Albertos Lippen zu küssen; sie spürte, wie diese Säule immer noch vor Liebe und Zukunft vibrierte und von jener Zärtlichkeit durchdrungen war, die sie Alberto einst geschenkt hatte. Noch ein Schritt, und sie stieß auf die schlaffe Hängematte, in die Alberto sich in anderen Nächten gelegt hatte, ebenso verstohlen, wie er aus ihrem Leben verschwunden war. Plötzlich nahm sie unwillkürlich den Geruch jener Nacht wahr, in der sie sich so intensiv geküsst hatten und sie ihm gesagt hatte, dass sie bereit sei, mit ihm wegzugehen, jener Nacht ihrer von Bomben umzingelten Liebkosungen, als sie sich im feindlichen Blitzgewitter geliebt hatten und sie ihre Bluse aufgeknöpft hatte und glaubte glücklich zu sein.

In diesem Augenblick zerriss es ihr das Herz, und trotz aller Anstrengung konnte sie nicht länger verhindern, dass ihr salzige Tränen in die Augen schossen und unter Schluchzen über ihre Wangen strömten, in ihren Mund sickerten und ihre Hände netzten. Sie weinte, weil sie unendlich litt, weil sie gescheitert war, weil sie ihre Erinnerungen nicht vergessen konnte. Und sie weinte, weil sie weinte. Sie erfüllte die Luft mit ersticktem Schluchzen, hob schützend die Hände vor ihr Gesicht, bedeckte die Augen und wischte sich schließlich die Tränen weg.

Dann, sie wusste nicht, wie, überkam sie, voller Zweifel, Schrecken und Ungewissheit, der vage, quälende Gedanke, das süße und zugleich schmerzliche Gefühl, Alberto habe ihr vielleicht doch eine Nachricht oder einen Hinweis hinterlassen, wo er sich befand, wie er geflohen war und wann und wo er sie erwartete. In der Dunkelheit tastete sie den Stoff der Hängematte ab, erkundete mit den Fingern die Mauernischen, suchte einen Zettel oder ein Zeichen, das aus der wortlosen Flucht ein künftiges Treffen machen könnte. Wie Teresa Munera da so im Dunkeln saß, vom Weinen aufgelöst, begann in ihr der Gedanke zu keimen, dass Alberto sie nie mitten im

Krieg im Stich gelassen hätte, ausgerechnet er, der sich so sehr bemüht hatte, sie zu einer gemeinsamen Flucht zu bewegen. Es musste einen Grund für diese Trennung geben, etwas, das es ihm unmöglich gemacht hatte, sich zu verabschieden, ihr eine Mitteilung zukommen zu lassen, sie mitzunehmen. Plötzlich war sie sicher, in Bälde eine Spur, einen Brief, eine Nachricht, einen genauen Hinweis auf sein Verbleiben zu finden, eine Skizze seines Aufenthaltsortes, den Baum, an dem er sie erwartete, das Haus, in dem er sich befand, den Ort, an dem sie sich wiedersehen würden.

Sie durchsuchte den ganzen Keller, tastete unter Tränen die Umrisse aller Gegenstände ab, und unter haltlosem Schluchzen wurde ihr bewusst, dass der Schlüssel zum Geheimnis in den Worten liegen musste, die sie sich zuletzt gesagt hatten. Sie dachte an ihr letzte Begegnung und ihr fiel ein, dass Alberto und sie darüber gesprochen hatten, in ein Dorf ganz in der Nähe der Grenze mit Blick zum Meer zu gehen … Alberto erwartete sie dort, sagte sie sich, in einem Dorf nahe der Grenze und mit Blick aufs Meer.

Noch völlig verwirrt von ihren Gedanken und der alles erfüllenden Dunkelheit stieg sie aus dem Untergeschoss herauf; in ihrem Gesicht glühte die Hoffnung, Alberto bald wiederzubegegnen. Oben angekommen, sah sie eine Reihe schwerer Fahrzeuge, eine Lastwagenkolonne, die sich gerade mit den verschnürten, durch wasserdichte Planen so gut als möglich geschützten Gemälden auf den Weg zur Grenze machte. Die stark frequentierten Straßen, die von Flüchtlingen verstopften Wege, die weiten Gebiete, durch die Tausende von Menschen vor dem Kriege flohen, mussten sie dabei umfahren. Um den Bombardierungen zu entgehen, mussten sich die Fahrer durch versteckte Hohlwege, auf Pfaden, die von den Landkarten gelöscht worden waren, durch in das Gestrüpp gehauene Schneisen und über unerkundete Stege vorwärts tasten.

Teresa sah, wie die Motoren angelassen wurden und die Kolonne sich in Bewegung setzte, ein Fahrzeug hinter dem anderen, mit gelöschten Scheinwerfern. Sie stand vor einer Mauer neben der Tür, die zu den Kellertreppen führte, und betrachtete von dort aus die Abfahrt, mitten in der Nacht, mitten im Krieg, in Richtung Grenze. Sie hätte gerne gewusst, ob Alberto es bereits geschafft hatte, nach Frankreich zu kommen, ob er an einem bestimmten Ort auf sie wartete und ob er immer noch an sie dachte.

In dieser Nacht begann, kaum waren die Lastwagen aus dem Kastell gerollt, der stärkste Luftangriff von allen, die bis dahin stattgefunden hatten. In rasendem Flug bestrich die Legion Kondor die Verbindungswege mit Feuer. Ihre Bomben zermalmten die Gegend und vernichteten ganz Figueres. Zum ersten Mal wurden auch ganz gezielt die Mauern des Kastells beschossen. Auf die neunhundert Meter, die Figueres vom Kastell trennten, fielen Tonnen von Bomben, und die Granaten schleiften die Zinnen. Soldaten, Minister, Sanitäterinnen, die ganze Besatzung des Kastells rannte durcheinander, die Hände schützend über den Kopf gehoben und schrie, als sei dies keine militärische Stellung mehr, sondern nur noch ein Ort des Schreckens und Leidens für wehrlose Frauen und Männer, eingeschlossen zwischen Mauern, die für die Bomberpiloten ein perfektes Ziel abgaben. In dieser Nacht sah Teresa viele Soldaten sterben. Es war die Hölle, die Vorwegnahme des Endes aller Dinge, das letzte Bombardement in einer drei Jahre währenden Niederlage. Unterhalb eines Turmes stürzte die halbe Wand ein und bot den im Sturzflug angreifenden Fliegern eine riesige Lücke, durch die sie Dutzende von Soldaten töteten. Die Krankenstation füllte sich mit mehr Toten als Verletzten. Ohne elektrisches Licht, ohne Lebensmittel und Munition, ohne Hoffnung, ohne Lebensmut, von Angst gepackt, das Ende fürchtend, ohne telefonische Verbindung, ohne Widerstand – dies war das Ende allen Lebens im Kastell, die letzte Nacht in der Nachhut. Auf den nahen Gebirgshöhen sah man nun bereits deutlich die Frontlinie, die Artillerie, die Infanterie, das ganze franquistische Heer; von dort aus planten sie den Endsturm, Figueres war zum Greifen nahe, das Kastell schon umzingelt, sie waren bereit, die Stellung zu überrennen.

Vier Stunden nahezu ununterbrochener Bombardierungen hatten allen Widerstand gebrochen, einen Großteil des Gemäuers zusammenstürzen lassen, die Verteidigungswaffen zerstört und das Leben vieler ausgelöscht. Die Dämmerung fand das Kastell als rauchende Ruine, mit verstümmelten Konturen und zwei eingestürzten Mauerkronen. Und trotzdem, als wäre dies ein Tag wie jeder andere, fuhren mitten im großen Sterben, mitten im Schrecken und Entsetzen fünf Pkws nach Figueres und über die Landstraßen aufs Land hinaus, um das Unmögliche zustande zu bringen und Lastwagen aufzutreiben. Und nach zwei Stunden brachten sie weitere neun Fahrzeuge zurück, die sie Flüchtlingen weggenommen hatten, Menschen, die, in ihre abgetragenen Kleider und in klamme Wollsachen gehüllt, mit ansehen mussten, wie ihnen das Heer die Lastwagen entriss und sie auf dem Weg stehen ließ, weitab von jedem Ort, allein in ihrer Angst, mitten im Nichts, nur umgeben vom eisigen Wind.

Um zwölf Uhr mittags entschied der Minister, das Kastell aufzugeben. Teresa Munera benutzte die allgemeine Verwirrung und verließ die Krankenstation. Im Laufschritt überquerte sie den Kasernenhof, betrat den Fahrzeugschuppen, wo immer noch eines der beiden Sanitätsfahrzeuge stand, auf das sie so viele Male gestiegen war. Sie kletterte auf die fast leere Ladefläche, wo ihre Schritte widerhallten, aber nicht wie früher, als es darin noch medizinische Ausrüstungsgegenstände gab, Verbandsmaterial, Metallschüsseln, Bahren. Im Innern des Laderaums klangen ihre Schritte hohl, weil diese Dinge fehlten, weil in diesem Sanitätsfahrzeug nichts mehr an seine ursprüngliche Funktion erinnerte und es jetzt nur noch ein ganz gewöhnliches Transportfahrzeug war. In einer Ecke sah sie Reste chirurgischen Bestecks und die aufgerissene Verpackung von Verbandstoff. Zwei auf dem Boden liegende Pinzetten und ein Skalpell zeugten von der Eile, in der dieser Lastwagen ausgeräumt worden war, und nur einige Binden, die Pinzetten, das Skalpell und der Verbandstoff erinnerten sie daran, wie viele Male sie hier mit ganzem Einsatz Blut gestillt und Wunden versorgt hatte.

Mit einem Schraubenzieher löste sie das Blech und fand, wie Alberto es ihr gesagt hatte, einen geräumigen, mit Eisenplatten verkleideten Hohlraum, der einen genau zwischen den zwei Hinterrädern versenkten Kasten bildete. Sie zwängte sich in diese von der Bauweise des Gefährts vorgegebene Kiste und schob das Abschlussblech über sich wie den Deckel eines Geheimfaches. Hier, im

Innern eines Lastwagens, war sie nun, wie Alberto gesagt hatte, im Besitz des Passierscheines, den sie benötigte, um Figueres verlassen zu können.

Teresa stieg aus der Vertiefung heraus, legte das Deckblech wieder darüber und sprang aus dem Gefährt. Als sie aus dem Fahrzeugschuppen trat, sah sie im Gegenlicht die Silhouette von Carlos Sánchez, der sie vom anderen Ende des Innenhofes betrachtete. Sie wusste nicht, ob die Nachricht von Araques Fahnenflucht sich bereits bis in alle Winkel des Kastells herumgesprochen hatte, und schämte sich, dass er sie ansah, denn sie fürchtete, in seinem Blick eine Spur Mitleid zu entdecken, das sie eigentlich in niemandem wecken wollte. Nein, mit Carlos wollte sie jetzt nicht sprechen, nicht mit dem Soldaten, der so viele Male versucht hatte, ihr seine Liebe zu gestehen. Sie richtete deshalb ihre Schritte anderswohin, ohne recht zu wissen, wohin sie ging, und ließ Carlos Sánchez zurück, der wie so oft zuvor zusah, wie Teresa ihm den Rücken zuwandte und fortging.

Zwei Stunden später trug Teresa Munera den von Machado zurückgelassenen Koffer in der Hand und hatte die Sanitäterinnentracht gegen eine Soldatenuniform ausgewechselt. Das Sanitätsfahrzeug wartete in der Kolonne mit den andern Wagen, um mit den Prado-Gemälden beladen zu werden. Nachdem sie sich vergewissert hatte, dass sie von niemandem gesehen wurde, sprang sie ins Gefährt und schloss die Plane der Ladefläche. Erneut gewahrte sie die auf dem Boden herumliegenden zwei Pinzetten und das Skalpell, die Reste dessen, was einmal zur Ausrüstung des Fahrzeuges gehört hatte und nun niemandem mehr dienen würde. Sie öffnete den bereits vorbereiteten Schacht, zwängte sich mit dem Koffer und dem

Schraubenzieher hinein, legte sich auf die Seite, rückte das Deckblech zurecht und richtete sich in ihrem Versteck auf ein langes Warten ein.

7. KAPITEL

Mitten auf dem Innenhof des Kastells schrie ein Feldwebel in einer abgetragenen Uniform lauthals unbedeutende Befehle. Er organisierte die Beladung der Fahrzeuge mit den Kunstwerken und wollte sich vergewissern, dass sich alle freiwilligen Fahrer auf ihrem Posten befanden. Dieser Verband war der zweite, der die Gemälde des Prado zur französischen Grenze bringen sollte. Ein gertenschlanker, in einen schweren Mantel gehüllter Soldat mit umgehängtem Rucksack näherte sich dem Feldwebel.

»Carlos Sánchez«, stellte er sich vor.

Der Feldwebel schaute auf seinen handgeschriebenen Blättern nach.

»Carlos Sánchez ... Carlos Sánchez ...«, wiederholte er. »Hier bist du. Du fährst das Sanitätsfahrzeug. Dein Mitfahrer wartet bereits auf dich.«

Er übergab ihm ein Blatt, das nichts Weiteres als die Auflistung der Maler und der Gemälde enthielt, die das Fahrzeug zu transportieren hatte.

Um fünf vor halb acht Uhr abends brachen die mit den Gemälden beladenen Fahrzeuge in Richtung Grenze auf. Im Sanitätsfahrzeug, dessen Fahrer Carlos Sánchez war, reiste, gut versteckt, Teresa Munera mit. Im engen

Hohlraum lag sie auf der Seite, spürte jede Erschütterung des Wagens und versuchte, sich möglichst behaglich einzurichten, um in dieser unbequemen Lage die Fahrt einigermaßen aushalten zu können. Nach kurzer Zeit jedoch wurde ihr übel. Da Teresa über dem tiefsten Punkt im Fahrzeug, unter dem Metallboden der Ladefläche quasi auf der Höhe der Räder lag und nicht nach außen sehen konnte, drehte sich ihr bald der Magen um, und eine ungeheure Übelkeit begann, in ihr aufzusteigen. Um sich an das Schütteln zu gewöhnen, schloss sie die Augen und hielt so noch ein paar Kilometer durch, bereute nun aber, gerade diese Fluchtmöglichkeit gewählt zu haben. Einzig der Gedanke, das enge Versteck bald verlassen zu können, bei der erstbesten Gelegenheit auf offenem Feld vom Fahrzeug zu springen und sich zu Fuß allein auf den Weg nach Frankreich zu machen, bewog sie, noch in dieser Kiste zu verharren.

Die Fahrzeugkolonne blieb bis zum Fuße eines Hanges, in dessen Morast die Räder einiger Wagen keinen Halt mehr fassen konnten, zusammen. Zwei Fahrzeuge rutschten gefährlich nahe an den Rand eines beiderseits von einem Abgrund begrenzten Pfades, und ihre Ladung drohte, verloren zu gehen. Alle hielten an, um den Lastwagen zu helfen. Mal schoben sie, mal zogen sie, bis die Wagen wieder auf den sicheren Pfad zurückgebracht waren. Plötzlich brauste am Himmel über ihren Köpfen ein Geschwader feindlicher Flugzeuge heran, ohne sie jedoch wahrzunehmen. Also beschlossen die Fahrer, untereinander Abstand zu halten, damit bei einem Fliegerangriff nicht alle betroffen wären. Sie trennten sich, und der Verband löste sich auf. Derjenige, der sich unter den Kameraden am lautesten für die Trennung aussprach, war Carlos

Sánchez, der seit Beginn der Fahrt immer wieder versucht hatte, sich von den anderen abzusetzen. Nachdem sie nun vom feindlichen Geschwader überflogen worden waren, schlug er vor, jeder Einzelne solle auf eigene Faust versuchen, sich bis zur Grenze durchzuschlagen, um eine Massierung zu vermeiden und der Luftwaffe kein Ziel mehr zu bieten. Da er völlig allein bleiben wollte, ermunterte Sánchez seinen Beifahrer, einem anderen Fahrzeug zu helfen, das mit den Rädern in ein Schlammloch geraten war, während er allein bis zur Grenze weiterfahren werde.

Schon nach wenigen Metern verlor Carlos Sánchez an einem Berghang die anderen Fahrzeuge aus den Augen. Als er feststellte, dass es ihm gelungen war, seinen Begleiter abzuschütteln und er ganz allein auf weiter Flur war, zog ein Lächeln über sein Gesicht. Einmal drehten die Reifen auf vereisten Grasbüscheln am Wegrand durch. Dann quälte er den Wagen einen mit Schneematsch bedeckten sandigen Hang empor, gelangte auf eine dicht bewaldete Hochebene und überquerte ein mit verfaulten Stoppeln bespicktes Feld. Nachdem er glücklich einen Pfad entlang einer Schlucht überwunden hatte, fuhr er durch ein enges, vom Raureif weißes Tal in die offene Nacht hinaus.

In seiner Führerkabine presste Carlos Sánchez sein schmales Gesicht an die Windschutzscheibe und suchte die dunklen Wegstrecken, mied Waldlichtungen und die vom Mond erhellten Stellen. Um Punkt zehn Uhr, als er sicher war, ganz allein zu sein, bog er in einen Waldweg ein und stellte den Motor ab. Teresa fühlte sich plötzlich besser und dachte daran, das Versteck zu verlassen, obwohl sie nicht sicher war, ob dieser Moment auch der günstigste sei. Eigentlich hatte sie das Fahrzeug erst in unmittelbarer Nähe der Grenze verlassen wollen, und sie war sich bewusst, dass sie noch weit von Frankreich weg war. Das hinter ihren Schläfen bohrende Schwindelgefühl hatte sie gezwungen, in der ohnehin schon engen Kiste eine noch unbequemere Lage einzunehmen, sodass ihre angewinkelten Arme und Beine zu schmerzen begannen.

Carlos Sánchez war derweil ausgestiegen und hatte den hinteren Teil des Wagens geöffnet. Teresa hörte, wie jemand auf die Ladefläche stieg, und beschloss, versteckt zu bleiben. Im schummrigen Licht einer kleinen Lampe untersuchte Carlos Sánchez die Packen, die er transportierte, und stapelte die Kisten, Bretterverschläge und verschnürten Ballen, welche die Gemälde des Prado enthielten, entlang der Seitenwände. Er suchte ein bestimmtes, mit einem roten Kreuz gezeichnetes Paket, das nicht auftauchen wollte. Schließlich beschloss er, einige der Kisten auszuladen, um innerhalb des Fahrzeuges mehr Platz zu haben. Teresa hörte, wie er über das Ladedeck und den Blechdeckel ging, der den Hohlraum schützte, in dem sie versteckt lag. Sie hielt den Atem an und versuchte, sich nicht zu bewegen, um sich nicht zu verraten. Endlich gewahrte Carlos Sánchez den an einer anderen Kiste lehnenden, mit Draht verschnürten Karton mit einem über die ganze Oberfläche verlaufenden roten Kreuz. Er nahm das Paket aus dem Wagen und legte es auf den Boden.

Mit zwei scharfen Steinen schlug er den Draht auf, und mit dem Seitengewehr sprengte er die Plomben, die das Paket versiegelten. Vor seinen Augen erschien ein kleines Ölgemälde. Am unteren Rand des Rahmens befand sich ein Metallschildchen mit der Aufschrift *1211. Diego de Silva y Velázquez. 1599–1660. Im Garten der Villa Medici, Rom. Öl auf Leinwand.* Mit der linken Hand hielt er das Gemälde und stellte es auf den Boden. Mit der Rechten bohrte er sein Seitengewehr in die Leinwand und schnitt sie an ihren vier Seiten entlang aus dem Rahmen heraus.

Teresa wusste nicht, ob sich der Soldat, der über die Ladefläche gelaufen war, noch immer im Wagen befand oder ob er wieder ausgestiegen war. Einen Augenblick lang dachte sie, dass alles egal sei, dass sie nur ihren Kopf aus dem Hohlraum zu strecken brauche, um ihre verlorene Freiheit wiederzugewinnen und ihren Körper wieder richtig durchstrecken zu können. Dann aber hielt sie es wieder für besser, abzuwarten, bis der Wagen weiterfuhr. Während Teresa zwischen Zweifel und Schwindelgefühlen hin und her gerissen wurde, breitete Carlos Sánchez seinen dicken Tuchmantel auf dem Waldboden aus und öffnete eine lange Reihe von Häkchen, die das Futter mit dem Stoff verbanden. Als er sie alle geöffnet hatte, fuhr er mit der Hand hinter das Futter, um die dort versteckte Innentasche zu öffnen, die von hinten auf das Futter genäht und zwischen diesem und dem Manteltuch verborgen war. In diese breite Stofftasche steckte er ungerollt die soeben aus dem Rahmen gelöste Leinwand wie ein zweites Innenfutter. Nachdem er die Häkchen wieder geschlossen hatte, schlüpfte er in den Mantel, der nun zwischen dem Futter und dem Außentuch einen verborgen Velázquez enthielt.

Er zerriss den Karton und zerstreute die Schnipsel am Wegrand. Den Rahmen demontierte er und warf die einzelnen Teile kraftvoll in weitem Bogen in alle Richtungen. Die Pakete, die er zuvor ausgeräumt hatte, stemmte er wieder auf die Ladefläche, verschloss die Schutzplane, stieg in die Kabine, startete den Motor und fuhr weiter Richtung Grenze.

Zu Teresas Muskelkrämpfen hatten sich inzwischen hämmernde Schmerzen hinter ihren Schläfen gesellt. Nachdem sie über so lange Zeit beinahe reglos mit angewinkelten Beinen in diesem viel zu kleinen Hohlraum hatte liegen müssen und durchgeschüttelt worden war, spürte sie die Anzeichen einer Übelkeit, die zum Erbrechen geführt hätte, hätte sie ihre Hüfte nicht einige Zentimeter verschieben und ihre Arme strecken können. Trotz der Erleichterung, die ihr diese kleine Körperverlagerung schuf, fühlte sie, dass sie diese Fahrt nicht bis zum Ende durchhalten würde und diesen Schacht vorher verlassen müsse. Einige Minuten später, als sie überzeugt war, es nicht mehr länger aushalten zu können, zwängte sie ihre Hand in die Hosentasche und zog den Schraubenzieher hervor, um damit den Blechdeckel über ihrem Schacht wegzuhebeln. Ohne Erfolg versuchte sie, die Spitze des Werkzeuges zwischen die Fugen des Deckbleches zu schieben, stieß aber in der Dunkelheit immer nur auf das glatte Metall.

Im hellen Mondschein schreckte Carlos Sánchez auf und erstarrte. Mit angespannter Miene stellte er den Motor ab und schaute schweigend durch das offene Seitenfenster in die Nacht hinaus. Dann stieg er aus der Kabine, spannte sein Gewehr und schnallte sich den Rucksack auf den Rücken. Nun hörte er es wieder, das Geräusch, das er bereits vorher wahrgenommen hatte, ein Knirschen zweier Eisenteile, den Schlag von Metall auf Metall. Und dann Stille. Teresa hatte von ihrem Vorhaben abgelassen, als sie in ihrer Verwirrung endlich gemerkt hatte, dass das Fahrzeug erneut angehalten hatte. Carlos entfernte sich einige Meter vom Wagen und ging hinter einem Büschel trockener Disteln in Deckung.

Zwischen den stacheligen Stängeln hindurch sah Carlos den Wagen einsam auf dem Feldweg stehen. Der Mond beleuchtete das Umland, und mitten in der Stille, in der einzig der Wind zu hören war, spitzte er die Ohren. Teresa gab all ihre Vorsicht auf. Es ging ihr sehr schlecht, sie konnte dem Druck ihres Magens kaum noch widerstehen, in ihrer Kehle stieg die Übelkeit auf, und so schob sie alle Überlegungen beiseite und entschloss sich, sofort aus ihrem Schacht zu steigen. Obwohl sie wusste, dass sie dabei Lärm verursachen würde, versuchte sie weiter, mit dem Schraubenzieher den Blechdeckel aufzuhebeln, angetrieben von dem dringenden Bedürfnis, sich aufzurichten und ihrem Kopf frische Luft zu verschaffen. Carlos lag immer noch neben dem Wagen versteckt auf der Lauer und hörte, wie Teresas Schläge aus dem verborgenen Kasten durch die Nacht dröhnten. Es war ihr bereits geglückt, das Deckblech von den Schrauben zu lösen, aber mit all dem Gewicht der Gemälde darauf gelang es ihr nicht, es von der Stelle zu bewegen. Das Kratzen und Knirschen der aneinander reibenden Metallteile hallte laut vernehmbar in der Stille der Nacht wider. Schließlich hatte Teresa es geschafft, den Deckel beiseite zu schieben, und sie zwängte zuerst ihren Kopf und dann ihren ganzen Körper durch einen Berg von Kisten und Packen, bis sie ihre Füße auf den Wagenboden stellen konnte. Als sie stand, durchzuckte erneut ein hartnäckiges Hämmern ihren Kopf. Ihr Magen zog sich zusammen, und sie verspürte einen unwiderstehlichen Brechreiz. Sie ging in die

Knie, und das Gewicht ihres Körpers und die neue Haltung ließen ihre Gelenke schmerzen. Dann kämpfte sie sich durch die Packen und begann, die Stricke der Plane zu lösen.

Von seinem Versteck aus sah Carlos, dass sich die Schutzplane bewegte. Er stützte den Lauf seines Gewehres auf das Gras und zielte in Richtung Fahrzeug. Teresa sprang mit Machados Koffer in der Hand von der Ladefläche auf den Sandweg. Dann hielt sie inne, atmete tief durch, um die Übelkeit zu vertreiben, und bewegte ihre Gliedmaßen, damit das Gefühl in sie zurückkehrte. Carlos spannte den Hahn, legte ganz langsam den rechten Zeigefinger an den Abzug, hob den Kolben an seine Schulter, nahm Teresas Kopf ins Visier und entsicherte, bereit, jederzeit abzudrücken. Das kurze Haar, die Uniform, die Distanz und das Mondlicht ließen Carlos annehmen, dass es sich um einen Soldaten handelte. Dass jemand im Wagen verborgen mitgefahren war, erstaunte und beunruhigte ihn sehr. Seine größte Sorge jedoch war, dieser plötzlich aufgetauchte Soldat, der sich so geschickt versteckt hatte, könne gesehen haben, wie er ein Gemälde aus dem Wagen geholt und es in das Futter seines Mantels gesteckt hatte. In dem Moment, in dem er abdrücken wollte, ging Teresa um den Wagen herum und verschwand aus seinem Gesichtsfeld. Carlos war nun entschlossener denn je, diesen Soldaten zu töten, nicht nur, weil es sich um einen ungebetenen Gast handelte, sondern vor allem, weil die Gefahr bestand, dass dieser blinde Passagier ihn gesehen hatte, wie er das Bild aussonderte. Was ihn aber befremdete, war der Umstand, dass dieser Mann keine Waffen trug, sondern nur einen Koffer bei sich hatte.

Teresa erschien nun vorne neben der Fahrerkabine, hielt inne und schaute um sich. Sie wunderte sich, dass niemand zu sehen war, weder Fahrer, Begleiter noch irgendein Soldat, und da es ihr bereits besser ging, dachte sie darüber nach, wie sie diesen Ort am besten verlassen könnte. Sie überlegte, sich im Dickicht des Gehölzes, das sie auf der anderen Seite des Weges wahrnahm, zu verstecken und abzuwarten, bis das Tageslicht die Orientierung erlaubte. Carlos nahm erneut Teresas Silhouette ins Visier, krümmte den Finger, und der Schuss ging los. Im selben Augenblick, als die Kugel aus dem Lauf fuhr, hatte Teresa unmerklich den Kopf bewegt und spürte nur noch, wie das Projektil ihr Haar streifte. Sie hörte das Krachen des Schusses und sprang in ein paar Sätzen zum gegenüberliegenden Wegrand in Deckung, kaum ein paar Meter von Carlos entfernt. Sie hielt den Koffer umklammert, weniger, um ihn nicht zu verlieren, sondern vielmehr, um sich an irgendetwas festzuhalten, und lief zwischen den Bäumen davon, verzweifelt hinter sich und nach allen Seiten blickend, bis sie sich vor Todesangst zitternd entschloss, hinter ein paar Felsen Schutz zu suchen.

Gleich darauf wurde sie von hinten gepackt. Eine Hand presste ihr die Lippen zusammen, hielt ihren Mund zu, und ein Arm legte sich um ihren Hals. Vor ihren Augen sah sie die Klinge eines Messers aufblitzen, und sie spürte die scharfe Schneide an ihrer Kehle. Unter diesem Griff konnte sie sich nicht mehr bewegen und glaubte, es sei um sie geschehen. Carlos hielt Teresas Leib fest mit seinen Armen und einem Bein umschlungen. Als er sich überzeugt hatte, dass sie tatsächlich keine Waffen bei sich trug, löste er den Druck des Messers ein wenig und versuchte, ihr Gesicht zu sehen. Ein Blick über ihre Schulter zeigte ihm nur ein unbekanntes, von einer Mütze halb verdecktes Profil. Erst als Teresa den Mund öffnete, mit zwei, drei stockenden Worten um Mitleid bat und dann zu schreien begann, merkte Carlos, dass er es mit einer Frau zu tun hatte. Er drückte sie zu Boden, hielt ihr weiterhin sein Messer an den Hals, drehte ihren Kopf nach hinten und erkannte nun deutlich Teresas Gesicht.

Plötzlich wich die Kraft aus seinen Händen, und er löste seinen Klammergriff. Einen Augenblick lang betrachteten sie einander wortlos und wurden sich langsam der Wirklichkeit dieser unverhofften Begegnung bewusst. Carlos versuchte verzweifelt herauszufinden, was Teresa hier zu suchen hatte, kam über sein Staunen aber nicht hinaus, und plötzlich überfiel ihn unaussprechliche Angst bei dem Gedanken, sie beinahe getötet zu haben. Beide atmeten tief durch, um die Lähmung zu lösen, welche Angst und Spannung in ihren Herzen hervorgerufen hatten, und schauten sich immer noch sprachlos an. Bis zu diesem Moment hatte Teresa nicht gewusst, dass der Fahrer des Wagens, in dem sie sich versteckt hatte, Carlos Sánchez war, jener galante Soldat, der sie immer vergeblich umworben hatte. Noch mehr aber war Carlos darüber erstaunt, dass von seinem Wagen niemand anderes als die Sanitäterin gesprungen war, der er so häufig den Hof gemacht hatte.

Um seiner noch unausgesprochenen Frage zuvorzukommen, erzählte Teresa, dass sie sich im Fahrzeug versteckt habe, um vom Kastell wegzukommen und nach Frankreich zu fliehen, wo sie hoffe, vor den Gefahren des Kriegsendes Schutz zu finden. Sie schämte sich für dieses Vorhaben, wie sie Carlos freimütig gestand. Dieser starrte sie an wie eine Erscheinung. Darauf fuhr sie fort, dass sie ursprünglich geplant habe, sich zusammen mit Alberto abzusetzen. Alberto habe sie aber, wie Carlos und alle bereits erfahren hätten, im Stich gelassen und sei allein aus dem Kastell geflohen, was einer Flucht sowohl vor dem Krieg als auch vor ihrer Liebe gleichkäme. Und als sie ihm das sagte, schämte sie sich erneut, und eine tiefe Röte, die sich im Mondlicht nur erahnen ließ, überzog ihr Gesicht. Carlos hatte ihr schweigend zugehört. Er konnte selbst kein Wort hervorbringen, und so ließ er sie einfach sprechen. Schließlich verzog er zwischen zwei von ihr hervorgebrachten Sätzen seine Lippen zu einem Lächeln, in dem alles lag, was er nicht zu sagen vermochte. Als Geste der Entschuldigung und gleichzeitig als Begrüßung schloss er sie in seine Arme. Vor allem aber umarmte er sie aus Erleichterung darüber, sie nicht erschossen zu haben. In dieser Umarmung löste sich die ganze in dieser Nacht ausgestandene Angst. Einen Moment lang hielt er sie noch in seinen Armen und gab sie dann frei, um sie erneut betrachten zu können.

Vor Carlos stand jetzt die Sanitäterin, die er schon immer umworben hatte, und plötzlich überkam ihn die Furcht, sie könne gesehen haben, was er mit dem Bild gemacht hatte, wie er es von den übrigen Gemälden des Prado, die er im Fahrzeug transportierte, aussortiert und in seinem Mantel versteckt hatte. Carlos war es gelungen, seinen Kameraden abzuhängen. Er hatte es fertig gebracht, sich von allen anderen Fahrzeugen abzusetzen, um allein fahren zu können, und trotzdem war er zu keiner Zeit völlig allein gewesen, denn nun war plötzlich eine zwischen den Bildern versteckte Frau aufgetaucht, die gesehen oder erraten haben könnte, was er tat.

»Hier können wir nicht die ganze Nacht verbringen«, sagte Carlos.

»Du kannst mich in der Nähe der Grenze absetzen. Ich schließe mich einer Flüchtlingskolonne an und gelange schon irgendwie nach Frankreich.«

»Ich lass dich nicht allein.«

Carlos hob Machados Koffer auf. Beide stiegen wieder ins Fahrzeug und machten sich Richtung Norden auf.

»Was steckt denn in diesem Koffer, den ich dir schon zum zweiten Mal getragen habe?«

»Blätter …, Blätter, die Antonio Machado gehören, dem Dichter. Ich habe ihn vor ein paar Tagen auf einem Waldweg betreut und will sie ihm in Frankreich zurückgeben.«

Teresa hatte keine klaren Gründe, weshalb sie über die Grenze gehen wollte. Zwar hatte sie in ihrem Kopf absurde Pläne gewälzt, aber nur, um sich selbst zu ermuntern, erst einmal vom Kastell von Figueres wegzukommen. Eigentlich hatte sie diese Flucht angetreten, ohne es sich gründlich überlegt zu haben. Sie hatte sich erst in dem Moment entschlossen, als sie von Albertos Desertion erfahren hatte, vor allem, um sich selbst zu beweisen, dass ihr Leben keinesfalls an diesen Soldaten gebunden war, der sie so schmählich im Stich gelassen hatte. Alles, was Teresa dazu veranlasst hatte, sich im Schacht dieses Fahrzeuges zu verstecken, und sie bis hierher geführt hatte, war eine unüberlegte Reaktion gewesen, ein irrationaler, plötzlicher Einfall und ein Versuch, ihre Unabhängigkeit zu beweisen. Wenn sie sich schon mal zur Flucht mit Alberto entschlossen hatte, redete sie sich ein, ginge sie nun so oder so, mit ihm oder ohne ihn, als sei sie es gewesen, die den Fluchtplan ausgeheckt und den Entschluss gefasst hatte, Alberto zu verlassen. Wenn Alberto sie nicht mehr brauchte, brauchte auch sie ihn nicht mehr.

8. KAPITEL

Auf dem Weg Richtung Norden fragte sich Carlos besorgt, ob Teresa wohl wusste, dass er ein Gemälde gestohlen hatte. Was er mit diesem Gemälde vorhatte, war eine der geheimsten Missionen dieses Krieges. Er nahm an, dass es ihr von dem engen Schacht aus und in ihrer unbequemen Lage unmöglich gewesen war, nach außen zu sehen, aber sicher war er keineswegs. Da er sich ganz allein wähnte, hatte er, wie er jetzt nachträglich annahm, beim Herauslösen der Leinwand aus dem Rahmen und dem Aufknöpfen des Mantels verräterische Geräusche von sich gegeben. Auf jeden Fall jedoch musste Teresa wahrgenommen haben, dass er während der Fahrt für eine gewisse Zeit den Wagen angehalten hatte, auf die Ladefläche gestiegen war und einige Packen verschoben hatte. Er fragte sich nun, ob all dies genügte, um gefährliche Zweifel in ihr zu wecken. Um herauszufinden, ob Teresa etwas wusste oder ahnte, streute Carlos verfängliche Fragen in sein Gespräch, führte Sätze nur halb zu Ende und verwendete Wörter, die ihm etwas hätten verraten können, fand aber keinen Anhaltspunkt dafür, dass sie seinen Fragen ausgewichen wäre oder zögerte, sie zu beantworten. Seine anfänglichen Zweifel wichen langsam der Überzeugung, dass Teresa von allem, was mit dem Gemälde vorgefallen war, nichts mitbekommen hatte und überhaupt nichts davon wusste, dass er ein Prado-Bild in sein Mantelfutter geknüpft hatte.

In dieser Nacht empfand Teresa eine dumpfe Scham. Sie konnte sich nicht erklären, warum sie in den Wagen gestiegen war und was sie bewogen hatte, aus dem Kastell in Figueres wegzulaufen, um nach Frankreich zu fliehen. War es ihr schon schwer gefallen, Albertos Bitte zu akzeptieren, gemeinsam mit ihm dem Krieg den Rücken zu kehren, so verwirrten und beunruhigten sie nun überdies noch politische Erwägungen. Teresa hatte immer sehr klare Überzeugungen gehabt, und nun handelte sie all dem zuwider, was sie für gut und richtig hielt. Sie selbst hätte noch im letzten Ansturm der letzten Schlacht auf ihrem Posten in der Sanitätsstation ausgeharrt und wäre an der Seite derer geblieben, die sie benötigten. Wenn sie in die Flucht eingewilligt hatte, so nur, weil Alberto sie darum gebeten hatte und sie die Liebe nicht zerstören wollte, die sie für ewig hielt. Jetzt aber, da Araque verschwunden war, konnte sie sich nicht mehr erklären, weshalb sie tatsächlich geflohen war und sich jetzt auf halbem Weg zur Grenze befand. Das Verlassen ihres Postens, die heimliche Flucht, der Verzicht darauf, dort auszuharren, wo sie ihrer Meinung nach hingehörte, lösten in ihr ein Gefühl tiefster Beschämung aus. Es war ihr, als ob sie etwas Schändliches begangen hätte, etwas, was sie erniedrigte und ihrer unwürdig war. Ihre Flucht bis hierher und die beabsichtigte Grenzüberschreitung erschienen ihr wie die schimpflichsten aller Taten.

Vergeblich versuchte sie, sich einzureden, dass Alberto irgendwo in Frankreich auf sie wartete und dass sie sich nur deshalb auf den Weg gemacht hatte, um jenen Soldaten wiederzusehen, der zweifellos immer noch an sie dachte und einfach keine Gelegenheit gehabt hatte, sich von ihr zu verabschieden. Diese dürftige Ausrede versuchte sie zusätzlich mit dem Argument einer absurden moralischen Pflicht zu untermauern. Schließlich musste sie Machado den Koffer zurückgeben, den er ihr anvertraut hatte. Diese zwei schwachen Vorwände, so sagte sie sich immer wieder, waren ihre einzige Rechtfertigung für ihre Flucht aus Figueres. Und doch spürte Teresa nicht nur immer deutlicher, dass diese zwei vorgespiegelten Gründe hohl und nichtig waren, sondern ihr wurde vor allem mit Schrecken klar, dass sie nicht wirklich wusste, was sie hier eigentlich machte, dass sie nirgendwo mehr war, weder in Frankreich noch in Figueres, allein auf weiter Flur, ohne klares Ziel, als hätte sie ihre ganze Vergangenheit hinter sich gelassen und keinerlei Zukunft mehr. Diese quälenden Empfindungen hinterließen in ihr eine große Leere. Gleichzeitig erkannte sie, dass es für sie kein Zurück mehr gab, dass die wahre Grenze, jene unpassierbare, verbotene Grenze, welche zwei Länder trennte, nicht im Norden, sondern im Süden lag und ihre eigene, jüngste Geschichte in zwei Hälften zerschnitten hatte. Auf der einen Seite lag all das, was sie in Figueres zurückgelassen hatte, auf der anderen Seite eine planlose Zukunft.

Und doch saß sie nun hier, in der Fahrerkabine eines mit Kunstwerken beladenen Fahrzeuges, saß neben Carlos Sánchez, einem Soldaten, der in sie verliebt war und den sie nie beachtet hatte, es sei denn wegen seiner Galanterie und seiner ständigen Versuche, sie zu verführen.

Im ersten Licht des neuen Tages, das den Horizont

ockergelb färbte, erblickten sie dicht unter den hell angestrahlten Wolken den Grenzübergang von Le Perthus. Ihr Wagen überwand noch einen kahlen Berghang, und schon ging der Feldweg in eine asphaltierte, aber stellenweise abgefahrene und mit Schlaglöchern übersäte sehr schmale Landstraße über. In der Ferne sah man uniformierte französische Gendarmen, die noch auf der spanischen Seite eine riesige Ansammlung von Kriegsflüchtlingen zurückhielten. Carlos beschleunigte das Fahrzeug und rief Teresa zu:

»Da ist Frankreich.«

»Du kannst mich hier lassen, wenn du willst.«

»Du weißt nicht, was die Flüchtlinge auf der anderen Seite der Grenze erwartet, nicht wahr? Kaum jemand hier weiß das«, entgegnete ihr Carlos.

Seine Worte klangen wie eine schreckliche Warnung und ließen Teresa aufhorchen.

»Hinter der Grenze stecken die Franzosen alle Flüchtlinge hinter Stacheldrahtzäune und halten sie wie Gefangene in Konzentrationslagern. Auch wenn sie aus Spanien heraus sind, leiden sie weiter Hunger und Kälte, werden eingesperrt und von senegalesischen Soldaten bewacht, die sie wie Hunde behandeln. Nein, Teresa. Du kannst weder hier bleiben noch über Le Perthus nach Frankreich gelangen.«

»Und du, was machst du denn? Musst du wieder nach Figueres zurück?«

Carlos zögerte ein wenig, bevor er antwortete. Er schaute Teresa ins Gesicht und log:

»Ja. Ich fahre zurück.«

Das Sanitätsfahrzeug drang in den schmalen Streifen Niemandsland vor, der die zwei Länder trennte. Die französischen Gendarmen, die Befehl hatten, die Fahrzeuge mit den Gemälden des Prado durchzulassen, kontrollierten oberflächlich die Ladung und erlaubten ihnen die Weiterfahrt. Carlos Sánchez fuhr den Wagen zu einer breiten, kreisrunden Plattform, wo sich Timoteo Pérez Rubio, Jaujard und noch andere Mitglieder des Internationalen Komitees befanden. Mit ihnen besprach er durch das Seitenfenster, wo und wie er sein Fahrzeug abstellen müsse, dann sagte er leise zu Teresa:

»Ich steige aus, und du bleibst drin. In jedem Fahrzeug sollten sich zwei Soldaten befinden. Es ist besser, wenn sie dein Frauengesicht nicht aus der Nähe sehen.«

Das Umladen der Kunstwerke auf einen anderen Lastwagen dauerte etwas mehr als eine halbe Stunde. Als der Laderaum leer war, stieg Carlos wieder in sein Fahrzeug und setzte sich hinter das Steuer. Er legte den Rückwärtsgang ein, wendete und fuhr zum Grenzübergang zurück. Dieses Manöver verstand Teresa nicht. Nun fuhren sie erneut nach Spanien, das sie ja verlassen wollte.

»Carlos ..., ich bin doch nach Frankreich gekommen, um hier zu bleiben.«

»Ich bringe dich auch nach Frankreich, Teresa, aber hier in Le Perthus kannst du nicht bleiben.«

Teresa schaute um sich und gewahrte Stacheldrahtzäune, Geschützstellungen, Gendarmen und Trupps von Soldaten, die den Grenzverkehr überwachten. Dann sah sie im Schnee herumstehende Frauen und Kinder, die ihre Füße in Schals gewickelt hatten, Männer mit verbundenen Köpfen, Verletzte, die nicht mehr laufen konnten und auf improvisierten Bahren getragen wurden, Ambulanzen ohne Material, das erschütternde Bild der Niederlage.

»Hier sind Hunderttausende von Flüchtlingen. Glaubst du, dass man sie in ein Pariser Hotel mit warmem Wasser und Rosenseife bringt? Sie werden unter freiem Himmel hinter Stacheldrahtzäune gesteckt. So öffnet Frankreich seine Grenzen.«

Einige Meter hinter der Grenzlinie wurden die Soldaten zu Zivilisten. Einer hinter dem anderen schleppten sich die ehemaligen Kämpfer vorwärts, in abgewetzten Uniformen und ohne Waffen, wie eine Kolonne zerlumpter und besiegter Soldaten, wie Gefangene, wie Menschen, die in Spanien alles zurückgelassen hatten, was sie einmal waren. Hunderte von Soldaten in zerschlissener Kleidung, einige von ihnen mit Verbänden, andere verletzt; sie wirkten gar nicht mehr soldatisch, waren zu verzweifelten Gruppen zusammengetrieben, elend und zerfetzt. Und alle klammerten sich an die grenzenlose Hoffnung auf einen Befehl, der ihnen die Grenzlinie zu überschreiten erlaubte. Teresa sah nun ein, dass Carlos Recht haben könnte. Die gesamte Menschenmasse, die sich an der Grenze staute, war wie ein riesiger grauer Fleck auf offenem Feld, war der Rest noch lebender, aber vor Kälte erstarrter menschlicher Wracks.

»Aber ich kann nicht mehr nach Figueres zurück.«

»Nein. Ich bringe dich über einen unbewachten Grenzübergang nach Frankreich. Die Grenze ist sehr lang. Mit etwas Glück kommen wir über einen unbewachten Pass mitten im Gebirge hinüber, wo uns niemand sieht.«

»Und das tust du für mich?«

»Seit Monaten versuche ich, etwas für dich zu tun, und alles, was ich bis jetzt erreicht habe, war, zweimal deinen Koffer zu tragen. Jetzt habe ich die Gelegenheit, dich dorthin zu bringen, wohin du willst.«

Dort, wo die französischen Gendarmen es zuließen, fuhr Carlos über den schmalen Grenzsaum nach Spanien zurück. Auf der ganzen Strecke links und rechts der Straße sah Teresa die endlosen Trupps der Flüchtlinge, auf deren Gesichtern die letzte Hoffnung erloschen war. Ihr schien, als speie die Erde graue Flecken von Männern und Frauen aus, deren einzige Zukunft darin bestand, eine schmale, unsichtbare, absurde, weit entfernte Trennlinie zu überschreiten.

Drei Kilometer hinter dem Grenzübergang von Le Perthus sah Carlos Sánchez Teresa an, und diese wartete schweigend, dass der Soldat, der sie mitgenommen hatte, ihr endlich sagen würde, wie es weiterging.

»Vorläufig fahren wir noch über spanisches Gebiet und wechseln dann heute Nacht an einer schmalen, unbewachten Stelle, die ich gut kenne, nach Frankreich hinüber.«

»Wir fahren hinüber? Wir beide?«, fragte Teresa, die aus Carlos' zuvorkommender Art folgerte, dass er sich entschlossen haben musste, sie nicht nur an die Grenze zu bringen, sondern auch dorthin, wo sie es wünschte.

Carlos erklärte ihr nun, was er sich ausgedacht hatte. Zuerst rief er Teresa in Erinnerung, dass sie ja keinen bestimmten Fluchtplan vorbereitet hatte und wie ein dürres Blatt vom Schicksal vorwärtsgetrieben wurde. Er warnte sie erneut vor den Risiken, zusammen mit einer Flüchtlingskolonne als offizieller Flüchtling nach Frankreich einzureisen. Und er sagte ihr in aller Deutlichkeit, dass sie, seit sie das Kastell in Figueres verlassen hatte, als Deserteurin galt, was ihr jede Rückkehr unmöglich machte. Und da ihr nun einmal nichts anderes übrig blieb als der Weg nach vorn, war nun das Wichtigste, den Übergang nach Frankreich zu finden und zu wissen, wie es danach weitergehen sollte. Teresa hätte diese Erklärungen nicht gebraucht. Sie hatte verstanden, dass sie nun tatsächlich genötigt war, ihre Flucht nach vorne fortzusetzen, obwohl sie sich vorher keinen Plan ausgedacht hatte und überhaupt nicht wusste, wohin sie genau reisen wollte.

Carlos, der schon so oft enttäuscht gewesen war, Teresa kein einziges verliebtes Lächeln entlocken zu können, den es oft geschmerzt hatte, dass er zu spät in ihr Leben getreten war, als sie ihr Herz bereits an einen unwürdigen Soldaten vergeben hatte, bedauerte nun, dass er auch dieses Mal in einem denkbar ungünstigen Moment Teresas Weg gekreuzt hatte. Er musste ja in einer geheimen Mission, die keine weitere Person zuließ, ein Gemälde nach Bern bringen, das vielleicht über die Verlängerung der Kriegshandlungen entschied.

»Ich muss ohnehin durch Frankreich fahren«, sagte er ihr. »Ich kann dich mitnehmen, wohin du willst.«

»Kehrst du denn nicht mehr nach Figueres zurück?«

»Das Kastell wird bald nur noch eine steinerne Erinnerung sein, eine Ruine, vier eingestürzte Wände ... Stell mir keine weiteren Fragen, Teresa. Wir beide fahren nun nach Frankreich, aber dort müssen wir uns trennen.«

Bei diesen Worten wurde ihm bewusst, dass der kommende Abschied für ihn etwas ganz anderes bedeutete als für sie. Er wusste haargenau, was er auf der anderen Seite der Grenze zu tun und wohin er zu gehen hatte. Für Teresa hingegen, dachte Carlos, war dieser Abschied der Beginn der Leere, die Fortsetzung des Nichts. Bei allem, was er für sie fühlte, empfand er schmerzlich, dass er ausgerechnet jetzt, da sie ihn am meisten benötigte, als

Flüchtling mitten in einem unbekannten Land, als Spanierin in Südfrankreich, nicht bei ihr bleiben konnte. Und er dachte, dass dieser in Kürze bevorstehende Abschied möglicherweise eine Trennung für immer wäre und sie sich nie wiedersehen würden.

»Wohin wirst du gehen?«, fragte er sie.

Teresa zögerte, bevor sie antwortete. Auf diese knappe Frage gab es keine einfache Antwort.

»Ich werde an die Küste fahren …, werde Alberto suchen … und Machado …«

»Alberto?«

»Es ist doch nicht möglich, dass er mich einfach so im Stich gelassen hat. Er hatte sicher keine Zeit, sich von mir zu verabschieden«, sagte Teresa gepresst und spürte, wie sie log. »Er wird irgendwo in der Nähe des Meeres auf mich warten, von wo aus man die spanische Küste sieht.«

»Sicher steckt er hinter Stacheldrahtzäunen, zusammen mit einer halben Million anderer Flüchtlinge.«

Carlos erriet ihre tiefen Zweifel, ihre Gewissheit, dass sie keinen Ort hatte, an den sie gehen konnte, dass sie nichts tun konnte, auf keiner Seite der Grenze mehr heimisch war. Er überließ sich ganz dem dumpfen Schmerz, der ihn bei dem Gedanken befiel, sie nun allein auf ihrem Weg zurücklassen zu müssen, doch vor allem, so redete er sich mühsam ein, durfte er unter keinen Umständen seine Mission in der Schweiz gefährden.

»Hör mal, Teresa … Alberto hat dich ein für alle Male verlassen. Das weißt du so gut wie ich. Und was deinen Dichter anbelangt … Wie willst du ihn denn wiederfinden?«

Teresa senkte den Kopf, und ihre Augen mieden Carlos' Blick. Erneut fühlte sie sich beschämt und verlassen. Immerhin hatte sie den Mut, die Wahrheit zu sagen.

»Ich bin zwischen zwei Ländern gefangen. Ich kann weder zurück, noch habe ich ein Ziel vor mir. Was soll ich da sagen? Die Wahrheit? Die Wahrheit ist, dass ich nicht weiß, was ich tun soll. Ich weiß auch nicht wohin ...«

Abrupt brach sie ab. Sie schaute zu Carlos auf, der sie die ganze Zeit angesehen hatte, und fuhr fort:

»Mir kommt es vor, als ob mein Leben in zwei Hälften zerbrochen wäre. Für mich gibt es weder Figueres mehr noch den Soldaten, den ich einmal so sehr geliebt habe und der mir so viel Schmerz zugefügt hat ... Aber ich gebe nicht auf.«

Carlos hörte ihr aufmerksam zu.

»Damit möchte ich sagen«, erklärte Teresa, »dass ich jetzt ein anderer Mensch bin. Mit meiner Vergangenheit habe ich gebrochen. Ich bin jetzt weder Sanitäterin noch Republikanerin, noch heiße ich Teresa. Ich bin jetzt wie neu geboren. Die Erinnerung an Alberto habe ich im Innenhof des Kastells zurückgelassen und in Figueres meine langen Haare und alle meine Tränen. Vorbei sind die Sanitätsstation und drei Jahre Krieg. Ich bin, was ich von jetzt an sein werde, und nicht mehr, was ich bisher war.«

Die Stille, die nun eintrat, war beredter als sämtliche Worte, war erfüllt von Möglichkeiten und Zweifeln. Um ihre Verbitterung zu vertreiben und sie wieder aufzuheitern sagte Carlos etwas, was Teresa zum Lachen brachte:

»Ein anderer Mensch? Du bist keine Sanitäterin und heißt auch nicht Teresa? Nun gut, Alicia. Von jetzt an nenne ich dich Alicia. Dieser Name klingt schön und macht mir Hoffnungen. Vielleicht ist das die Chance, dass du mich jetzt wenigstens beachtest …«

»Du bist mir schon längst aufgefallen, schon damals, als ich noch niemanden beachtete.«

9. KAPITEL

Figueres musste in zwei Tagen elf Bombardierungen über sich ergehen lassen. Álvarez del Vayo war über die Heftigkeit der Angriffe überrascht, hatte man ihm doch garantiert, dass die Regierung in Burgos die Evakuierungspläne kenne. Er wusste, dass die großen europäischen Museen und sogar das Internationale Komitee Jordana Telegramme geschickt hatten, die darauf aufmerksam machten, dass nun die Evakuierung des Kunstschatzes stattfinde, und die um eine Waffenruhe baten. Trotzdem wurden die Straßen, die zur Grenze führten, immer und immer wieder unbarmherzig bombardiert. Die Flüchtlinge, Tausende von Männern und Frauen, die auf den Landstraßen unterwegs waren, gerieten unter Beschuss und versuchten, über die Felder auszuschwärmen, um nicht getroffen zu werden. Die Wege waren unpassierbar geworden, und Vayo musste einsehen, dass die Information, die man Burgos hatte zukommen lassen, um die Bombardierungen zu verhindern, von Jordana lediglich dazu verwendet wurden, während dieser Tage die entsprechenden Straßen umso heftiger anzugreifen. Eine andere Erklärung, als den Kunstwerken willentlich Schaden zuzufügen, gab es nicht.

Es waren zwei lange Tage im Schutz der Ruinen, zwischen den zusammengestürzten Mauern des Kastells, hinter den Quadern der Umfassungsmauern, zwei Tage ununterbrochener, übermäßiger und unnötiger Angriffe. Álvarez del Vayo hatte keinen Arbeitsraum mehr. Das Dach und zwei Wände waren eingestürzt. Viele Regierungsmitglieder, sogar der Präsident Manuel Azaña, waren vor den Bomben geflohen und hatten ein paar Tage zuvor die Grenze überquert. Und draußen vor Figueres konnte man die Stellungen der franquistischen Truppen sehen, die jetzt ihre letzte Sturmlinie erreicht und sich dort festgesetzt hatten und nur noch auf den Angriffsbefehl warteten, um über die Stadt herzufallen und das Kastell zu schleifen. Am Vortag hatten sie Palamós, Cassà de la Selva und La Bisbal in ihre Macht gebracht, La Pobla de Lillet erobert und die Straße nach Puigcerdà eingenommen. Nachdem sie an diesem Morgen Ripoll, Batet und Olot überrannt hatten, besetzten sie in einem unaufhaltsamen Vormarsch schließlich Orriols, Cornellà de Terri und Canet de Adri. Am selben Abend war Banyoles in die Fänge der Faschisten gefallen.

Um drei Uhr morgens unterzeichnete General Rojo, der republikanische Generalstabschef, den Rückzugsbefehl. In einem ausführlichen Schreiben, in dem er den Heeresführern militärische Anweisungen gab, befahl er allen Armee-Einheiten, sämtliche Stellungen in Katalonien vollständig aufzugeben. Vieles wurde nun einfach liegen gelassen, Waffen, Sprengstoff, Archivmaterial, Papiere, Karten, alles, was nicht mit den noch übrig gebliebenen Fahrzeugen oder bloßen Händen abtransportiert werden konnte.

Alle Befehle des Generalstabschefs liefen im Prinzip auf einen einzigen hinaus: vollständiger Rückzug und Anerkennung der feindlichen Überlegenheit. Vayo und andere Regierungsmitglieder fuhren in Pkws nach Le Perthus, wo sie auf die andere Seite hinüberwechselten und Spanien endgültig verließen. Hinter ihnen bereiteten Schanzarbeiter und Guerilleros die Sprengungen vor, eine Strategie, mit der man den feindlichen Vormarsch aufhalten wollte. Straßen und Brücken wurden gesprengt, Bäume verstopften die Straßen, und die Munitionsdepots wurden mit Dynamitfallen umgeben. Was in den schriftlichen Befehlen des General Rojo als geordneter Rückzug bezeichnet wurde, artete in eine verzweifelte Flucht aus.

Um zehn vor zwölf Uhr mittags wurde das bereits menschenleere Kastell gesprengt. Die Munitionsdepots und die Benzinfässer erzitterten, als die erste Zündschnur abbrannte. Dann erfolgte eine gewaltige Kettenreaktion von Explosionen, welche die Mauern zerbröckeln, die Dächer einstürzen und Massen von Steinen Hunderte Meter durch die Luft fliegen ließen, als wäre das Kastell eine Bombe oder ein offenes Höllenloch. Um halb sieben besetzte die Fünfte Division der Nationalen Truppen Figueres und sein Kastell, das nur noch eine Ruine, ein wüster Steinhaufen und eine formlose Schutthalde war. Die Soldaten, die durch die zusammengestürzten Mauern vordrangen, fanden noch einige schussbereite Fliegerabwehrbatterien, einzelne Artilleriegeschütze und große Mengen unbrauchbar gemachten Kriegsmaterials.

Álvarez del Vayo saß auf dem Rücksitz des Wagens, der ihn zur Grenze brachte, und hörte die Explosionen, das Werk der Sprengmeister, welche die Straßen just in dem Augenblick sprengten, als er vorbeigefahren war. Vayo sah, wie hinter seinem Rücken der Asphalt in tausend Stücke barst, wie ganze Steinbrocken durch die

Luft flogen, kaum hatte sein Auto die mit Dynamit versehenen Stellen hinter sich gelassen. Und dieses schaurige Bild der Zerstörung ließ ihn daran denken, dass er soeben seine ganze Lebensgeschichte hinter sich gelassen hatte, dass mit den Sprengungen alle seine Projekte, seine Anstrengungen, alles, was er getan und gedacht hatte, in die Luft flog und später als Schutt wieder auf die Erde niederprasselte. Ihm schien, als fliehe er nicht vor dem Krieg, sondern sei auf der Flucht vor sich selbst, und mit jeder Explosion erbebte ein in Trümmer zerfallener Teil seiner Vergangenheit. Er hatte zu lange gewartet. Jetzt raste er in seinem Fahrzeug, so schnell er konnte, über Nebenwege dem Feinde davon, den er beinahe schon sehen konnte, flüchtete mit nur wenigen Minuten, mit nur wenigen Metern Vorsprung vor seinen Kugeln und Granaten, im allerletzten Augenblick, so knapp, dass er sich kaum umdrehen konnte, ohne bereits die feindlichen Waffen blitzen zu sehen und das Siegesgeschrei der franquistischen Truppen zu hören.

Figueres war nur noch Erinnerung. Das Kastell eine Schutthalde. Sein Arbeitsraum eine Ruine. Und das Untergeschoss, wo die Gemälde des Prado aufbewahrt worden waren, ein von den Dynamitladungen zerstörtes Gewölbe. Je länger er daran dachte, dass man die Regierung in Burgos auf die kommende Evakuierung aufmerksam gemacht hatte, um die Zerstörung der Gemälde zu verhindern, umso mehr kam in ihm der schreckliche Gedanke auf, dass diese Luftangriffe einzig dazu dienten, den Abtransport der Kunstwerke und ihre Rettung zu verhindern und sie mitten auf dem Fluchtweg zu vernichten. Ihn schauderte, wenn er daran dachte, dass die Kriegslogik nicht einmal eine Feuerpause von einigen wenigen Stunden zuließ, um den Prado zu retten. Schließlich dachte er, dass die Gemälde die Grenze genau an dem Tag erreicht hatten, als Figueres fiel, in letzter Minute, in allerletzter Minute.

Die während der letzten Tage aufgestaute Spannung und der nächtliche Schlafentzug hatten ihn erschöpft. In dieser Minute, auf diesem Streckenabschnitt, fielen Álvarez del Vayo für einen Moment die Augen zu. Als er sie kurz darauf wieder öffnete und durch das Seitenfenster schaute, erblickte er auf beiden Seiten der Straße weggeworfene Waffen eines restlos geschlagenen Heeres, offene und geschlossene, über die ganze Wegstrecke verstreute Munitionskisten, Treibstoffbehälter, havarierte Fahrzeuge, ein Bild völliger Pflichtvergessenheit. Die Menschen hatten nur noch eines im Sinn: nach Norden zu fliehen, zur Grenze.

Obwohl Carlos Sánchez wusste, dass es besser wäre, nachts zu fahren und tags zu rasten, war es ebenso wichtig, so schnell als möglich wieder zur Grenze zu gelangen. Da die franquistischen Truppen nacheinander alle Stellungen der Umgebung einnahmen und die Flüchtlinge nach Norden trieben, wollte Sánchez noch unbedingt bei Tageslicht den heiklen Grenzübergang erreichen, an dem er nach Frankreich hinüberwechseln wollte. Mit äußerster Vorsicht fuhr er nun Richtung Port Bou. Wenn immer möglich, bewegte er sich unter Bäumen, mied die Straßen, fuhr neben und nicht auf den Wegen, folgte Buchen- und Tannenreihen, wenn er welche fand, nutzte jede Möglichkeit zur Deckung und beobachtete den Himmel, um im Schatten zu verschwinden, sobald er Flugzeuge erblickte. Er wusste, dass das Kriegsglück sich in dieser Gegend zugunsten der Nationalen neigte, und beschloss, nicht mehr anzuhalten und einfach querfeldein zu fahren.

Teresa wachte aus einem tiefen Schlaf auf, in den sie nach diesen durchwachten, von Zweifeln erfüllten Tagen gefallen war. Als sie die Augen öffnete, hatte Carlos Sánchez den Wagen in einen dichten Tannenhain gefahren und gerade den Motor abgestellt, und der Wagen stand unter einer dichten Tannengruppe, wie zum Schutz vor einer nahenden Gefahr. Noch bevor sie etwas sagen konnte, legte Sánchez den Zeigefinger auf seine Lippen, damit sie schweige. Einige hundert Meter entfernt zog ein Trupp Soldaten, oder was von ihnen noch übrig geblieben war, vorbei, taumelte erschöpft vorwärts, getrieben von der Niederlage. Ihre Uniformen hingen in Fetzen, mit aufgelösten Nähten. Ein Bild der militärischen Niederlage und des Scheiterns. Einige trugen noch Waffen, mit denen sie andernorts geschossen haben mochten, die aber jetzt nur noch erbärmliche Schießprügel, Abfallholz und Alteisen waren. Sánchez wusste nicht, ob diese Männer kampfesmüde Krieger auf dem Rückzug oder marodierende Fahnenflüchtige waren.

Als sie aus seinem Blickfeld verschwunden waren, schaute Carlos Teresa wortlos an und versenkte sich dann minutenlang in das Studium einer rot und blau gepunkteten, mit Kreuzen und Zeichen bespickten Militärkarte. Er versuchte, sich zu orientieren und seinen genauen Standort auszumachen, um mit seinem Fahrzeug zu jenem unbewachten Grenzübergang zu gelangen, über den er nach Frankreich einreisen wollte.

In diesem Moment tauchten unerwartet und vollkommen leise, fast als wären sie durch die Luft gekommen, an den Seitenfenstern zwei zu allem entschlossen scheinende Männer auf und richteten ihre Pistolen auf sie. Carlos und Teresa schrien gleichzeitig auf und erstarrten vor Schreck. Die zwei Männer hatten die Türe der Fahrerkabine aufgerissen und versuchten, sie ins Freie zu zerren. Einer entriss Carlos sein Gewehr, und als dieser sich entwaffnet sah, ballte er seine Faust und schmetterte sie mit aller Kraft dem Nächststehenden ins Gesicht. Als er wieder nach vorne schaute, gewahrte er sechs oder sieben andere, mit Uniformfetzen bekleidete Soldaten, die mit ihren Gewehren auf ihn zielten. Es war derselbe Trupp, vor dem sich Carlos versteckt hatte, eine Horde plündernder Deserteure, die das zwischen den Ästen getarnte Fahrzeug entdeckt hatten.

Teresa drückte sich in den Beifahrersitz und versuchte, sich mit Faustschlägen gegen den Mann zu wehren, der sie aus der Kabine zerren wollte. Carlos startete den Motor, ließ den Wagen anrollen und wollte diejenigen, die ihm den Weg versperrten, einfach überfahren. Einer, der noch an der offenen Fahrertür hing, hatte sich an Carlos festgekrallt und versuchte, ihn mit Schlägen vom Steuer zu reißen, während Carlos sich in die Gegenrichtung warf, sich gleichzeitig fest ans Steuer klammerte und blindlings losfuhr. Er streckte sein Bein aus und trat auf die Hand des Banditen, der die Türe losließ und zu Boden fiel.

So entkamen sie der Falle, steuerten auf ein offenes Feld hinaus, wo sie außer Gefahr waren, und schauten auf die Gruppe zurück, von der sie sich so schnell entfernten, wie ihr Fahrzeug es zuließ. In diesem Moment schossen die Deserteure. Eine Kugel durchschlug das Blech der Fahrerkabine und fuhr Carlos links, zwischen den Rippen und dem Hüftknochen, in den Leib. Er ließ das Lenkrad fahren, hielt aber die Füße weiterhin fest auf den Pedalen und bat Teresa, die Richtung zu halten und nicht die Kontrolle über das Fahrzeug zu verlieren. In voller Fahrt wechselten sie die Sitzplätze, und er sackte in einer Lache von Blut, das ihm aus dem Hemd quoll und seine Kleider durchtränkte, in den Sitz zurück. Teresa beschleunigte, ohne daran zu denken, dass sich das Fahrzeug überschlagen könne. Aus dem Auspuff stiegen riesige Rauchwolken, und Teresa brauste, so schnell sie konnte, ans Lenkrad geklammert und mit quietschenden Reifen auf und davon.

Ein paar Minuten später und schon weit entfernt, verzog Carlos bleich und vom Schmerz überwältigt sein Gesicht. Alles verschwamm ihm vor Augen. Unter ein paar Bäumen hielt Teresa den Wagen an und kümmerte sich um Carlos, der halb ohnmächtig seine Hände auf die Wunde drückte.

»Kannst du laufen?«, fragte sie ihn.

Carlos brachte vor Schmerzen kein Wort hervor. Er schüttelte den Kopf, um ihr zu zeigen, dass er sich nicht mehr von seinem Sitz erheben konnte.

»Du musst vom Wagen runter. Du musst dich auf den Boden legen, damit ich deine Wunde untersuchen kann.«

Mit einer gewaltigen Anstrengung schob er sich zur Wagentür und hob seine Beine langsam zur Kabine hinaus, um sich auf den Boden gleiten zu lassen. Teresa stützte ihn auf der gesunden Seite und lud für einen Augenblick sein ganzes Gewicht auf ihre Schultern. Als er im Freien war, fanden seine Beine keinen Halt mehr, und er sackte zu Boden. Teresa drehte ihn um, sodass er unter den Bäumen auf einem weichen Graspolster, das sich unter letzten Schneeresten zeigte, auf dem Rücken lag. Besorgt, sehr besorgt, schob sie sein Hemd hoch, knöpfte es auf und entdeckte die Wunde. Rot verschmiert sah sie seine verletzte Haut und das runde Einschussloch, das die Kugel hinterlassen hatte. Sie erkannte sofort, dass das Projektil sauber und senkrecht zur Körperachse eingetreten war, ohne nach oben zur Brust oder nach unten zum Oberschenkel abgeglitten zu sein.

Teresa erinnerte sich nun, dass sie, als sie im Kastell in ihr Versteck im Sanitätsfahrzeug gestiegen war, ein paar chirurgische Instrumente auf der Ladefläche hatte herumliegen sehen. Sie nahm an, dass sie immer noch dort lagen, stieg in den Laderaum und hob zwei Pinzetten, ein Skalpell und ein paar Verbandstoffrollen auf. Mit der Eile, die sein Zustand erforderte, lief sie zu Carlos zurück, kniete vor ihm nieder und beschloss, mit den ihr zur Verfügung stehenden Mitteln erste Hilfe zu leisten.

»Ich hol dir jetzt die Kugel heraus«, sagte sie ihm ernst.

Carlos fasste ihre Hände und schaute sie aus tiefen, verschwommenen Augen an.

»Kannst du das?«, fragte er mit einem Stöhnen.

»Wir machen es gemeinsam. Nimm diesen Schneeklumpen und drück ihn auf die Wunde. Die Wunde muss gereinigt werden. Reib ihn ein ..., drück fester. So ..., so ... Ich weiß, dass es dir weh tut.«

Mit dem Skalpell nahm sie an den Wundrändern zwei Einschnitte vor, säuberte den blutenden Schusskanal und bat ihn erneut, Schnee darauf zu drücken. Nun nahm sie eine der Pinzetten, spreizte die Wunde und erweiterte die Eintrittsöffnung. Mit der Pinzette in der linken Hand hielt sie die Wundränder weit offen.

»Da …, hier ist sie … Halt noch ein bisschen aus!«

Teresa verstummte und konzentrierte sich auf ihre Operation. Um die Anspannung ihrer Nerven zu lösen, atmete sie geräuschvoll aus. Als sie sicher war, die Kugel fassen zu können, sagte sie:

»Jetzt hol ich die Kugel raus, Carlos. Beweg dich nicht! Beweg dich auf keinen Fall!«

Mit der rechten Hand führte sie nun die zweite Pinzette in Carlos' Wunde.

»Ich fasse sie nun … Wenn ich sie nicht richtig kriege, bring ich sie nicht raus … Wenn sie abgleitet, sackt sie nach innen weg.«

Carlos ließ das Wasser, in das sich der Schnee verwandelt hatte, auf seine Wunde tropfen und schloss die Augen, um dem Schmerz standzuhalten.

»Hier ist sie … In diesem Teil des Körpers gibt es keine größeren Arterien und keine lebenswichtigen Organe … Bist du bereit? Und keine Bewegung! Jetzt fass ich sie.«

Sie hielt den Atem an, verließ sich auf ihr Fingerspitzengefühl und packte die Kugel mit der Pinzette.

»Ich hab sie, Carlos. Hier ist sie!«

Während sie mit der linken Hand die Wundränder gespreizt hielt, hatte sie mit rechts die Pinzette in das Innere der Wunde gesenkt. Als Teresa sicher war, zog sie mit einem energischen Ruck. Das Projektil erschien und war nun aus seinem Körper entfernt.

»So, das hätten wir«, sagte sie erleichtert.

Carlos betrachtete die Kugel mit Tränenschleiern vor den Augen und wurde ohnmächtig. Teresa war für diese Ohnmacht dankbar, drückte noch mehr Schnee auf die Wunde, um die Blutung zu stillen, und legte ihm einen strammen Verband an. Dann schaute sie zum Himmel, seufzte tief auf und begutachtete ihre Instrumente. Mit einem schmutzigen, fast stumpfen Skalpell und zwei halb verbogenen Pinzetten war es ihr gelungen, die Kugel zu entfernen, aber vielleicht hatte sich die Wunde infiziert, dachte sie, während sie sich hinlegte, die Augen schloss und sich auszuruhen versuchte.

10. KAPITEL

Als Carlos wieder zu sich kam, hatte er Fieber, ungeheure Schmerzen, die ihm den Leib zerfleischten, und ein offenes Loch auf der Seite. Mit Teresas Hilfe nahm er mühsam auf dem Beifahrersitz Platz und setzte sich so hin, dass sein Körpergewicht nicht auf die Wunde drückte. Zwischen den Grasbüscheln auf dem Boden blieben die Pinzetten, das Skalpell und sein Blut zurück, als Teresa den Motor anließ und in Richtung Grenzübergang weiterfuhr.

Verbunden, beinahe unbeweglich, mit fieberheißer Stirn und trübem Blick versuchte Carlos mit Teresa ein Gespräch aufrecht zu halten, weil er wusste, dass die Schmerzen ihn überwältigen würden, sobald er schwieg. Er zwang sich, die Augen offen zu halten, presste die Zähne zusammen, ballte seine Hände zu Fäusten, versuchte verbissen zu verhindern, dass sein Körper nach mehr Ruhe schrie, und fasste all seinen Mut zusammen, um es bis zur Grenze zu schaffen.

»Hast du das schon oft gemacht?«, fragte Carlos und zeigte auf den Verband.

»Noch nie«, schwindelte Teresa und lächelte.

»Es tut mir Leid, dass ich umgekippt bin.«

»Das hättest du schon lange vorher tun sollen. Eine ohnmächtige Person lässt sich besser operieren.«

Ohne die Karte aus den Händen zu lassen, krümmte sich Carlos manchmal zusammen und beschwerte sich über einen hartnäckigen Schmerz, der ihn nicht loslassen wollte. In Gedanken beklagte er seine Lage und tastete wortlos nach seiner Wunde. Plötzlich überfiel ihn die Angst, dass sich die Wunde nicht schließen könnte.

»Glaubst du, dass ich wieder gesund werde?«

»Soll ich ehrlich sein?«

Carlos verzog das Gesicht, zögerte einen Moment und antwortete:

»Ich bin nicht sicher.«

Teresa schloss beide Hände fest um das Steuer.

»Das einzige Problem, das jetzt eintreten könnte, ist, dass sich die Wunde entzündet. Wenn nicht, vernarbt sie in wenigen Tagen, und der Schmerz nimmt allmählich ab.«

»Habe ich dir schon gedankt?«

»Schon oft«, schwindelte Teresa erneut.

Nach einer Stunde Fahrt schaute Carlos zum Himmel empor, überprüfte zwischen den Bäumen hindurch den Sonnenstand und stellte fest, dass sie am Grenzübergang angekommen waren, über den er nach Frankreich gelangen wollte.

Teresa fuhr gegen den moderigen Stamm einer umgestürzten Tanne, und der Wagen rollte einige Meter in den Schatten der Zweige zurück. Dann schlug sie das Lenkrad ein, um aus dem Dickicht auf eine sandige, mit Gestrüpp umsäumte Lichtung zu gelangen. Carlos wies ihr den Weg, und Teresa fuhr den steilen Abhang einer Bergkette hinunter. Der Wagen glitt auf dem Eis eines engen Hohlweges zwischen zwei Granitgipfeln gefährlich schlingernd ins Tal hinunter und wäre zweimal beinahe gekippt, hätte Teresa nicht rechtzeitig gebremst.

Im Schatten einer Erhebung, welche das friedlich zwischen den zwei Ländern liegende Wegstück in ockerfarbige Töne tauchte, hielt Teresa an. Langsam färbte sich das Blau des Himmels dunkel, und am Firmament tauchten als Vorboten der Nacht die ersten runden Lichtpunkte auf. Die schwarze Silhouette eines fernen Berges dämpfte das Licht der fahlen, beinahe schon verschwundenen Sonne. Teresa Munera entspannte sich und atmete tief die nach Rosmarin duftende Luft ein. Sie stieg aus und beugte sich über eine öde Schlucht, durch die früher einmal ein Wildbach geflossen sein mochte. In der Ferne sah sie ein sich weit dahinziehendes, beinahe schon in Nacht gehülltes Tal, das weiter vorne zusehends breiter wurde.

Carlos hatte mühsam die Kabine verlassen und ging mit kleinen Schritten auf Teresa zu, zusammengekrümmt, die Hände auf die Hüfte gepresst. Vom Gipfel des Berges aus, der bald im Dunkeln liegen würde, betrachtete er das französische Tal, das unter ihnen lag.

»Teresa ... nein ..., nicht Teresa. Alicia, meine ich. Alicia ...« Carlos nannte sie absichtlich bei ihrem neuen Namen.

Teresa lächelte. Nun hörte man nur noch den Wind.

»Alicia ...«, hob Carlos wieder an. »Auf der anderen Seite der Grenze muss ich etwas sehr Wichtiges tun. Wir sind nicht nur hierher gekommen, um dich nach Frankreich zu bringen. Ich muss ebenfalls über die Grenze und in die Schweiz weiterreisen.«

»In die Schweiz?«

»Ich fahre nach Bern. Weißt du …, ich habe nicht gedacht, dass ich dir das einmal gestehen müsste … Ich dachte, wenn wir hier ankommen, würden wir voneinander Abschied nehmen wie schon so oft. Aber nun bin ich verwundet. Mit dieser Schussverletzung, die mich innerlich vor Schmerzen zerfrisst, und diesem Fieber kann ich ohne deine Hilfe nichts tun.«

Auf Teresas Gesicht zeichnete sich ein Lächeln ab, denn nun wusste sie, dass ein Abschied nicht mehr infrage kam, dass sie zusammenbleiben würden und sie nicht mehr allein über die Grenze musste.

»Ich helfe dir. Was müssen wir denn tun?«, fragte Teresa und betonte dabei das Wir.

»Ich habe einen Auftrag. Einen Sonderauftrag … streng geheim. Mehr kann ich dir nicht sagen. Es hat was mit dem Krieg zu tun. Es ist ein Regierungsauftrag.«

Teresa merkte, dass Carlos nichts mehr sagen wollte, dass er das Gespräch nur gesucht hatte, um sie um ihre Hilfe zu bitten, und dass irgendein unbekannter Grund ihn zwang, Schweigen über seine Pläne zu wahren. Sollte es sich tatsächlich um einen Regierungsauftrag im Zusammenhang mit dem Krieg handeln, so musste es – vermutete sie – ein ganz besonderer Auftrag sein, wenn dieser sich nur in der Schweiz ausführen ließ. Gleichzeitig aber war sie erstaunt, dass ein Soldat, der ihr außer durch seine Freundlichkeit und sein verliebtes Lächeln nie besonders aufgefallen war, ein einfacher Soldat aus dem Kastell von Figueres, nun eine internationale Operation in einem anderen Land durchführen sollte. Teresa hätte gerne mehr gewusst, ahnte aber, dass Carlos keine Antworten mehr geben und sein Geheimnis umso strikter wahren würde, je mehr sie in ihn drang und je mehr Fragen sie stellte. Ihr fiel ein, dass er sie lediglich um ihre Hilfe gebeten hatte. Er brauchte sie, und das gab ihr die Hoffnung, dass er sie nicht mitten in Frankreich allein und ohne Ziel zurücklassen würde. Sie stellte keine weiteren Fragen mehr, damit Carlos nicht für immer über das soeben angedeutete Geheimnis schwieg, blickte ihn jedoch mit einem Gesichtsausdruck an, dem ihre Verwirrung abzulesen war. Carlos hatte in Teresas Blick etwas wie Neugier aufflackern sehen und war froh, dass sie darauf verzichtete, ihm weitere Fragen zu stellen. So blieb es ihm erspart, weitere Ausflüchte für sein Schweigen zu finden. Durch Teresas wohlüberlegten Verzicht auf weitere Fragen war Carlos ihr nun eine Erklärung schuldig, ihr Schweigen war so beredt wie eine offen gestellte, aber unbeantwortete Frage.

Auf der Bergkuppe, auf der sie standen, waren alle Geräusche verstummt, nur der Wind ließ sich noch vernehmen. Ein grüner Teppich windschief gewachsener Kiefern breitete sich bis zu den Bergspitzen hinauf aus, und hinter ihnen ragten unzählige schneebedeckte, matt glänzende Gipfel, Grate und Felsnadeln wie riesige Hüftknochen lotrecht in den Himmel.

Teresa und Carlos verharrten reglos am Rande einer offenen Schlucht, die zwischen zwei massigen, machtvoll die Wolken überragenden Bergketten auf ein vor ihnen liegendes Tal hinausführte. Milchige, über schroffen Felswänden hängende Gletscher bahnten sich ihren Weg über von trockenem Moos und alten Flechten rot gefärbtes Gestein, und ein abschüssiger Engpass wirkte wie ein schmaler, sandiger Pfad, der die beiden Länder miteinander verband.

Teresa war von Neugier erfüllt, und obwohl sie

wusste, dass Carlos entschlossen war, ihr nicht zu verraten, was er in der Schweiz zu tun hatte, drängte sie ihn erneut:

»Wie kann ich dir denn helfen, wenn ich nicht weiß, weshalb du nach Bern gehst?«

Carlos brauchte Teresa, um die Grenze überqueren zu können, genauso wie sie ihn benötigt hatte, um bis hierher zu kommen. Er sah ein, dass sein Schweigen diese gegenseitige Abhängigkeit nur gefährden würde.

»Alicia ... Ich gehe in die Schweiz, um für die Republik Waffen zu beschaffen«, sagte Carlos nach langem Schweigen und legte seine Hand auf die Wunde. »Waffen, die es ermöglichen werden«, fuhr er fort, »den Krieg noch einige Monate zu verlängern.«

»Den Krieg verlängern? Den haben wir doch bereits verloren!«

»Ihn noch einige Monate hinauszuzögern, bis die Demokratien Europas merken, dass sie den Faschismus bald in ihren eigenen Ländern bekämpfen müssen, wenn sie ihn in Spanien nicht besiegen.«

»Und du hast diesen Auftrag von der Regierung erhalten?«, staunte Teresa, die diese Frage nicht mehr unterdrücken konnte.

»Das ist alles, was ich dir sagen darf.«

»Das ist nicht viel dafür, dass ich dir eine Kugel aus dem Leib geholt habe. Aber ich lasse dich nicht allein«, sagte Teresa und ergriff Machados Koffer.

Zum ersten Mal erstrahlte ihr Gesicht in einem vom Krieg unberührten Lächeln, als hätte sie einen Scherz gehört, der sie zum Lachen brachte. Sie schaute zu Boden, damit Carlos nicht sah, wie sie lächelte und erstaunt die Augen aufriss, weil sie nicht glauben konnte, dass dies der wahre Grund war, weshalb Carlos über die Grenze wollte. Sie hielt einen Augenblick inne, als ob das, was sie gehört hatte, sie niederdrücke.

»Komm schon, Carlos …, sei ehrlich. Heißt das, dass ich nun mit einem Spion reise?«, fragte sie ungläubig und stieß ein schallendes Gelächter aus, das in der Luft verhallte.

»Gut, dass dich das amüsiert, denn es ist wahr.«

Sie schlugen sich durchs Dickicht und kletterten, an eine senkrechte Felswand geklammert, einen engen, steilen Abhang hinunter. Vor ihnen lag der Grasteppich eines vom Halbschatten und Abendnebel überzogenen Tals, das bis zum Horizont reichte. Sie passierten den Hang eines Bergrückens und stiegen in schräger Linie eine letzte, fahlgraue Anhöhe hinunter. Als die Nacht die Herrschaft über die Landschaft angetreten hatte und sich die Baumsilhouetten im Schwarz der Erde aufgelöst hatten, hielt Carlos inne, sah Teresa an und sagte ihr:

»Wir sind durchgekommen. Das ist Frankreich. Mir kommt es so vor, als ob meine Wunde schon weniger schmerzt.«

»Diese Luft riecht nicht mehr nach Rauch und Schrapnells«, sagte sie.

Mit dem glänzenden Lederkoppel über dem Dunkelblau des Hemdes war Eugeni D'Ors zivil und zugleich militärisch gekleidet. Seinen katalanischen Schädel zierte eine runde Glatze. Er war soeben aus San Sebastián zurückgekehrt, um mit General Jordana zu sprechen. Stehend, wie es sich seiner Meinung nach für faschistische Intellektuelle geziemte, wartete er seit ein paar Minuten im Vorzimmer des Außenministers. Er hatte etwas von einem klassischen Soldaten, ein römisches Profil, wie ein Cicero in Uniform, der vor dem Senat spricht. Im Vorzimmer roch es nach Holzmöbeln, nach matt gewordenem, eingetrocknetem Lack, nach offiziellen Papieren und Pistolen. Jordanas Türe war geschlossen, und D'Ors stand in seinen Stiefeln stramm auf den dunklen Fliesen und betrachtete die mit militärischen Karten und faschistischen Emblemen gespickten Wände. Dieses Wartezimmer, die Schwelle zum Arbeitsraum des Ministers, war der Mittelpunkt der Schlacht, der Wachtturm an der Front, das Kriegsbüro, die Hauptstadt der Welt schlechthin. In den Ablagekistchen zitterten handbeschriebene Blätter, die erforderlichen Unterschriften und Aktenmappen wie offen daliegende papierne Schützengräben. In der Luft hingegen schwebte ein provinzieller, abgestandener Stammtischmief, ein alles durchdringender Geruch nach Sonntagsbraten, eine untrennbare Mischung von Amtsstubenglanz und einer gewissen, den Klatschbasen offenen Wohnzimmeratmosphäre, als hausten in den Gängen des Generalkapitanats Köchinnen und Generäle, Ladenpersonal und Kaiser zusammen. Weder der baldige Sieg noch das imperiale Kreuzzuggefühl oder die pompösen Titel der politischen Ämter hatten den hartnäckigen Geruch der zentralspanischen Kichererbsen vertreiben können. Eugeni D'Ors pflegte einen anderen Stil, wie an der imponierenden Größe dieses Mannes abzulesen war, der seine glänzende Bildung wie ein Schmuckstück zur Schau stellte. Während der Hinfahrt quer durch die historischen Landschaften von San Sebastián nach Burgos war er ganz in die Lektüre eines Buches versunken gewesen und hatte gleichzeitig an Quevedos Verse und den Artikel gedacht, den er zu schreiben beabsichtigte. Nach der Ankunft in dieser altehrwürdigen Stadt rief er sich, als er den Paseo Richtung Hauptplatz hinaufschritt, die spanische Geschichte in die Erinnerung zurück, die Heldentaten der *Reconquista* und die Verse des *Cid*, des spanischen Nationalepos'. Eugeni D'Ors lebte mitten im großartigen Panorama seiner eigenen Kultur.

D'Ors, ein ausgezeichneter professioneller Redner, Nationaldirektor für Bildende Kunst und Mitglied des Stiftungsausschusses des Prado, tat vor der immer noch geschlossenen Tür zu Jordanas Arbeitsraum ein paar kurze Schritte. Er stolzierte mit dem Hochmut einer Tragödienfigur des Goldenen Zeitalters umher, trat mit seinem ganzen Körpergewicht auf, blähte seine Brust und zeigte sein numismatisches Profil. Unter seiner faschistischen Uniform verbarg sich ein intellektueller Kunstgeschichtsexperte, der im blauen Stoff seines Hemdes und im Leder seiner Gurte einen nationalen, übergeordneten Auftrag gefunden hatte, einen militärischen, imperialen und faschistischen Stil, der ihm sehr behagte.

Jordana öffnete die Türe und forderte ihn auf einzutreten. Nach der Begrüßung und ein paar einleitenden Worten über unbedeutende Vorkommnisse zeigte ihm der General den juristischen Bericht, den er von seinen Beratern angefordert hatte.

»Sie wissen ja, D'Ors, dass sie die Gemälde nach Genf zum Völkerbund bringen wollen. Es ist, als ob sie sich über uns lustig machen wollten, indem sie den Kunstschatz am Sitz einer antispanischen Organisation unterbringen.«

Jordana fasste ihm den Inhalt des juristischen Berichtes zusammen.

»Um zu verhindern, dass sie die Gemälde in die Schweiz bringen«, sagte der General, »empfehlen mir die Berater, jetzt, da sie in Frankreich sind, bei den französischen Gerichten Klage einzureichen. Wir erklären, dass die Gemälde von den Roten gestohlen, verschleppt und über die spanische Grenze entführt worden sind.«

»Nein, das geht nicht«, warf D'Ors ein. »Frankreich erkennt unsere Regierung nicht an. In Paris existieren wir offiziell nicht. Es ist nicht möglich, Klage einzureichen, wenn wir nicht existieren.«

»Diese Klage würde natürlich nicht von der Regierung, sondern vom Museum des Prado eingereicht. Der Prado existiert, und das braucht niemand anzuerkennen. Das Museum erhebt Anspruch auf die Rückgabe der Bilder, die sein Eigentum sind, und droht, die Regierung Frankreichs für Hehlerei und Mittäterschaft zur Verantwortung zu ziehen.«

D'Ors schwieg und ließ sich diesen Vorschlag durch seinen Kopf gehen.

»Das würde die Überführung nach Genf verzögern. Die Gemälde blieben in Frankreich, bis die Gerichte darüber entschieden haben«, fuhr Jordana fort. »In der Zwischenzeit ist der Krieg beendet.«

»Sie wissen genau so gut wie ich, Herr Minister, dass wir keine Zeit mehr dazu haben. Die Kunstwerke sind in der Schweiz, noch bevor wir die Klage aufgesetzt haben.«

»Keine Zeit! Immer die Zeit. Wissen Sie, D'Ors, die Zeit ist der Dreh- und Angelpunkt in diesem Krieg. Ich möchte, dass Sie über diese Klage nachdenken. Wenn die Gemälde schließlich in Genf sind, fahren Sie in die Schweiz und fordern sie als Nationaldirektor für Bildende Kunst zurück. Sie wissen ja, dass die Schweiz vor kurzem unsere Regierung anerkannt hat. Dort wird es einfacher sein als in Frankreich.«

11. KAPITEL

Teresa und Carlos Sánchez gelangten über einen schmalen Gebirgspass zwischen kahlen, von Schneestürmen gepeitschten Gipfeln nahe Port Bou nach Frankreich. Dort spross windzerzaustes Moos, das die frische, grüne Farbe des Tals verloren hatte und unter der sengenden Bergsonne braun geworden war. An manchen Stellen war es wie eine rötliche, an den Felsen klebende Kruste, wie das grobe Gewebe eines urzeitlichen Pflanzenkleides und schien ein zu Mineral erstarrter Bestandteil des Gesteins geworden zu sein.

Durch Schächte und Steilhänge stiegen sie ins Tal hinunter. Sie überwanden die Karstklüfte, Narben, die Wasser und Wind der Erde zugefügt hatten. Auf ihrem steilen Abstieg durch nackte Geröllfelder voller loser Steinbrocken, die sich gegenseitig zertrümmert hatten und deren schroffe Kanten über Jahrmillionen abgerundet worden waren, hatten sie mit ihren Schritten zwei kleinere Steinschläge ausgelöst. Die Anstrengung des Abstiegs, die körperliche Anspannung und die Aufmerksamkeit, die er für jeden Schritt aufbringen musste, hatten Carlos' Wunde wieder aufbrechen lassen. Aus seiner linken Seite quoll Blut, und vom Einschussloch aus drang der Schmerz in seine Innereien vor, als wolle er ihm die Weichteile zerfressen. Carlos hielt seine Hand fest auf den purpurnen Wundbrand der Schussverletzung gepresst, und dann und wann wurde ihm schwarz vor Augen. Im Dämmerlicht des tief stehenden Mondes, der über einen wolkenverhangenen Himmel zog, konnte Teresa die Verletzung weder untersuchen, noch verfügte sie über die nötigen Mittel, um die Blutung zu stillen. Sie hätte sie lediglich ausbrennen können.

Am Fuße des Gebirges angekommen, schien der Weg glatter zu werden, und langsam, Schritt für Schritt und den Schmerz unterdrückend, stießen Carlos und Teresa schließlich auf eine Tannenallee, die sie zu einem lichten Wald auf dem Talgrund führte. Hinter ihnen lagen die Bergflanken, die steilen Abhänge und das Gebirge.

»Ruh dich hier aus«, schlug Teresa vor.

»Jetzt auf keinen Fall! Wir sind ja schon fast dort angekommen, wohin ich will. Jetzt musst du mir helfen. Schau dort diesen Feldweg. Geh ihn weiter, und im Wald wirst du einen Wagen finden. Ich warte hier auf dich. Ich kann mich nicht mehr bewegen.«

Teresa folgte dem Weg, trat in den Wald und entdeckte im Mondlicht die schwarze Silhouette eines Autos. Sie setzte sich ans Steuer, fand den Zündschlüssel und startete den Motor. Ihre Gedanken überschlugen sich, als ob plötzlich alle Zweifel, Unsicherheiten und sogar die Angst heftig und ohne Vorwarnung über sie hereinbrächen. Sie war mit einem verletzten Mann zusammen, der nicht nur die sichersten Stellen für den Grenzübertritt kannte, sondern auch auf unsichtbare Helfer von außen zählen konnte, die ihm ein im Dickicht verstecktes Fahrzeug bereitgestellt hatten. Sie redete sich ein, dass Carlos eine Mission auszuführen habe und dass alles, was er ihr gesagt hatte, wohl der Wahrheit entspräche. Sie kam zum Schluss, dass dieser Soldat noch immer versuchte, den Kriegsverlauf zu beeinflussen. Diese Idee fesselte ihre Gedanken. Sie dachte an Albertos politische Einstellung und sein Verhalten. In ihrem Kopf klangen seine abschätzigen Worte nach, die er ihr in jener Nacht im Untergeschoss, wo er Wache stand, über alle Flaggen gesagt hatte. Jetzt aber war sie mit einem Soldaten zusammen, der glaubte, dass dieser Bruderkampf nicht umsonst gewesen war, der für die Republik Partei ergriffen hatte, in der Überzeugung, dass dies ein Krieg zwischen zwei Ideologien war, die unterschiedliche Vorstellungen von Freiheit hatten. Carlos schien ihr nun ganz anders als Alberto, ein viel besserer Mensch.

Als sie aus dem Waldweg hinausfuhr, fühlte sie sich glücklich, diesem Soldaten helfen zu können, und sicher, dass ihr dies auch gelingen würde. In gewissem Sinne war sie heimlich dankbar, dass sich eine harmlose Kugel in seine Seite gebohrt und bewirkt hatte, dass sie nun über alle Entscheidungen hinaus gebraucht wurde.

Einmal im Fahrzeug, verließen sie nach wenigen Kilometern den Weg und bogen in eine Straße ganz in der Nähe der Küste ein, von der aus man das Meer sehen konnte. In der Ferne tat sich ihnen ein Horizont aus ruhigem Wasser und ein nachtschwarzer Himmel auf.

»Du hast an alles gedacht, Carlos, Auto, Benzin und Fahrerin. Jetzt kann nichts mehr schief gehen.«

»Und an einen Ort, wo ich genesen kann. Bieg dort nach rechts ab, in den schmalen Weg.«

Sie schlug das Lenkrad ein und folgte einem Schotterpfad, der zu einem Haus führte, vor welchem Teresa den Wagen anhielt. Auf den Lärm des Wagens hin tauchte ein

Mann auf, der, als er den verletzten Carlos sah, sogleich seine Frau zu Hilfe rief. Zu dritt brachten sie ihn ins Haus. Sie richteten ein gemütliches Zimmer her und legten ihn vorsichtig ins Bett. Teresa verstand, dass die beiden Carlos kannten, ihn erwartet hatten und dass sicher sie es gewesen waren, die das Auto hinter der Grenze versteckt hatten. Der Verwundete sprach mit ihnen französisch, eine Sprache, die alle drei auch weiterhin gebrauchten und die Teresa nicht verstand. In einem Haus zu sein, in dem von einem Holzfeuer im Kamin Rauch aufstieg, im Schutz fester Wände, einen Tisch und ein Bett zur Verfügung zu haben, schien ihr das höchste Glück zu sein, das sie seit langem genossen hatte. Alles war hier Ruhe und Heiterkeit, als hätten sie den Krieg tatsächlich endgültig hinter sich gelassen. Erst jetzt wurde Teresa bewusst, dass sie ja nun in einem anderen Land war, dass sie die absurde, die nur theoretisch existierende, aber sehr klare Linie überschritten hatte, die ein im Kriegswahnsinn versunkenes Land von einem Land in Frieden trennte.

»Sie sprechen kein Spanisch. Sie sagen, dass wir keinen Arzt rufen können«, erklärte Carlos Teresa, »weil das eine Schussverletzung ist und er viele unbequeme Fragen stellen würde. Kannst du dieses verdammte Schussloch vernähen, wenn sie dir geben, was du brauchst?«

»Das Wichtigste ist, die Wunde noch einmal zu reinigen, sie zu vernähen und dann zu verbinden. Haben sie chirurgische Nähseide?«

Carlos fragte nach und gab dann Teresa zur Antwort:

»Sie haben alles, was es zum Reinigen und Verbinden braucht. Zum Nähen … Angelschnur.«

»Wunderbar. Und eine Nadel. Ich brauche eine spitze, robuste Nadel.«

Carlos, der die Bettlaken bereits mit Blut befleckt hatte, drängte die Besitzer des Hauses, alles zu bringen, was Teresa verlangt hatte. Sie sterilisierten Tücher mit heißem Wasser und rissen Verbände in kleine Stücke. Teresa hieß sie, ihm das Kopfkissen wegzunehmen, damit der Rücken ganz flach zu liegen kam, und weichte mit dem heißen Wasser das eingetrocknete Blut auf. Als die Wunde blank lag, nahm sie ein Fläschchen Alkohol, schaute Carlos an und lächelte ihm zu, um ihn von dem bevorstehenden Drama abzulenken.

»Wir haben Alkohol, Verbandstoff, Gaze, Nähseide … Du wirst wieder gesund.«

Carlos sah sie ungeheuer dankbar an.

»Halt ihre Hände. Der Alkohol wird brennen.«

»Alicia …«, gelang es Carlos, schon halb ohnmächtig, noch zu stammeln. »Das sind Freunde, die mir helfen, in die Schweiz zu kommen.«

»Jetzt, Carlos, beiß die Zähne zusammen. Drück ihre Hände«, entgegnete sie bloß.

Und dann presste sie mit Alkohol getränkte Gazetupfer auf die Wunde, öffnete den Wundrand des Schusskanals und reinigte das Innere der Verletzung. Carlos stemmte sich gegen die Ohnmacht, warf sich verzweifelt hin und her, ruderte mit den Armen und krümmte die Beine. Teresa hatte die Angelschnur in eine bis zur Rotglut sterilisierte Nadel eingefädelt und vernähte sorgfältig die Wunde. In diesem Moment verlor Carlos das Bewusstsein.

»Warum hast du das nicht schon vorher gemacht?«, sagte Teresa laut.

Sie bedeckte seine Wunde mit Gaze und umwand seine Hüfte mit Verbandstoff. Dann ließen sie ihn ohnmächtig auf dem Bett zurück, deckten ihn mit Leintüchern und Wolldecken zu und verließen das Zimmer.

Im Erdgeschoss baten sie Teresa, sich zu ihnen an einen Tisch zu setzen. Ohne zu fragen tischten sie frisches Brot, zwei verschiedene Käsesorten, Biskuits mit Weintrauben und ein Glas Honig auf. Teresa erschien dieses Haus wie das Tor zum Himmel, und sie musste unweigerlich daran denken, dass nur wenige Kilometer von hier entfernt, auf der anderen Seite dieser schmalen, unbeständigen Linie, mit der man auf den Karten die Grenze zieht, ein ganzes Land an Hunger, Hass und Granatsplittern starb. In diesem Haus gab es Honig und Alkohol, Weintrauben und Verbandstoff, Biskuits und Watte, frisches Brot, Wein, Brennholz, Käse, Tisch und Bett.

»Anatole«, stellte sich nun der Mann mit einem breiten Lächeln vor.

Und auf seine Frau zeigend, fügte er hinzu:

»Marie.«

»Teresa«, sagte sie.

Dann stockte sie einen Augenblick und verbesserte:

»Alicia.«

Nachdem sie eine Zeitlang Gesten und unverständliche Wörter ausgetauscht hatten, machte Teresa deutlich, dass sie satt sei, und Marie und Anatole verstanden, dass sie schlafen wollte. Sie führten sie zu einem Zimmer im oberen Stock, wo ein Bett stand, bei dessen Anblick Teresa alle Abschiedsformalitäten vergaß und auf das sie sank, von Müdigkeit und Erschöpfung überwältigt.

Am nächsten Morgen suchte sich Teresa, nachdem sie ein warmes Bad genommen hatte, unter Anatoles und Maries Kleidern, die eine ganz andere Größe hatten, ein paar Stücke zum Anziehen aus. Sie zog ein Paar Hosen über ihre schmalen Hüften und zog den Ledergürtel bis zum letzten Loch fest. Über ihren Oberkörper hatte sie ein viel zu weites Hemd und eine Wolljacke gestreift. In diesem Aufzug, eine Gestalt mit mehr Kleidern als Fleisch, betrat Teresa Carlos' Zimmer, löste seinen Verband und stellte fest, dass die Wunde mit geronnenem Blut verklebt war, das sie sorgfältig wegtupfte. An seiner Stirn fühlte sie, dass er nur noch erhöhte Temperatur hatte.

Auf der Türschwelle erschien Anatole mit einigen Kleidungsstücken auf dem Arm.

»Das ist für uns«, erklärte Carlos. »Sie sind ins Dorf gegangen, um uns Kleider zu kaufen. In unserer Uniform können wir nicht durch Frankreich fahren.«

Schon in der vergangenen Nacht hatte sich auf Anatoles Gesicht ein freundliches, zuvorkommendes Lächeln abgezeichnet, als setze er alles daran, seine Gäste nur auf die beste Art zu behandeln. An diesem Morgen strahlte er vor Freude. Als er ihnen die Kleider übergeben hatte, lachte er breit und tat mit den Händen so, als wolle er ein imaginäres Foto schießen. Dann ging er in den Flur hinaus und ließ sie allein.

»Alicia ... Anatole muss ein paar Fotos von uns machen. Davon habe ich dir noch nichts gesagt, aber ...« Er brach ab.

Teresas Blick verdüsterte sich.

»Er wird uns einen Reisepass fälschen, damit wir in die Schweiz einreisen können«, fügte er hinzu. »Anatole hatte damit gerechnet, dass ich allein hierher käme und nicht in Begleitung einer Frau. Gestern habe ich ihnen gesagt, dass wir zu zweit in dieser Sache zu tun hätten, um nicht noch mehr erklären zu müssen. Jetzt glaubt er, dass auch du einen Reisepass brauchst, und will ein Foto von dir machen.«

Teresa überlegte einen Augenblick, was sie jetzt sagen sollte, setzte sich zu Carlos ans Bett und schaute ihm tief in die Augen.

»Wir sind also zu zweit in dieser Sache«, sagte sie langsam, um ihren Worten Nachdruck zu verleihen.

»Ach, komm schon, Alicia. Du hast mir doch schon bis hierher geholfen. Ich werde bald wieder gesund und gehe meinen Weg. Du weißt ja nicht einmal, worum es sich handelt.«

»Dann erzähl es mir jetzt, denn wir stecken ja zu zweit in dieser Sache«, sagte Teresa.

Für einen Augenblick gab sich Carlos dieser angenehmen Vorstellung hin, eher Wunsch als Wirklichkeit. Teresas Nähe, ihre geschlossenen Lippen, die auf eine Antwort warteten, und ihr offener Blick hatten ihn von neuem verführt, als könne er ihre Liebe gewinnen und mit ihr gemeinsam die Reise fortsetzen, als müssten sie sich nie mehr trennen. Für einen kurzen Moment sah er wieder das Kastell von Figueres vor sich, wo er um sie geworben hatte und sie immer wieder getrennt worden waren. Alberto war jetzt nur noch eine unangenehme Erinnerung, und Teresa war nun hier, neben ihm, und pflegte ihn, schaute ihm in die Augen und wollte mit ihm weiterreisen. Zum ersten Mal war es Teresa, die ihn bat, den Weg gemeinsam fortzusetzen. Zum ersten Mal hatte sie ihn nicht mit einem freundlichen Lächeln abgewiesen.

»Du weißt nicht, was du da sagst«, entgegnete Carlos dennoch.

»Ich weiß doch, dass du ein Geschäft einfädeln wirst, um zu Waffen zu kommen.«

»Das ist schon mehr, als du wissen dürftest.«

»Das scheint nicht gerade viel dafür, dass ich dir das Leben gerettet habe«, meinte Teresa.

Einen Augenblick lang verharrten sie in Schweigen und schauten sich gegenseitig an.

»Jetzt sage ich dir was«, erwiderte Teresa. »Ich bin aus Figueres geflohen und habe viele Leute im Stich gelassen, Verwundete, Soldaten, andere Sanitäterinnen und den ganzen Krieg, als zähle er bereits nicht mehr. Ich kam mir sehr schlecht vor, als ich das tat, denn ich trage in diesem Krieg eine Verantwortung. Ich habe kein Recht zu fliehen, wenn andere zurückbleiben.«

Sie stand auf, blickte zu Boden und fuhr fort.

»Ich habe freiwillig in diesem Krieg mitgekämpft, zwischen Krankenbahren und Operationsräumen, für die Ideale, an die ich glaube. Und ich bin geflohen. Ich habe alles zurückgelassen, als ginge es mich nichts mehr an. Jetzt kann ich diese Scharte wieder auswetzen. Jetzt kann ich weiterkämpfen. Dieses Geschäft, das du planst, um zu Waffen zu kommen, ist eine Kriegshandlung. Ich bleibe bei dir, um weiterzukämpfen.«

Carlos hörte ihr aufmerksam zu und vernahm in ihren Worten eine unwiderrufliche Entschiedenheit, einen endgültigen Entschluss und die Notwendigkeit, ihre Flucht aus Figueres wieder gutzumachen. Er hatte aus ihren Erklärungen aber auch herausgehört, dass Teresa bei ihm bleiben wollte. Für einen Augenblick glaubte er, dass nur dies für ihn zählte, bei ihr bleiben zu können, selbst auf Kosten des Geheimnisses, das er hütete, selbst auf Kosten des Krieges. Er schwieg, dachte an die Möglichkeit, miteinander nach Bern zu reisen, an das köstliche Glück, sie an seiner Seite zu haben, und seufzte dann tief auf, als könne er damit das schreckliche Gespenst des Abschiednehmens bannen.

Mit einem Fotoapparat in der Hand betrat Anatole das Zimmer und machte vor einer weißen Wand Porträtaufnahmen von ihnen. Während er mit Carlos sprach, versuchte Teresa vergeblich, den Inhalt ihres Gespräches zu verstehen. Mit einem erneuten herzlichen Lächeln verabschiedete er sich und trat auf den Flur hinaus.

Die beiden blieben stumm, wie durch einen Abgrund getrennt, im Zimmer zurück, warteten ab und hofften, dass der andere das Schweigen brechen würde. Ihr Zwiespalt war schon ein paar Minuten vor Anatoles Eintreten offenbar geworden und lag nun schwer in der Luft. Carlos sah in dieser Lage vor allem die Chance, mit ihr weiterreisen zu können, während Teresa hoffte, ihr schlechtes Gewissen zu besänftigen und mit ihm zusammen an einer Kriegshandlung weitab von den Schützengräben mitwirken zu können. Ein stechender Schmerz, der ihn von innen her erneut zu zerreißen drohte, stieg aus Carlos' Wunde auf, und in Teresas Augen zeigte sich Besorgnis.

»Erzähl es mir doch«, bat sie ihn. »Oder auch nicht. Aber lass mich dir helfen.«

Mit dem neu aufgebrochenen Wundschmerz stieg in Carlos auch wieder der angenehme Gedanke auf, dass sie doch zusammen nach Bern reisen könnten. Nun stöhnte er absichtlich, um sie an sein Bett zu locken. Er schnitt ein Erbarmen heischendes Gesicht, damit sich Teresas Hände wieder auf seine Wunde legten. Als er dann wieder ihre Finger spürte, wusste er, dass er sich nicht mehr von ihr trennen würde und dass der ganze Krieg, alle Regierungsaufträge, sämtliche Schwierigkeiten, Geheimnisse und Schlachten sie nicht mehr zwingen könnten, erneut voneinander Abschied zu nehmen. Er lächelte still vor sich hin, unterdrückte den Schmerz, schloss die Augen und wünschte sich, dass Teresa für immer so wie jetzt an seiner Seite bliebe.

12. KAPITEL

Auf dem Bahnhof von Perpignan stand am frühen Morgen ein Sonderzug mit zweiundzwanzig Waggons unter Dampf. Voll beladen mit den Kunstwerken des Prado war er auf Gleis vier bereit zur Abfahrt nach Genf. Von den Bahnsteigen aus beobachteten neugierige Reisende die Abläufe rund um die von Gendarmen und mobilen Schutzleuten bewachten, versiegelten Güterwagons. Bei Tagesanbruch, als die Dunkelheit des Himmels langsam dem ersten Licht der Dämmerung wich, begann der in Rauchschwaden gehüllte Zug sachte zu erzittern; von den Rädern stieg zischend weißes Gas in die Luft. Einige Gemälde waren in geschlossenen Waggons untergebracht, bei anderen Güterwagen war das Dach entfernt worden, damit die größten Gemälde, die sich in vernagelten Holzkisten befanden und mit Seilen, Draht und Metallspangen gesichert waren, Platz hatten. Vor dem langsam anbrechenden, noch zwischen den Wolken versteckten Morgenrot zeichnete sich eine unregelmäßige Silhouette aus Kistenkanten und Deckplanen ab. Die frische Luft eines französischen Wintertages durchströmte den Bahnhof. Streng bewacht zwischen zwei Reihen Polizisten nahm der randvoll mit Kunst, Geschichte, Farben und Leinwänden beladene Zug die ganze Länge von

Gleis vier ein. Journalisten, Korrespondenten und Fotografen betrachteten den Zug von der vordersten Reihe aus, überlegten sich die passende Schlagzeile und setzten im Geiste schon ihre Artikel auf, die von der Abfahrt eines außergewöhnlichen Zuges berichten würden, dessen Ladung aus einer Universalgeschichte von Pinseln und Leinwänden, Figuren und Formen, Landschaften und Porträts bestand.

Mit seinem Geruch nach Rost und Eisenstaub glich der Bahnhof zu dieser Stunde einer aus Glas und Ziegeln errichteten Krypta, deren Inneres einen unermesslichen, in Kisten verpackten und eingehüllten Schatz barg. Timoteo Pérez Rubio, der republikanische Delegierte für die Evakuierung und den Transport, sprach auf dem Bahnsteig mit Jacques Jaujard. Beide waren in dicke Lodenmäntel gehüllt. Neben ihnen stand Neil MacLaren, dessen Brillengläser von der Atemluft, die aus seinem Munde stieg, beschlagen waren. Die drei sprachen über das bisher Erreichte, über die Schwierigkeiten, die zu bewältigen gewesen waren, bis die Prado-Gemälde hier vereinigt und eingepackt waren, und dachten mit einem Lachen an den Abend zurück, an dem sie im schwindenden Scheinwerferlicht eines Opels das formelle Abkommen unterschrieben hatten. Schließlich war es ihnen in weniger als drei Tagen gelungen, die Gemälde aus dem Untergeschoss des Kastells von Figueres auf einen Zug im Bahnhof Perpignan zu bringen, vom grausamen Kriegsgebiet Katalonien ins friedliche Südfrankreich.

Da der Zug von den Sicherheitskräften abgeriegelt war, als wäre er selbst der Schatz, konnten nur die Mitglieder des Internationalen Komitees und der spanische Delegierte den Sperrgürtel der Gendarmen durchqueren und in einen Passagierwaggon steigen, um die Ladung bis nach Genf zu begleiten. Die Sonne färbte noch zaghaft die Dächer der Stadt, als die Lokomotive zwei Rauchwolken ausstieß und sich schwerfällig in Marsch setzte. Immer schneller zog sie die Wagons und glitt auf den Schienensträngen, die sich am Horizont zu vereinigen schienen, aus dem Bahnhof hinaus. Der Zug wand sich über ein Gewirr von Weichen, rollte in die dunstige Kulisse einer unbestimmten Weite und verschwand in einer Kurve. Punkt acht Uhr morgens hatte sich die lange Wagenreihe nach Genf in Bewegung gesetzt. Sie fuhr durch die französischen Lande nach Norden, ließ Narbonne und Montpellier hinter sich, das milde Land des Südens, fuhr durch immer saftigere Grünlandschaften, näherte sich ab und zu der Küste, zog an Seen und Teichen vorbei und hinterließ, vermischt mit dem Bodendunst, den tief liegenden Wolken und dem Nebel nichts als eine Rauchsäule, die aus dem Schornstein der Lokomotive aufstieg.

Vierzehn Stunden später erreichten sie Genf. Eine Schweizer Nacht mit frischer, eisiger Luft empfing den Verband im Bahnhof Cornavin. Behutsam fuhr der Zug auf Gleis zwei unter den Glas- und Metallkuppeln ein. Jeder einzelne Waggon wurde von Bundespolizisten und Angehörigen der Genfer Sicherheitspolizei hermetisch abgesichert, und hinter Glasfenstern und auf Bahnsteigen verfolgte eine erwartungsvolle Menschenmenge das Schauspiel. Die Räder rollten mit einem lauten Quietschen aus, und zwei grelle Pfiffe stiegen in die Luft. Als der Zug noch ein paar Meter auf dem Gleis weitergefahren war, bis er dampfend und rauchend zum Stillstand kam und die Bahnhofshalle mit einem Geruch nach langer Reise, Staub und Eisen füllte, hörte man noch immer den metallenen Nachhall der über die Schienen gleitenden Wagons.

Timoteo Pérez Rubio stellte fest, dass der Zug zum Stillstand gekommen war, schaute auf den Bahnhof hinaus und freute sich, dass sie nun am Ende ihrer Reise angekommen waren. Ihm schien, dass Figueres bereits weit zurücklag, dass keine Bomben mehr in allernächster Nähe der Gemälde explodieren würden und dass es schließlich gelungen war, den Prado zu retten.

Ein vom Internationalen Komitee beauftragtes privates Transportunternehmen begann mit dem Entladen der Werke, um sie vom Bahnhof Cornavin zum besonders dafür hergerichteten geräumigen Saal im ersten Stock des Bibliotheksgebäudes des Völkerbundes zu überführen. Die Evakuierung war vorüber.

Teresa pflegte jeden Morgen Carlos' Wunde, bis die Schussverletzung verheilt und das Fieber vollkommen verschwunden war. So verbrachte sie vier Tage neben dem Verwundeten, der sich, um seine Gelenkigkeit nicht zu verlieren, ab und zu vom Krankenlager erhob, durch das Haus spazierte und die Treppen, die vom Erdgeschoss zu seinem Zimmer führten, hinauf und hinunter stieg.

Während dieser Zeit trug jeder Blick zwischen den beiden, jedes Schweigen das Glück einer namenlosen Verbundenheit in sich und die unausgesprochene Frage, ob sie sich jetzt trennen müssten oder weiterhin beisammen sein könnten. Carlos hatte lange darüber nachgedacht, ob er auf Teresas Begleitung verzichten und seinen Plan allein ausführen sollte, wie ursprünglich geplant. Damit aber nähme er einen unnötigen Abschied in Kauf, der die endgültige Trennung von der Frau bedeuten könnte, die er über alles in der Welt liebte. Teresa ihrerseits hoffte, trotz aller Risiken mit ihm zusammenbleiben zu können, um in einer anderen Form weiterzukämpfen und den Krieg, vor dem sie geflohen was, an einem anderen Ort weiterzuführen. Teresa nahm in Carlos' Blicken dasselbe sanfte Leuchten wahr, das sie schon im Kastell von Figueres bemerkt hatte, wenn er sie umworben hatte. Und diese Augen hatten es ihr nun angetan, als gäben einzig sie ihr Hoffnung, die Hoffnung, sich nicht von ihm trennen zu müssen.

Was Carlos in der Schweiz zu erledigen hatte, dachte Teresa, musste wohl sehr wichtig sein, denn er reiste ja ganz alleine und schwieg noch immer beharrlich über seine Mission. Aber zwischen den beiden war bereits eine zarte Bindung entstanden, eine sanfte Zärtlichkeit im Umgang miteinander, in Worten und Gesten, der beiderseitige Wunsch zusammenzubleiben. Während der vier Tage bei Anatole war in Carlos der Wunsch herangereift, mit Teresa weiterzureisen, und er betrachtete es bereits als einen Fehler, allein nach Bern zu fahren. Teresa hatte Zeit gehabt, über die Vergangenheit nachzudenken und über den Soldaten, der sie in Figueres immer gegrüßt und auf tausenderlei Arten umworben hatte. Sie sah Carlos jetzt ganz anders. Seit der Grenzüberquerung, der Schussverletzung und ihrer Krankenpflege war er für sie nicht mehr nur der charmante Soldat, der ihr im Kastell von Figueres nachgestellt hatte, sondern ein Mensch, der bereit war, sein Leben für ein Projekt, für eine Kriegsmission einzusetzen. In seinen Gebärden, seinen Lippen, seinen Augen, seinem Lachen und seinen Worten fand Teresa nun einen Zauber, eine unendliche Verführungskraft, die sie nicht zu benennen wagte.

An jenem Abend, zur selben Zeit, als die Gemälde des Prado in den Bahnhof Cornavin in Genf einfuhren, bat Anatole Teresa und Carlos, mit ihm in seine kleine, gut getarnte Kellerwerkstatt hinabzusteigen. Über eine enge Holztreppe gelangten sie in einen matt erleuchteten Raum, der wie ein Büro oder ein Teil eines Büros aussah und wo Anatole zwei Tische aufgestellt hatte, auf denen optische Geräte und verschiedene Papiere lagen. Beim Hinuntersteigen in den Keller hatte Carlos wie selbstverständlich oder wie aus Gewohnheit Teresas Hand gefasst. Er hatte seine Finger in ihre geflochten, und von der ersten Treppenstufe bis zum Keller presste er seine Handfläche sachte an die ihre. Teresa spürte, wie ihre Hände zitterten, und strich mit ihren Fingern leicht über seine Haut, eine flüchtige Liebkosung.

Auf einem der Tische standen auf einer weißen Decke zwei große, auf ein dunkles Gestell mit Metallgelenken montierte Lupen, die sofort ins Auge fielen, und ein Karton, der als Millimeterraster diente. Daneben Klingen, Tintenfläschchen, Gummistempel und Klebstoff. Unter einem starken Scheinwerfer, der einen hellen Lichtkreis auf den anderen Tisch warf, lagen verschieden große Linsen und ein Gerät, das wie ein Mikroskop aussah und das Teresa nicht kannte. Anatole fälschte hier unten in Eigenregie offizielle Dokumente, Passierscheine und Personalausweise verschiedener Länder. Mit zwei, drei Worten, die Teresa nicht verstand, händigte er beiden einen belgischen Reisepass mit ihrem Namen und Foto aus und lächelte, zufrieden über seine Arbeit.

»Seine Fälschungen sind noch besser als die Originale«, sagte Carlos zu Teresa. »Von überall her kommen Leute, damit er ihnen Papiere und Stempel besorgt.«

Als sie die Reisepässe in Empfang genommen hatten, blieben sie noch eine Weile in der Kellerwerkstatt, um Anatoles Geschicklichkeit zu bewundern, und nachdem er ihnen noch andere Beispiele seines Könnens gezeigt hatte, ging Carlos in sein Zimmer hinauf und legte sich ins Bett. Teresa untersuchte seine Wunde und wechselte den Verband. Obwohl Carlos noch ein leichtes Stechen und manchmal Schmerzen spürte, war die Wunde gut vernarbt. Teresa legte ihm die Gazekompressen auf und half ihm, sich bequem zu betten. Dann setzte sie sich zu ihm, um sein Gesicht zu studieren. In den letzten Nächten hatte sie begonnen, immer weniger Carlos' Wunde, dafür umso inniger sein Gesicht zu betrachten, und Carlos nahm in Teresas Augen ein immer stärkeres Liebes- und Freiheitsleuchten wahr.

»Innerhalb weniger Tage«, lachte ihr Carlos zu, »haben wir vieles miteinander erlebt.«

»Wir haben zweimal die Grenze überquert.«

»Und der Überfall der Banditen ...«, sagte Carlos, näherte sich ihrem Gesicht und berührte ihre Finger.

»Der Schuss ...«, fügte sie hinzu und streichelte seine Hände.

»Eine Operation, um die Kugel rauszuholen ...«, fuhr er fort und rieb seine Wange an Teresas Wange.

»Jeden Tag essen, schlafen ...«

»Und jetzt ein Kuss«, flüsterte Carlos in Teresas Ohr und drückte seine Lippen auf ihren Mund.

Sie küssten sich leidenschaftlich, als sei dieser lange, süße Kuss das Einzige, was sie in den letzten Tagen ersehnt hatten. Sie legte ihre Hand auf Carlos' Nacken, dann suchte sie wieder seine Finger, die ihren Rücken und ihre Hüfte streichelten. Sie hielten sich eng umschlungen, und Teresa öffnete die Lippen, schloss sie dann zu einem zweiten, unendlichen Kuss, erschauerte mit geschlossenen Augen in Carlos' Armen.

»Alicia ...«, flüsterte Carlos.

Und wieder küssten sie sich, immer sanfter, immer zärtlicher, immer inniger.

»Alicia ...«, wiederholte Carlos. »Wenn wir zusammen weiterreisen, ist es besser, wenn du weißt, was wir tun müssen.«

Unbeholfen lösten sie sich aus ihrer Umarmung, und Carlos bat sie, ihm den Mantel zu bringen, der an einem Kleiderbügel im Schrank hing. Er löste die Häkchen des Futters, schob seine Hand in den Zwischenraum und zog den versteckten Velázquez hervor. Teresas Gesicht überzog ein Staunen, sie erstarrte und verstummte, als sie die Leinwand sah.

»Ein Geschäft. Waffen gegen dieses Gemälde«, sagte Carlos.

Immer noch wortlos, starrte Teresa das Bild an, das Carlos in den Händen hielt.

»*Im Garten der Villa Medici*«, fuhr er fort, »ein Velázquez.«

»Aus dem Prado?«, fragte Teresa.

»Ich habe es aus dem Wagen geholt, in dem du versteckt warst.«

»Und was müssen wir damit machen?«

»Der Preis dieses Gemäldes ist eine Ladung Waffen. In Bern übergebe ich dieses Bild jemandem, der bereits darauf wartet, und die Republik erhält dafür Waffen. Das scheint einfach, nicht wahr?«

»Unglaublich! Und das ist der Auftrag, den dir unsere Regierung erteilt hat?«

»Es gibt weder Geld noch Gold mehr, es gibt nichts mehr, weder in Figueres noch anderswo. Wir haben nur noch den Prado. Wir tauschen Kunst für Waffen. Dieses Gemälde kann den Kriegsverlauf ändern.«

Teresa betrachtete aufmerksam den Velázquez und hatte immer noch nicht recht begriffen, dass Carlos im Besitz dieses Gemäldes war und es hier bei Anatole in seinem Mantelfutter versteckt hielt.

»Fantastisch, eine geheime Operation mit einem Gemälde von Velázquez«, sagte sie aufgeregt und hielt sich die Augen zu, um das Gemälde nicht mehr ansehen zu müssen.

»Anatole und Marie wissen nichts davon. Sie wissen nur, dass wir in die Schweiz gehen. Das ist alles, was sie wissen müssen.«

Teresa umarmte Carlos vorsichtig, um seine Wunde nicht zu berühren, und sagte nach kurzem Schweigen:

»Jetzt weiß ich genau, weshalb ich von Figueres weggegangen bin und Spanien und den Krieg hinter mir gelassen habe. Jetzt weiß ich, warum sich unsere Wege gekreuzt haben. Ich musste dir in dieser Mission helfen, Carlos.«

Sie schauten einander einen Augenblick lang an, umarmten sich und küssten sich lange und leidenschaftlich.

»Velázquez war also ein Republikaner. Es lebe Velázquez!«, lachte Teresa laut auf.

Carlos steckte das Gemälde in den Beutel hinter dem Futter zurück und bat sie, den Mantel wieder an den Bügel in den Schrank zu hängen. Als sie das gemacht hatte, ging Teresa ans Bett, setzte sich, nahm Carlos' Hände zwischen die ihren, schaute ihm fest in die Augen und sagte:

»In Figueres gab es einmal einen Soldaten …, einen Soldaten, der im Untergeschoss, wo die Gemälde waren, Wache stand. Weißt du noch? Dieser Soldat, den du ebenfalls kanntest, hat mich eines Tages überrascht, als er mir sagte, dass er alle Flaggen, alle Ideologien und alle Farben verabscheue, weil für ihn nur sein Leben zähle.«

Teresa schluckte, überwand sich und fuhr fort:

»Und jetzt ist ein anderer Soldat mit einem Velázquez unterwegs, wird angeschossen und riskiert sein Leben bei dem Versuch, das Bild in die Schweiz zu bringen, um damit die Republik zu retten, um Waffen zu besorgen, wenn sie sie am dringendsten braucht.«

Carlos verstand, dass Teresa zwei moralische Verhaltensweisen verglich; er spann ihren Gedanken weiter, um dabei möglichst gut dazustehen.

»Das sind zwei verschiedene Lebensarten, unterschiedliche Empfindungen.«

»Zwei verschiedene Lebensweisen, ja«, sagte Teresa. »Aber nur hinter der einen steckt ein Herz.«

»Diese zwei Soldaten waren in Figueres, und nur einer hatte ein Herz: der Soldat, der dir nur den Koffer tragen durfte, der dich immer nur flüchtig grüßen und dich nur aus der Entfernung betrachten konnte, aber stets auf der Suche nach dir war.«

An dieser Stelle hielt Carlos inne und fuhr nach kurzem Schweigen in verändertem Tonfall fort, als setze er zu einer langen Geschichte an.

»Es war einmal eine Sanitäterin, die sich jeden Abend an einem Kellerfenster zeigte …«

»Hör auf«, bat ihn Teresa und presste ihre Lippen

auf die seinen. »Schluss mit dieser Geschichte. Heute Abend ist diese Vergangenheit mit einem Kuss zu Ende gegangen.«

13. KAPITEL

Jacques Jaujards Blick leuchtete an diesem Morgen triumphierend, und ab und zu lächelte er kurz, aber ausdrucksvoll, voller Freude und Genugtuung. Obwohl es erst wenige Tage her war, schien es Jaujard schon eine Ewigkeit, dass er zuletzt hier gesessen hatte wie jetzt, auf einem mit blauem Tuch bezogenen Stuhl im geräumigen, hellen Arbeitszimmer des Generaldirektors des Völkerbundes. Während er wartete, ließ er alles, was seither geschehen war, nochmals Revue passieren. Er dachte an die schwierigen Verhandlungen mit Álvarez del Vayo, die zwei Begegnungen in Figueres und die Bombardierung an jenem Nachmittag. In seiner Erinnerung durchlebte er erneut den Moment, als Avenol erklärte, er werde sich nicht einmischen und wolle für den Kunstschatz nichts unternehmen. Er sah sich, wie er eben diesen Raum verlassen hatte, in der Gewissheit, nun ganz allein zu sein und keine Unterstützung für die Evakuierung des Prado zu erhalten. Doch dies war nun vorbei, und er tröstete sich mit den Bildern der spanischen Transportfahrzeuge, wie sie die Gemälde über die Grenze außer Reichweite des Krieges gebracht hatten. Und wieder lächelte er, zufrieden darüber, dass trotz aller Schwierigkeiten die Kunstwerke jetzt hier waren, in diesem Gebäude, in dem er gerade auf den Politiker Avenol wartete, den französischen Diplomaten, der untätig dagesessen und gewartet hatte, bis andere die Gemälde retteten.

Jaujard schaute zum Deckenleuchter des Arbeitszimmers empor, betrachtete die Vorhänge vor den Fenstern, strich mit seinen Fingern über das Holz des Stuhls, auf dem er saß, und wartete geduldig auf Avenol. Er freute sich darüber, dass alles so gekommen war, allen Voraussagen und der Interesselosigkeit derer zum Trotz, die an der Rettung nicht hatten mitwirken wollen und nicht daran geglaubt hatten.

Avenol betrat sein Arbeitszimmer mit einem leichten Lächeln, was die Beamten, die ihn sahen, gewaltig erstaunte, denn dies war die heiterste Miene, die sie jemals an ihm gesehen hatten. Er vergaß weder die protokollarische Begrüßung noch die ersten inhaltslosen Fragen, und die beiden tauschten einen formellen Händedruck. Nachdem sie sich gesetzt hatten, gratulierte Avenol Jaujard zum Erfolg seines Unternehmens und lobte das Internationale Komitee für die Rettung des Kunstschatzes. Sie sprachen über einige der Probleme, die sich während der Verhandlungen mit der spanischen Regierung ergeben hatten, und plötzlich distanzierte sich Avenol unvermittelt mit vorgespiegelter Nonchalance von den Verpflichtungen, die er selbst beim letzten Treffen eingegangen war. Um Jaujard wissen zu lassen, dass er seine Ansicht bezüglich der Gemälde wieder geändert hatte, begann er mit einer scheinbar harmlosen Frage.

»Gut, die Gemälde sind nun hier, Monsieur Jaujard … Was gedenken Sie jetzt mit ihnen zu tun?«

Avenol hatte den fragenden Tonfall mit wohlüberlegter Gleichgültigkeit gewählt. Als er diese Worte hörte, erstarrte Jaujard, und statt eine forsche Antwort zu geben, geriet er schon beim Versuch zu einer Entgegnung ins Stammeln, als müsse er eine unbekannte Gleichung lösen, die Avenol aufgestellt hatte. Der Diplomat ließ ihm keine Zeit, seine Antwort nochmals zu überdenken oder seinen Satz zu Ende zu bringen. Schon stellte er eine weitere Frage in den Raum, auf die er keine Antwort erwartete, sondern die eine erneute Erklärung war, dass er seine Absicht geändert hatte.

»Wo werden Sie alle diese Gemälde aufbewahren?«

Jaujard hatte keine Zeit, Avenols Taktik auszuloten, und statt die Frage mit einer einfachen, vernichtenden Antwort zu entkräften, glaubte er, dem Diplomaten noch einmal sagen zu müssen, was dieser ja bereits wusste. Er erinnerte an das Gespräch, das sie einige Tagen zuvor geführt hatten und in dem Avenol seine Mithilfe angeboten hatte, die Gemälde im Sitz des Völkerbundes einzulagern.

»Sie selbst sagten doch, wenn es uns gelänge, die Gemälde hierher …«

Avenol ließ ihn nicht ausreden. Es war ihm gelungen, das Gespräch von der Gegenwart auf die Erinnerung zu lenken und Jaujard zu dem Tag zurückzuführen, an dem sie die Rettungsaktionen besprochen hatten. Nun konnte er seine eigenen Sätze von damals wieder aufnehmen, sie nuancieren und abändern. Der Diplomat hatte von der Tatsache abgelenkt, dass die Gemälde ja bereits hier waren, und knüpfte an das vor ein paar Tagen geführte Gespräch an, so, als wäre jenes Gespräch nie zu Ende geführt worden und als wäre seither nichts geschehen.

»Sicher, Monsieur Jaujard, ich habe Ihnen diesen Palast zur Lagerung der Gemälde angeboten, falls es Ihnen gelänge, sie hierher zu bringen«, unterbrach Avenol, um diesen Satz in die Gegenwart hinüberzuretten und ihn dann verdrehen und in seinem Sinn verändern zu können. »Jetzt sind sie hier. Jetzt muss jemand sie übernehmen.«

Damit fügte der Politiker etwas hinzu, was er damals nicht gesagt hatte, und seine ursprüngliche Bereitwilligkeit zur Einlagerung der Bilder wurde zu einer bloßen Einwilligung zum Zwischenlagern. Und er gab Jaujard damit unmissverständlich zu verstehen, dass dieser die Gemälde wieder wegschaffen solle.

»Sie sind doch der Treuhänder …«

»Der Treuhänder?«, staunte Avenol, als sei ihm dieses Wort völlig neu. »Ich kann diese Kunstwerke nicht übernehmen …«, schnitt er jede weitere Diskussion ab.

Jaujard verstand nun langsam, dass dieser Diplomat nie daran geglaubt hatte, dass es ihnen gelingen würde, die Gemälde hierher zu bringen. Das Angebot, sie im Palast des Völkerbundes einzulagern und für ihre Sicherheit zu garantieren, hatte er nur so lange aufrechterhalten, wie er dies für unmöglich hielt. Aber jetzt, da sich die Gemälde tatsächlich im Gebäude befanden, wollte Avenol sie wieder loswerden, er wollte den Kunstschatz vergessen und mit der ganzen Angelegenheit nichts zu tun haben. Aber der Gedanke, dass er erreicht hatte, was Avenol unmöglich erschienen war, ließ Jaujard schließlich den Schwung wiedergewinnen, den ihm der Triumph der Evakuierung verliehen hatte, und er griff Avenols Gesprächston auf. Er erkannte, dass dieser Politiker versuchte, seine Versprechen rückgängig zu machen, und so holte er tief Atem und sagte:

»Jetzt hören Sie mal zu, Monsieur Avenol. Im Louvre

verfüge ich über verschiedene leere Säle, die groß genug sind, um darin zwei Prados einzulagern. Das mache ich aber nicht, weil wir keine Schatzkammer suchen. Die Kunstwerke sind nicht hierher gebracht worden, um Genf kennen zu lernen und sein Klima zu genießen. Sie sind beim Völkerbund, weil dieser eine neutrale internationale Organisation ist. Wir haben die Gemälde aus einem Land herausgeholt, das im Krieg zwischen zwei Parteien aufgerieben wird, und wir haben sie ins Weltzentrum der internationalen Politik gebracht, an den einzig möglichen Ort außer dem Sitz des Roten Kreuzes.«

Avenol verstand, dass Jaujard mit dieser langen Antwort vor allem das Gespräch wieder in die Gegenwart gebracht hatte. Um weiteren Vermutungen darüber zuvorzukommen, was vor einigen Tagen gesagt worden war oder hätte gesagt werden sollen, fuhr Jaujard fort:

»Und hier sind sie nun, Monsieur Avenol. Hier sind die Gemälde, von denen Sie nie geglaubt haben, dass wir sie hierher bringen könnten.«

»Wir haben uns«, sagte Avenol, »privat über eine Rettungsaktion unterhalten, die ich dem Völkerbund nicht zur offiziellen Stellungnahme unterbreitet habe. Ich kann den Völkerbund nicht dazu verpflichten, die Bilder in seine Obhut zu nehmen, ganz einfach, weil diese Organisation sich nicht dazu geäußert hat.«

Dieses Mal schwieg Jaujard bewusst, als habe er dazu nichts zu sagen. Avenol erwartete eine Antwort, aber Jaujard schaute ihn nur wortlos an. Also fuhr der Politiker fort:

»Die Gemälde können nur übergangsweise hier bleiben, nicht endgültig. Und es versteht sich von selbst, dass ich keine Empfangsbestätigung für diese Werke unterzeichnen kann. Das würde mich zum Treuhänder machen.«

»Sie sind der Treuhänder, Monsieur Avenol. Das haben Sie mir bei unserem letzten Treffen zugesagt, und das steht auch im Schreiben, welches das Internationale Komitee und die spanische Regierung in Figueres unterzeichnet haben. Wenn dem nicht so gewesen wäre, hätte die spanische Republik die Evakuierung nie erlaubt. Sie hat die Gemälde nicht irgendwem übergeben, sondern dem Völkerbund.«

»Aber ich kann keine Verpflichtungen übernehmen, die andere eingegangen sind. Das Abkommen, welches das Komitee zusammen mit der spanischen Regierung unterzeichnet hat, bindet Ihr Komitee und jene Regierung. Mir aber können Sie auf keine Art und Weise ein Abkommen aufzwingen, an dem ich nicht beteiligt bin und das ich nicht unterzeichnet habe.«

»Sie hatten nichts dagegen, die Gemälde in Ihre Obhut zu nehmen …«

»Obhut?« Avenol riss die Augen auf. »Ich kann die Gemälde nicht in Obhut nehmen, kann keine Leute oder Sicherheitspersonal dafür abstellen und auch nicht für alle diese Ausgaben aufkommen. Den Schutz der Werke müssen Sie selbst gewährleisten.«

Anstatt weiter zu diskutieren, schwieg Jaujard, schaute Avenol an, lächelte streng und sagte schließlich:

»Nun gut. Die Gemälde des Prado sind hier, im ersten Stock des Bibliotheksgebäudes. Stellen Sie sie auf die Straße hinaus, wenn Sie sie nicht hier behalten können.«

Avenol steckte den Schlag ein und schwieg. Jaujard erhob sich und ging langsam zur Tür, als ob die Unterredung beendet wäre. Zum ersten Mal spürte er, dass er der Stärkere war.

»Setzen Sie sich, Monsieur Jaujard. Setzen Sie sich bitte. Lassen wir diese heikle Frage beiseite.«

Jaujard zögerte einen Augenblick, kehrte dann schweigend zurück und setzte sich auf den Stuhl, von dem er soeben aufgestanden war. Nach ein paar Sekunden des Zögerns, während derer Avenol, von Jaujards Verhalten verwirrt, seine Gedanken zu ordnen versuchte, ergriff der Politiker wieder das Wort:

»Sprechen wir über die Empfangsbestätigung. Was soll ich unterschreiben? Dass ich mehr als tausendachthundert Kisten erhalten habe?«, sagte er in gespielt ungläubigen Ton und setzte eine erstaunte Miene auf. »Das ist doch absurd. Vorerst muss doch ein Inventar der Bilder erstellt werden, die hier angekommen sind.«

Was Avenol sagte, schien Jaujard sehr vernünftig. Zur Zeit befanden sich sich im Gebäude des Generalsekretärs nichts als Schachteln und Kisten, ein Haufen eingewickelter und an den Wänden aufgestapelter Packen, ob es sich aber auch um die Kunstwerke des Prado handelte, musste erst noch festgestellt werden.

»Wir müssen auch einen Delegierten der Regierung von Burgos zulassen ...«, fügte Avenol hinzu.

»Der Regierung von Burgos?«, entgegnete Jaujard eher abwehrend als fragend. »Was hat denn die mit dieser Angelegenheit zu schaffen?«

»Ob sie an der Evakuierung teilgenommen hat oder nicht, spielt keine Rolle. Es handelt sich um eine Regierung, welche die Schweiz am 14. Februar anerkannt hat und die, wenn nicht heute, dann morgen, auch von Frankreich und anderen Ländern anerkannt werden wird«, erklärte Avenol. »Der Prado gehört allen Spaniern. Ohne die Beteiligung beider Parteien kann kein Inventar erstellt werden.«

»Wissen Sie, was das bedeutet? Burgos wollte die Gemälde nie retten. Noch während die Gemälde evakuiert wurden, haben sie die Straßen bombardiert. Burgos will, dass die Gemälde nach Spanien zurückgebracht werden, bevor sie ausgepackt sind ... Einen Delegierten Francos hierher einzuladen, wäre dasselbe, wie diese Leute am Erfolg der Rettung teilhaben zu lassen, ohne dass sie an ihr beteiligt waren. Genauer gesagt, haben sie versucht, sie zu verhindern.«

»Sie selbst haben doch soeben von der Neutralität des Völkerbundes gesprochen ...«, warf Avenol ein.

Bei diesen Worten wurde Jaujard endgültig klar, dass er mit einem Politiker sprach.

»Sie werden also keine Empfangsbestätigung unterschreiben, bis das Inventar erstellt ist, nicht wahr?«, hakte er nach.

»Genau.«

»Und die Inventarisierung findet nur in Gegenwart eines Delegierten aus Burgos statt?«, fragte Jaujard erneut.

»Das finde ich am vernünftigsten. Franco wird den Krieg gewinnen, und seine Regierung ist bereits von einigen Ländern anerkannt worden. Was erwarten Sie vom Generalsekretär des Völkerbundes? Dass er diese Regierung vom Inventar und der Überprüfung von Kunstwerken ausschließt, die sämtlichen Spaniern gehören? Außerdem obliegt es nicht Ihnen, die Bedingungen zu stellen, unter denen ich die Empfangsbestätigung zu unterzeichnen habe.«

»Jetzt bin ich es, der Sie bittet, diese heikle Angelegenheit auf sich beruhen zu lassen«, sagte Jaujard. »Ich versichere Ihnen, dass ich mit Ihnen, bevor ich gehe, jedes Thema verhandeln werde, bei dem wir uns einigen könnten.«

»Dafür wäre ich Ihnen dankbar.«

»Wir wissen nicht, Monsieur Avenol, wann der Krieg in Spanien zu Ende ist. Deshalb können wir auch nicht wissen, wann wir die Gemälde zurückzugeben haben. Das Internationale Komitee hält es für eine gute Idee, die Gelegenheit zu nutzen, dass der Prado hier in Genf ist, und eine große Ausstellung zu organisieren. Das ist eine einmalige historische Gelegenheit, diesen Schatz der Öffentlichkeit zu zeigen.«

»Das finde ich eine ausgezeichnete Idee. Sie können auf meine Mitarbeit zählen.«

»Ich hoffe, dass Sie sich aus Gründen der Neutralität nicht wieder gezwungen sehen werden, Ihre Worte zurückzunehmen«, sagte Jaujard spöttisch.

Avenol wollte noch etwas entgegnen, hielt sich aber zurück. Die Unterredung war endgültig beendet. Trotz der gespannten Stimmung während des Gesprächs und trotz Jaujards letzter Worte verabschiedeten sich beide höflich voneinander.

Vor dem Eingang des Völkerbundgebäudes blieb Jaujard nachdenklich stehen. Avenols Unverbindlichkeit hatte ihn völlig überrascht. In beiden Treffen mit dem Diplomaten hatte er im Verlaufe des Gespräches laut und deutlich werden müssen. Jetzt, da er vor den hohen Glastoren des Gebäudes stand, hätte Jaujard alles dafür gegeben, nicht noch einmal mit diesem Politiker sprechen zu müssen, aus dem er nicht klug geworden war.

Wieder auf der Straße, schien es ihm unglaublich, dass

es einer kleinen Gruppe von Museumsdirektoren gelungen war, direkt mit einer Regierung zu verhandeln, die sich im Krieg befand, und die Gemälde des Prado ohne jede Hilfe und gegen den erklärten Willen der Länder Europas in Sicherheit zu bringen. Deswegen glaubte er, sie könnten auch noch mehr erreichen, sozusagen den perfekten Schlussstrich unter die Rettungsaktion ziehen, indem sie eine Ausstellung der Gemälde hier in Genf organisierten. Jaujard beschloss, diese Idee nun in allen Diskussionsrunden, Foren und Interviews vorzubringen.

Gegen Abend schilderte er Timoteo Pérez Rubio Ton und Inhalt des Gespräches, das er mit Avenol geführt hatte. Als er ihm sagte, dass der Politiker den Wunsch geäußert habe, zur Erstellung des Inventars auch einen Delegierten der Regierung von Burgos hinzuzuziehen, erstarrte Pérez Rubio ungläubig.

»Die Evakuierung war ein Werk der Republikanischen Regierung und des Komitees«, sagte er. »Und von niemandem sonst. Burgos hat daran nicht teilgenommen.«

»Aber das wird es. Ich versichere Ihnen, das wird es.«

»Wenn Franco einen Delegierten für die Inventarisierung abordert, um die Gemälde zu überprüfen, würde es so aussehen, als wären beide Parteien an der Rettung beteiligt gewesen. Die Welt aber muss wissen, dass das nicht stimmt.«

»In der Politik zählen weder die Tatsachen noch das, was wirklich geschehen ist. Die einzige Wahrheit ist immer das, was zuletzt geschieht.«

14. KAPITEL

Obwohl der Rand seiner Wunde noch immer verletzliches Gewebe aufwies, fand Carlos, dass er die Weiterreise nach Bern aushalten könne, und beschloss, noch an diesem Morgen Anatoles Haus zu verlassen. Nach dem Frühstück schnallte er vorsichtig den Rucksack um und hängte den Mantel, der das Gemälde enthielt, über den Arm, während Teresa als einziges Gepäckstück Machados Koffer trug. Bevor sie das Haus verließen, stieg sie ein letztes Mal in das Zimmer hinauf, wo sie Carlos' Wunde gepflegt hatte und wo sich am Abend zuvor, wie von selbst und ohne weitere Worte, ihre Lippen zu einem innigen Kuss gefunden hatten. Sie blieb an der Tür stehen, schaute ins Schlafzimmer hinein und bedauerte, von diesen vier Wänden Abschied nehmen zu müssen, die Zeugen ihres Erstaunens gewesen waren, als Carlos ihr den Velázquez zeigte, und in denen sie Carlos mit Alkohol und Verbandstoff behandelt hatte. Das Zimmer, in dem Carlos und sie ein paar Stunden zuvor noch unzählige Küsse getauscht hatten, bis sie nicht mehr wusste, ob sie nicht tatsächlich Alicia hieß.

Um elf Uhr morgens fuhr Anatole sie nach Collioure, das nächstliegende Dorf. Auf dem streckenweise mit Schlaglöchern übersäten Asphalt kam das Auto nur langsam vorwärts, da es Unebenheiten und Pfützen ausweichen musste. Die ganze Nacht hatte es geregnet, und Felder und Erde waren durchnässt. Teresa betrachtete den graublauen, wolkenverhangenen Himmel. Durch das Wagenfenster hindurch konnte sie den zerklüfteten Strand sehen, eine schroffe, wilde Küste, von Wellenschlägen gehärtete Steine, ein von den Wogen zernagtes Ufer, von der unablässig anrollenden Gischt geschunden.

So kamen sie zu einem Dorf weiß getünchter Häuser mit schmucklosen Fassaden, über denen die Ruine einer mittelalterlichen Burg thronte. Alle Straßen liefen auf eine Bucht zu, auf Himmel und Meer hinaus. Anatole hatte sich verfahren, bog zweimal in dieselbe Querstraße und kam schließlich auf einen Dorfplatz, wo sich eine Gruppe von Passanten an einer Ecke vor einem kleinen Hotel versammelt hatte. Auf der Straße vor dem Eingang umstanden mehrere Männer mit ernster, trauriger Miene einen geschlossenen Sarg und befestigten Trauerflor an ihrer Kleidung. Als Carlos hörte, dass alle spanisch sprachen, bat er Anatole anzuhalten. Dies war offensichtlich keine gewöhnliche Beerdigung, sondern eine Art zeremonieller Ehrung, was seine Neugier noch verstärkte.

»Bis zum Bahnhof gehen wir zu Fuß«, verabschiedete sich Carlos, der bereits die Wagentüre geöffnet hatte, von Anatole.

Anatole ließ die beiden aussteigen und fuhr über den Platz zurück. Neugierig betrachteten Carlos und Teresa den Trauerzug, der sich vor dem Hoteleingang formierte, und stellten fest, dass sich tatsächlich viele Spanier darunter befanden, einige von ihnen Offiziere oder ehemalige Offiziere der Republikanischen Armee. Aus den Gesprächen entnahmen sie, dass hier der Tod von Antonio

Machado beklagt wurde. Als Teresa dies hörte, schloss sie die Augen, und ihr Gesicht wurde tieftraurig. In diesem Sarg ruhte also ihr Dichter, ausgerechnet zum Tag und zur Stunde, als Teresa mit seinem Koffer angekommen war. Sie kam zu seiner Beerdigung. Von der Ecke, an der sie sich versammelt hatten, machten sich die Trauernden ernst und feierlich auf den Weg, um den Leichnam zum Friedhof zu geleiten, die meisten von ihnen mit gesenktem Haupt. Dem Trauerzug gingen drei Männer voran, die, wie Teresa und Carlos später erfuhren, die spanischen Konsuln von Perpignan und Port-Vendres und der Bruder des Dichters, José Machado, waren. Neben ihnen erkannte Carlos den ehemaligen Innenminister Julián Zugazagoitia.

Teresas Augen füllten sich mit Tränen. Sie umfasste energisch den Koffergriff und reihte sich ohne weitere Worte in den Trauerzug ein. Um Teresa nicht alleine zu lassen, legte Carlos seinen Arm um ihre Schultern und schloss sich ebenfalls der Gruppe an. Inmitten dieser Trauergemeinschaft bewegten sie sich wie Angehörige des Dichters, als ob sie nur nach Collioure gekommen wären, um dem Verstorbenen das letzte Geleit zu geben.

Schmerz, Leid und Trauer begleiteten den toten Antonio Machado.

»Spanien verlassen heißt sterben«, sagte laut ein namenloser Flüchtling, der hinter ihnen ging.

»Es leben die spanischen Dichter!«, rief eine andere Stimme aus dem Trauerzug.

»Es lebe die Republik und alle republikanischen Dichter!«

Auf diesen letzten Ruf, der wie eine Klage in der Luft nachhallte, antwortete Teresa mit kräftiger Stimme:

»Sie leben hoch!«

Carlos und Teresa gingen nicht in den Friedhof hinein und sprachen auch mit niemandem außer einer älteren Dame, die Teresa nach Machados Mutter fragte.

»Sie ist im Hotel und weiß nicht einmal, dass ihr Sohn gestorben ist.«

Als sie mit Carlos an der Umzäunung des Friedhofs stand, musste Teresa wieder an die Nacht denken, in der sie in der engen Kurve eines Waldwegs im Empordà den bereits kranken Antonio betreut hatte. Jener Ort lag für sie nun schon weit zurück, weit weg waren auch ihre Arbeit als Sanitäterin, das Kastell von Figueres und die Aufregung, als sie die Blätter des Dichters in ihren Händen hielt. Der nun herrenlose Koffer hatte die Schwelle des Friedhofs nicht überschritten, und Machado würde ihn auch nie mehr sehen, dachte Teresa, während sie ihn fest an sich presste, wie um sich zu vergewissern, dass er nun ihr gehörte. Und erneut sagte sie sich, dass ein seltsames Geschick sie mit Carlos nach Frankreich geführt hatte und ein geheimnisvoller Wille ihre Schritte lenkte und dass das Treffen mit jenem Antonio, auch wenn er tot war, eine glückliche Fügung ihres Schicksals war.

Zwei Stunden später waren Carlos und Teresa allein in einem Zugabteil nach Bern unterwegs. Teresa suchte mit ihren Blicken ein Zeichen von Carlos, das auf ihre Küsse der letzten Nacht Antwort geben würde, stieß aber auf blankes Schweigen. Vom Zugfenster umrahmt, flog die grüne, mit Bäumen durchsetzte Landschaft vorbei, und die Räder ratterten gleichmäßig und eintönig über die Schienen. Sie überlegte sich lange, ob sie ihn ansprechen sollte, und entschloss sich dann, vor ihm keine Vorsicht mehr walten zu lassen.

»Auf deinen Lippen sind immer noch meine Küsse. Meine Küsse von gestern Nacht.«

»Deine Küsse? ... Aber ich war es doch, der dich geküsst hat.«

»Wie herrlich schmecken die Lippen eines verwundeten Republikaners!«

»Wie oft habe ich in Figueres deinen Mund betrachtet!«

Während der Fahrt erläuterte Carlos Teresa ein paar Einzelheiten über die Übergabe des Gemäldes in Bern. Er erklärte ihr, ein verrückter Kunstmaler, ein Bohemien, werde sie zum Käufer bringen, einem gewissen Salomon Salinger, den er persönlich treffen müsse. Die Idee, mit einem Velázquez in die Schweiz zu reisen und mit diesem Gemälde Waffen zu kaufen, um die Republik vor der Niederlage zu bewahren, begeisterte sie. Carlos hatte sie gewarnt, dass man bei einem solchen Tauschgeschäft die dunkle Seite des Kunstmarktes kennen lernen müsse und dass man in der illegalen Welt der Kunstschieber mit einigen Risiken zu rechnen habe, von denen er sie fernhalten wolle. Teresa hörte ihm mit Begeisterung zu. Seine Warnungen bewirkten jedoch das Gegenteil, und je mehr er sie auf die Schwierigkeiten des Tausches aufmerksam machte, umso mehr Lust verspürte sie, dabei mitzuwirken. Sie hörte Carlos schweigend zu, warf nur ab und zu eine kurze Frage ein, und so konnte er ihr die Probleme bei der Übergabe schildern, ein dunkles, schmutziges Geschäft, in dem man sich mit internationalen Kriminellen abgeben musste.

»Wer will denn ein Gemälde kaufen, das man nicht weiterverkaufen kann? Was wird dieser Mann mit dem Velázquez anfangen?«

»Salinger handelt mit gestohlenen Bildern, mit Gold, mit Waffen … Es gibt viele Leute«, fügte Carlos hinzu, »die ein Vermögen bezahlen, nur aus ihrer Laune heraus, bei ihnen daheim ein gestohlenes Gemälde oder ein spezielles Schmuckstück zu haben. Es kommt auch vor, dass man ein gestohlenes Gemälde nur kauft, um vom Eigentümer ein Lösegeld zu verlangen. Du würdest staunen, wenn du wüsstest, was sich in der Kunstwelt alles tut.«

Als sie in Bern ankamen, regnete es.

»Anatole hat ein Zimmer in einem Hotel hier ganz in der Nähe reserviert«, sagte Carlos, als sie den Bahnhof verließen.

»Ein Zimmer?«

»Wir sind verheiratet … Das steht in deinem Reisepass.«

Sie überquerten den Bahnhofsplatz, spazierten durch die Spitalgasse und kamen zum Hirschengraben, wo sich das Hotel National befand, eine Unterkunft mittlerer Kategorie, deren gelbliche Fassade auf einen kleinen Park hinausging. Vom Zimmer aus konnte man das grünblaue Dach des Bundeshauses und eine Reihe kahler und regennasser Bäume sehen.

Unter dem Licht einer Wandlampe setzten sie sich auf den Bettrand und ruhten sich lange aus. Die Bahnhofsuhr zeigte Mitternacht, als Teresa die Wunde untersuchte. Sie war so gut verheilt, dass bald wohl nur noch eine Narbe von ihr zeugen würde, und Teresa dachte, dass ein einfacher Verband für diese Nacht genüge. Erschöpft, wortlos und ohne das Bett aufzudecken sanken sie immer noch angezogen in den Schlaf, bis das morgendliche Sonnenlicht ihre Lider berührte. Carlos war vor Teresa aufgewacht und betrachtete sie, wie sie mit geschlossenen

Augen, von einem Deckenzipfel halb zugedeckt, schlief und sich ihre Brust unter den Kleidern gleichmäßig hob und senkte. Unwillkürlich näherte er sein Gesicht ihrem Hals und streifte ihn sacht mit dem Anflug eines Kusses, den er nicht gänzlich auszuführen wagte. Nachdem er sie nochmals für längere Zeit betrachtet hatte, küsste er sie erneut zart, verstohlen und kaum wahrnehmbar, damit sie nicht aufwachte.

»Guten Morgen«, schrieb er auf ein Blatt Papier. »Bin zu jemandem gegangen, der uns helfen kann. Bin bald wieder zurück. Carlos« und legte es auf das Nachttischchen. Er öffnete die Zimmertür, trat auf den Gang hinaus und zog sie vorsichtig hinter sich zu. Teresa bewegte sich im Bett und drückte ihr Gesicht in die Falten des Kopfkissens.

Das morgendliche Licht überflutete die Gehsteige der Spitalgasse, durch die Carlos seine Schritte zum Bundesplatz lenkte. Dort bog er rechts ab, erblickte das granatrote Dach des Kasinos und überquerte die Aare. Durch enge Straßen stieg er bergaufwärts zu einem Wohnviertel hinauf, von wo aus man die Silhouette der Steinnadeln des Münsters sehen konnte. In einem engen Gässchen ohne Gehsteige erhob sich ein zweistöckiges Gebäude mit kupfernen Dachtraufen. Er trat durch die unverschlossene Haupttüre, die noch die Reste eines alten, verrosteten und nicht mehr benutzten Türschlosses aufwies, und stieg über eine Holztreppe ins obere Geschoss hinauf. Dann stand er vor einer Tür, halb aus Metall, halb aus Glas, unter einem mächtigen Türsturz, an dem eine alte Laterne hing. Auf sein Klopfen hin erschien ein Mann mit Schnurrbart, dichtem Kinnbart und einer ungepflegten Mähne. Als er Carlos erkannte, strahlte er, öffnete die Türe sperrangelweit, und sie umarmten sich. In einer Hand hielt er eine offene, fast leere Flasche mit billigem, starkem Fusel, das einzige, was er zum Frühstück in sich hineinzuschütten pflegte. An seinem Atem, seinem Gesicht und seiner Haltung ließen sich die Spuren jahrelangen gewohnheitsmäßigen Trinkens ablesen.

Das Innere der Wohnung wirkte düster, wie eine enge, schmutzige Höhle, und alles war von einer uralten Staubschicht bedeckt. In den Winkeln lagen leere Flaschen herum, und an den Wänden zeichneten sich Feuchtigkeitsflecken ab. Der rissige, matte Ziegelboden von unbestimmter Farbe bezeugte, dass der Inhaber die Wohnung wohl willentlich verkommen ließ. Sie diente ihm als Maleratelier und war vom muffigen Geruch alten Bohemelebens erfüllt; unter einem riesigen Dachfenster, durch das das Sonnenlicht hereinfiel, türmten sich Staffeleien und Bilderrahmen, Ölfarben und Pinsel, Lumpen und Leinwände wie in einem heruntergewirtschafteten Lagerraum. Entlang der Wände lehnten, kunterbunt vermengt und ohne erkennbare Ordnung, unterschiedlich große Bilder, Entwürfe, Skizzen, Zeichnungen und leere Leinwände, umhüllt von einer verblichenen Nostalgie. Hier wohnte Jean Lepine, der sich aus der Umarmung gelöst hatte und Carlos nun aufforderte, in einen Raum zu treten, wo sich große, mit Planen und Tüchern zugedeckte Packen, kaum begonnene Werke, zum Trocknen aufgestellte Bilder und Ölgemälde stapelten.

Die Malerei hatte Lepines Leben zerstört. Obwohl er ein von Ideen strotzender, talentierter Künstler war, stand ihm das Schicksal hartnäckig zuwider und hatte ihn aus sämtlichen Galerien und Ausstellungen verbannt. Eher dem leichten Leben zugeneigt als einer geordneten

Arbeit, ertränkte er seine künstlerischen Fähigkeiten im Alkohol und verlor Freunde und Verträge in dem Maße, wie er sich selbst aufgab, den Frauen und dem Spiel verfiel. Seine künstlerische Schaffenskraft lebte er immer in Gässchen und den Hinterräumen von Kaschemmen aus, erwachte morgens neben unbekannten Körpern, mit Spielschulden und ohne Erinnerung, ertrug seine Schlaflosigkeit nur dank starker Schlafmittel, hatte Freunde nur auf Zeit und Frauen nur für eine Nacht. Seine ungeheure Begabung, seine Genialität hatte er selbst zurückgestutzt, um sich gänzlich gehen lassen zu können, bis ihm keine andere Freude mehr blieb als die, die ihm der Wein in den Schädel einflößte, auf dem sich zwischen den Augen eine Narbe abzeichnete, das Resultat einer Wette. Über manche Momente der Einsamkeit half er sich hinweg, indem er mit anderen verkommenen Trinkern soff und malte, aber es gab andere Zeiten, durchwachte, von furchtbarer Einsamkeit bevölkerte Morgenstunden, derer er nur mit Mitteln Herr wurde, die ihn auf den Gehsteigen einschliefen ließen. Sein künstlerisches Talent hatte er zwar noch immer, seine Hoffnungen hingegen, ein Gemälde in ein Museum hängen oder seine Werke verkaufen zu können, hatten sich zerschlagen. Sein regelloser, ausschweifender Lebenswandel und sein Umgang mit den schlimmsten Subjekten der Kunstszene hatten Lepines Charakter verdorben und aus ihm einen von einem düsteren Schicksal und einer noch düstereren Vergangenheit verfolgten Menschen gemacht, der nur noch von Gelegenheitsarbeiten und kleinen Delikten lebte und sich schon längst in die trüben Netze der illegalen Geschäfte, der Fälschungen, der Beihilfe bei Kunstdiebstählen, des Schwarzhandels und der Hehlerei verheddert hatte.

Lepine hatte die Meldung erhalten, dass Carlos ihn schon Tage zuvor hätte aufsuchen sollen, um auf dem Kunstschwarzmarkt einen Verkauf oder einen Gemäldetausch zu tätigen, und wollte nun den Grund für seine Verspätung wissen. Als er hörte, dass Carlos sich von einer Schusswunde erholte, setzte er eine ernste Miene auf, und nachdem sie sich ihr letztes Treffen in Erinnerung gerufen hatten, kamen sie in wenigen Worten auf den Grund ihrer erneuten Begegnung zu sprechen. Carlos erklärte Lepine, was er mit dem Gemälde beabsichtigte.

»Gut … Wo ist es?«, fragte Jean.

Carlos holte die Leinwand, die leicht gewölbt war, weil sie sich an die Form des Mantels angepasst hatte, aus ihrem Versteck.

Voller Bewunderung klappte Lepines Kiefer herunter. So verharrte er einige Augenblicke, betrachtete gebannt das Gemälde, starr vor Erregung und von der Begeisterung übermannt, die dieses Kunstwerk in ihm auslöste.

»*Im Garten der Villa Medici* …! Herrlich … Die heutigen Maler können es mit Velázquez nicht aufnehmen. Nur ein kleines Stück Leinwand … und so ein großes Wunderwerk …« stammelte Lepine. »Höchstens Salinger ist verrückt genug, mit einem Gemälde aus dem Prado zu handeln.«

Er setzte die Flasche an die Lippen und leerte sie in einem Zug. Dann holte er eine andere Flasche ohne Etikett, entkorkte sie und schüttete einen weiteren Schwall in seinen Schlund.

»Ein paar Freunde mit guten Kontakten haben mir schon zu Ohren gebracht, dass Salinger das Gemälde erwartet«, fuhr Lepine fort. »Salinger kann dieses Bild gegen Geld, Waffen, Drogen, Alkohol und was auch immer tauschen. Dieser Mistkerl ist die Nummer eins.«

Lepine machte eine Pause, schaute sich um und entschloss sich weiterzusprechen.

»Salinger ist sehr schlau. Er will das Gemälde selbstverständlich nicht für sich. Ihn interessiert nur das Geld. Sicherlich weiß er bereits, wem er es verkaufen wird.«

»Ich muss ihn persönlich sprechen.«

»Etwas, wovon du mir soeben erzählt hast, verstehe ich nicht, Carlos. Ihr seid dabei, den Krieg zu gewinnen. Die ganze Welt weiß, dass ihr den Krieg gewinnt. Die Republik ist bereits besiegt. Was bezweckst du denn damit?«

»Wenn Salinger im Besitz des Gemäldes ist, wird er der Republik eine Ladung Waffen aushändigen. Meine Regierung hat mich beauftragt, dies zu verhindern. Diesem Tausch muss ich zuvorkommen. Salinger wird das Geschäft mit mir machen, nicht mit den Roten.«

»Du wirst dich also vor Salinger als Republikaner ausgeben?«

»Ich gebe ihm das Gemälde und bespreche mit ihm die Übergabe der Waffen, damit sie von uns Nationalen abgefangen werden können, bevor sie in die Hände der Roten geraten.«

»Es gibt also zwei Gemälde des Prado, eines besitzt du, das andere haben die Roten. Pass auf, Carlos. Mit diesem Mann ist nicht zu spaßen. Ich selbst bin nur in kleinere Angelegenheiten verwickelt, kleinere Geschäfte, du weißt schon … Aber auch ich muss aufpassen.«

Er ging zu einer Kommode, die in einer Ecke stand, und holte eine Pistole aus der Schublade.

»Die Lage in Europa ist momentan unübersichtlich

und schwierig. Die Leute sind nervös. Ehrgeiz und Hast haben zugenommen ... Man muss sich schützen ...«, fügte er hinzu und deutete auf die Waffe in seiner Hand.

»Mein Plan ist es, mit ihm zu verhandeln, bevor dies die Republik tut. Ich tue so, als wäre ich der republikanische Kontaktmann, den er erwartet.«

»Du willst also Salinger übers Ohr hauen. Pass bloß auf! Dieser Mann hat ein ganzes Heer von gedungenen Killern in seinen Diensten, verfügt über Einfluss, Freunde und mächtige Beschützer. Dass ihn die Polizei bis jetzt in Frieden lässt, kostet ihn sicher eine Stange Geld. Glaubst du tatsächlich, Salinger hintergehen zu können?«

»Red mir bloß nicht von hintergehen. Seit Tagen betrüge ich eine Frau. Ich bin mit einer Frau nach Bern gekommen, die ebenfalls glaubt, dass ich ein roter Soldat bin.«

Lepine, der gerade einen Schluck Wein im Mund hatte, musste so sehr lachen, dass er sich verschluckte und das Gesöff auf den Boden spucken musste.

»Du reist mit einer Frau, die glaubt, dass du ein Roter bist?«

»Das ist ein lange Geschichte, Jean. Sie ist in mein Leben getreten, ohne dass ich es wollte, und sie ist Republikanerin ... Sie glaubt, dass ich das Gemälde überbringen werde, um für die Republik Waffen zu besorgen. Sie hat nicht den geringsten Verdacht, dass ich genau das Gegenteil beabsichtige.«

»Was machst du denn hier mit ihr?«

»Sie ist Sanitäterin ...«

»Eine Republikanerin. Du reist mit dem Feind ...«

Lepine betrachtete nun unverhohlen Carlos' Gesicht, der ihn anschaute, ohne zu wissen, was er darauf antworten sollte. Der Maler öffnete seine Lippen zu einem Lächeln und verdrehte die Augen, als hätte er ein Geheimnis erraten.

»Ach, Carlos …«, sagte er in bedauerndem Tonfall. »Das Mädchen gefällt dir. Hab ich Recht? Ja, ich merke schon, sie gefällt dir sehr. Und du liebst sie. Deswegen setzt du eine so komplizierte Operation wie diese aufs Spiel … Und was wirst du nachher machen? Wirst du ihr nie die Wahrheit sagen? Wirst du ihr nicht erklären, dass du dich in Figueres eingeschlichen hast und dich für einen Republikaner ausgibst, nur um der Republik den Todesstoß zu versetzen?«

»Kann ich dir das Gemälde anvertrauen?«, fragte Carlos plötzlich.

»Sicher kannst du das. Ich werde da auch was rausholen.«

»Wo kann ich Salinger treffen?«

»Das wird nicht so leicht sein. Gib mir Zeit. In ein paar Tagen weiß ich vielleicht mehr. Pass aber auf, Carlos. In dieser Welt werden riesige Vermögen verschoben. Es gibt viele Leute, die für Geld zu allem bereit sind. Wenn die was ahnen, schießen sie dich über den Haufen.«

Der Maler trat zum Gemälde, nahm es in die Hände, und sein Gesicht strahlte vor Bewunderung.

»Bevor es sich noch ganz durchbiegt, muss ich es in einen Rahmen spannen.«

»Bis bald, Jean.«

»Viel Glück, Carlos. Viel Glück.«

An der Tür verabschiedeten sie sich erneut. Lepine rief ihm noch nach:

»Und auf das Mädchen pass mir ebenfalls auf. Sie ist sicher viel zu hübsch, als dass man ihr trauen könnte.«

15. KAPITEL

Als Carlos aus Jean Lepines Haus trat, hatten sich die Wolken am Himmel aufgelöst. Die Sonne badete die Häuserfassaden in Licht und ließ die Dächer glänzen. Vom Flussbett drang das Rauschen des Wassers herauf, das die algenbewachsenen Steine und die Ufer umspülte. Die Stadt zeichnete sich vor dem fernen, blauen Panorama schneegekrönter Berge ab. Bern wirkte wie eine aus Karton gefertigte Theaterkulisse.

Während Carlos' Schritte in den Kolonnaden und mittelalterlichen Arkaden verhallten, öffnete in Genf Joseph Avenol, der Generalsekretär des Völkerbundes, dem Gesandten von General Jordana aus Burgos die Tore zur politischen Bühne, um über die Zukunft des Prado zu diskutieren.

In hohen Stiefeln, mit dunklem Hemd und schwarzem Lederkoppel betrat ein beleibter, polyglotter, brillanter und gebildeter Mann die offiziellen Räumlichkeiten und ließ seine volltönende Stimme erschallen. Eugeni D'Ors stellte in Genf den neuen Stil der spanischen Faschisten zur Schau, ein stolzes, hochnäsiges Gebaren, das Bild eines Soldaten mit imperialem Profil. Sein siegessicheres Lächeln prangte in allen Genfer Zeitungen, als hätten ihm sämtliche Kriegsengel ihrer Schwerter überreicht, und seine gebieterischen Worte waren in allen Gesprächen zu hören.

»Den Prado zurückzubringen ist mir ein Kinderspiel«, hatte er Jordana gesagt, bevor er die Reise in die Schweiz antrat.

Mit diesen Worten hatte er den Arbeitsraum des Ministers verlassen und war wie ein jugendliches Großmaul davongeschritten. Und mit derselben Sicherheit sprach er in Genf vor, seit er bemerkt hatte, dass alle Welt ihm zuhörte.

»Sprechen Sie meine Sprache?«, fragte ihn auf Deutsch der Schweizerische Bundespräsident, als er ihn in seiner Residenz empfing.

»Mit den intelligenten Politikern spreche ich Deutsch, mit den dekadenten Französisch und Englisch. Und mit Gott selbstverständlich Spanisch.«

»Ist Gott denn Spanier?«, wagte der Bundespräsident mit einem höflichen Lächeln zu fragen.

»Ach, das haben Sie nicht gewusst?«

Auf den dichten Teppichen der Diplomatie hielt der selbstherrliche Eugeni D'Ors mit vorgeschobenem Kinn rhetorisch brillante Lektionen und verblüffte die gewöhnlichen Politiker, als er ihnen seine Vorstellungen über die literarische und künstlerische Ästhetik erklärte.

»Wenn man heute durch Europa reist, ist es – außer in Deutschland – als versinke man in einem Meer des Ekels. Was Europa braucht, ist die Durchtränkung mit dem Geist der Falange.«

Als Mitglied der Königlichen Akademie der Sprache, Mitglied des Stiftungsausschusses des Prado, Doktor der Rechte und Philosophie, Kunstkritiker, Kulturhistoriker und Delegierter der Nationalen Regierung von Burgos fegte Eugeni D'Ors wie ein Sturmwind durch die offiziellen Versammlungen und forderte überall die Repatriierung des Kunstschatzes, die augenblickliche Rückgabe der Gemälde an Spanien, die Rückführung der Kunstwerke in das nationale Gebiet, noch bevor sie ausgepackt waren. Er drohte der ganzen Schweiz, dem Völkerbund und selbst Avenol mit einer Gerichtsklage wegen Expatriierung der Güter des Prado und wegen ihrer Aufbewahrung auf ausländischem Territorium gegen den Willen der Spanier.

»Die Kommunisten haben unserem Vaterland alle seine Schätze gestohlen, und Sie«, sagte er mit erhobenem Zeigefinger, »machen sich der Komplizenschaft bei dieser Plünderung mitschuldig.«

Mit der neuen Autorität dessen, der einen Krieg schon fast gewonnen hatte, schritt D'Ors durch die Räumlichkeiten der Schweizer Regierung, wurde von Avenol empfangen, sprach mit Jaujard und stellte bei jeder Gelegenheit klar, dass die Gemälde Spanien zurückgegeben werden müssten. Mit dieser Idee setzte er alle unter Druck, bedrängte sämtliche offiziellen Stellen, eine erneute Evakuierung des Prado einzuleiten, und erklärte der Presse, dass die Spanische Regierung Willens sei, jedes einzelne Gemälde wiederzuerlangen.

»Der Völkerbund ist genau der Ort, an den die Gemälde unter keinen Umständen hätten gebracht werden dürfen«, erklärte er den Journalisten. »Diese internationale Institution war jahrelang die Tribüne der spanischen Republikaner und diente immer nur zur Anschwärzung der Regierung von Burgos, zur Verbreitung von Lügen über den Heiligen Spanischen Kreuzzug, zur weltweiten Verkündigung von Unwahrheiten über Franco und den neuen Staat. Ich fordere, dass die Kunstwerke aus diesem Palast entfernt werden, und wenn Avenol sie weiterhin zurückhält, reiche ich vor Gericht Klage wegen Mittäterschaft an diesem Kunstraub ein.«

Er gab Interviews, sein Bild erschien in den Zeitungen, er ließ sich in intellektuelle und künstlerische Zirkel einführen und wurde zu Empfängen und Konzerten eingeladen, stets begleitet von einflussreichen Politikern, die ihm zuhörten, wenn er über Spanien und die neue Ordnung sprach.

»Ohne die Katholischen Könige, meine Herren, wäre die Welt, die Sie kennen, ganz anders. Die Größe und Pflicht der Intelligenz besteht in der klaren Einsicht, dass die Rolle Spaniens in der Geschichte von entscheidender Bedeutung war.«

D'Ors' hartnäckige Entschlossenheit, die Gemälde aus dem Sitz des Völkerbundes zu schaffen, und die Sympathien, die er gewann, bewirkten, dass der Kanton Genf ein städtisches Museum als neuen Aufenthaltsort für die Gemälde zur Verfügung stellte. Und als ob diese Kunstwerke nie Rast und Ruhe fänden und zu einem konstanten Umziehen verurteilt wären, wurden sie sogleich vom Völkerbundpalast zu ihrem neuen Standort in die Säle des Kunst- und Geschichtsmuseums von Genf gebracht.

Die Gemälde von Velázquez, die Murillos, Goyas und viele andere Werke wurden einmal mehr auf Lastwagen verladen, um erneut einen Umzug anzutreten, dieses Mal in ein neutrales Gebäude, ein Genfer Museum, nur wenige Schritte vom Völkerbundpalast entfernt. Einige Beamte, die sahen, wie die umzugsmüden Gemälde aus politischen Gründen die Treppen hinunter und durch die Fenster hinaus wieder abtransportiert wurden, kamen zur Einsicht, dass der Prado an allen Ecken und Enden hinderlich war.

Mit der Verlagerung der Gemälde hatte Eugeni D'Ors in kürzester Zeit einen großen Sieg errungen; es war, als hätte er sie den Republikanern bereits entrissen, als gehörten sie schon ganz und gar ihm.

Avenol, der die Bedrohung durch eine Klage aufgebauscht und dadurch erreicht hatte, von der Verantwortung für die Bilder entbunden zu werden, öffnete die Pforten des Völkerbundpalastes sperrangelweit, um den Kunstschatz von dort wegzubringen, und sah hocherfreut, wie alle Werke an einem anderen Ort untergebracht wurden. D'Ors war nach Genf gekommen, um in allen Zirkeln zu triumphieren, und dies war ihm schon nach wenigen Tagen gelungen. Mit diesem Umzug stand nun eindeutig fest, dass die Regierung von Burgos bei der Evakuierung ein wichtiges Wort mitzusprechen hatte und dass von jetzt an ihr Wille mitberücksichtigt werden musste. Die Gemälde waren nicht mehr nur Angelegenheit des Internationalen Komitees oder der Republikanischen Regierung. Die Kunstwerke waren mehr und mehr vollständiger Besitz des neuen Staates, der siegreich aus dem Krieg hervorging.

Nachdem Carlos mit Lepine gesprochen hatte, kehrte er durch die Gassen Berns ins Hotel National zurück. Er dachte an Teresa, und es tat ihm furchtbar Leid, sie über seine wahre politische Haltung getäuscht zu haben. Er bedauerte es, ihr die Wahrheit zu verhehlen, und litt unter dem Gedanken, sich weiterhin verstellen zu müssen. Er erinnerte sich, wie Teresa ihm gesagt hatte, dass die Teilnahme am Gemäldetausch ihr nach ihrer Flucht aus Figueres die Chance bot, auch weiterhin für die Republik zu kämpfen. Carlos war sicher, dass sie, wenn sie die Wahrheit wüsste, jetzt nicht bei ihm wäre. Andererseits war ihm auch bewusst, dass diese Situation so nicht weitergehen konnte, dass er ihr nicht mehr lange eine andere Persönlichkeit vorspielen konnte und dass das Eingeständnis der Wahrheit das Ende dieses süßen Gefühls bedeuten würde, das ihn ganz und gar erfüllte und das er Liebe zu nennen begann.

Carlos fiel die Heuchelei immer schwerer. Anfangs hatte ihm sein Schwindeln nicht viel ausgemacht. Nach der Schussverletzung aber, nachdem er Teresas Finger an seinem Körper gespürt, sie neben sich atmen gehört hatte und sie sich entschlossen hatte, bei ihm zu bleiben, bedauerte er, dieses Lügengebilde errichtet zu haben, aus dem er nun nicht mehr herausfand. Noch immer spürte er auf seinen Lippen die Küsse, die ihm Teresa in Anatoles Versteck gegeben hatte, und er selbst hatte sie heute Morgen heimlich geküsst, während sie noch schief. Er hatte sie jedoch einmal angelogen, und seither hatte er immer weiter lügen müssen. Er wagte nicht, ihr zu sagen, dass er ein Faschist war, ein Agent der Regierung von Burgos, der gerade zu verhindern suchte, dass die Republik die Waffen erhalten würde, die sie brauchte. Und nun, dachte Carlos, war diese Lüge so groß geworden, dass er sie unmöglich rückgängig machen konnte, ohne den sanften Zauber in Gefahr zu bringen, der ihn an Teresa fesselte.

Als er ins Zimmer des Hotel National zurückkam, fand er sie wach. Sie hatte auf ihn gewartet, und Carlos erzählte ihr von seinem Besuch bei Jean Lepine und dass er den Velázquez dort gelassen habe, um ihn in sicherem Gewahrsam zu wissen.

»Kann er uns helfen?«, fragte Teresa.

»Er wird versuchen, mich mit Salinger in Kontakt zu bringen.«

Carlos erklärte ihr, dass Lepine an schwer zugänglichen Orten verkehrte, in geschlossenen Kreisen und besonderen Galerien.

»Es gibt ein paar Kunstgalerien, die nicht nur Ausstellungen organisieren und Gemälde verkaufen. Das wahre Geschäft dieser Galerien ist der Handel mit gestohlenen Kunstwerken.«

»Wer will denn so einen berühmten Velázquez? Mit diesem Gemälde ist doch nichts anzufangen«, sagte Teresa.

»Diese Galeristen verfügen über Listen von exzentrischen Käufern, spinnerten Millionären, die fähig sind, für den Besitz gewisser Unikate ganze Vermögen hinzublättern.«

»Salinger?«

»Salinger will das Gemälde nicht. Er kauft es, um es weiterzuverkaufen. Er ist nur ein Zwischenhändler. Ein gestohlener Velázquez kann nur auf dem Schwarzmarkt verkauft werden, und wer ihn kauft, kann ihn nie ausstellen. Er hütet ihn wie einen geheimen Schatz, um ihn selbst zu betrachten. Das ist reichlich absurd.«

»So absurd ist das auch wieder nicht, Carlos. Als du mir bei Anatole dieses Gemälde gezeigt hast, habe ich etwas Besonderes gespürt. Ich spürte, dass wir die alleinigen Besitzer eines einzigartigen Kunstwerkes waren, das nur uns gehörte. Es war wie ein Gefühl der Macht ... Dieses Gemälde für sich zu besitzen ... es im Geheimen aufzubewahren ... Das ist nicht so absurd.«

»Nein. Vielleicht ist das nicht so absurd.«

Sie verbrachten den Rest des Tages in Gesprächen über den Krieg, über Spanien, über die Zeit, die sie miteinander verbracht hatten, bis der Nachmittag zu erlöschen begann und sich in Mond und Sterne auflöste.

»Manchmal denke ich, dass wir das nicht tun dürften. Es ist, als ob wir ein Gemälde aus dem Prado gestohlen hätten. Ja …, wir haben es tatsächlich gestohlen. Ich weiß nicht …«, versuchte Teresa zu erklären.

»Bereust du, dass du hier bist?«

»Ich bereue es nicht. Ich denke, wenn es dazu dient, den Krieg gegen die Faschisten zu gewinnen, ist selbstverständlich jedes Mittel erlaubt«, sagte Teresa.

Wieder tat es Carlos Leid, sie die ganze Zeit getäuscht zu haben, und er schwieg einen Augenblick lang.

»So gewinnen wir den Krieg gegen die Faschisten«, log er erneut.

»Eigentlich ist das gar kein Diebstahl. Das ist ein Kriegsakt«, erklärte ihm Teresa.

»Und wenn das Gemälde nicht dazu diente? Und wenn ich dich betrogen hätte?«

Teresa antworte nicht sofort. Sie dachte über ihre Antwort nach und entgegnete dann mit einem geheimnisvollen Lächeln:

»Du kannst mich nicht betrügen …, mein lieber, tapferer roter Soldat.«

Carlos schaute sie befremdet an; er schämte sich, dass er sie immer noch belog, und spürte, wie ihm der kalte Schweiß den Rücken hinunterrann. Er verstand, dass die Lüge, die er um seine wahre Mission in Bern aufgebaut hatte, zwischen ihnen einen unüberwindbaren Abgrund geöffnet hatte, dass dieser Betrug ihn immer weiter von ihr trennte, dass die Politik und der Krieg hier in diesem Hotelzimmer gegenwärtig waren, als hätten sie allen Hass und alle Kugeln aus Spanien mitgeschleppt. All diesen verdammten Hass und all die verfluchten Kugeln, als wären sie nicht einfach ein Mann und eine Frau, die sich einander hingeben und sich lieben wollten. Er fragte sich, ob Teresas Küsse in Anatoles Haus ihm oder dem republikanischen Helden gegolten hatten, den sie in ihm sah und der mit einem Gemälde reiste, um den Krieg gegen die Faschisten zu gewinnen. Und er konnte nicht herausfinden, ob sie zu ihm hielt oder zu jenem heldenhaften Soldaten, der ihr half, etwas gegen ihr schlechtes Gewissen zu tun, unter dem sie seit ihrer Flucht aus Figueres litt.

Einen Moment lang interessierten das Gemälde, der Krieg, die Kriegsparteien und alle Farben ihn nicht mehr. Er wollte Teresa nur noch von sich selbst erzählen, damit sie ihn liebte und nicht den Soldaten, den sie in ihm sah. Er trat auf Teresa zu, legte seine Hände auf ihre Schultern und umarmte sie sanft. Teresa lehnte ihren Kopf an seine Brust und umarmte ihn ebenfalls. Carlos war nahe daran, ihr die Wahrheit zu sagen, rasch und entschlossen, so, wie Teresa ihm die Kugel aus dem Leib geholt hatte. Doch dann fürchtete er, sie zu verlieren. Er hatte Angst, die Wahrheit werde sie auseinander treiben, und bewahrte Stillschweigen, obwohl er drauf und dran war, ihr alles zu sagen. Bei dem Gedanken, dass sie nur aufgrund dieser Lüge beisammen waren, schloss er traurig die Augen und versuchte erneut, mit ihr aufrichtig zu sein.

»Alicia …« Er konnte nicht weitersprechen.

»Carlos …«

»Deine Küsse letzthin …«

»Meine Küsse? Warst nicht du es, der mich geküsst hat?«

»Deine Küsse … Galten die mir oder dem mutigen Soldaten, der sein Leben riskiert, um die Republik zu retten?«

»Ich verstehe dich nicht.«

Carlos löste sich aus der Umarmung und sah Teresa tief in die Augen.

»Macht nichts.«

Teresa fasste seine Hände.

»Willst du damit fragen, ob ich dich geküsst habe oder irgendeinen roten Soldaten? Ich frage dich dasselbe. Wem galten denn deine Küsse? Mir oder der Sanitäterin, die dich gepflegt hat?«

»Du weißt nichts von mir, Alicia. Du weißt nicht, was ich getan habe.«

»Wer bist du denn, Carlos?«, fragte Teresa und fuhr fort, ohne seine Antwort abzuwarten:

»Ich will nicht, dass du mir antwortest. In diesem Hotelzimmer, mit dir zusammen, muss ich mir diese Frage selbst beantworten«, sagte sie. »Ich frage dich nicht, wer du bist.«

Das Abendlicht löste sich langsam in Schatten auf. Die Flecken an der Wand verschwammen im Halbdunkel. Über den schmalen Balkon drang das dichte Grau der Dämmerung. Auf dem Bett lag Carlos' Mantel, der keine Geheimnisse mehr barg. Teresa spürte ihre nackten Füße auf dem verblichenen Teppich.

»Ich habe nicht die republikanische Sanitäterin geküsst, Alicia …, sondern dich«, erklärte Carlos, während sie sich nebeneinander auf das Bett setzten. »Das heißt, dass ich dich in jener Nacht bei Anatole auch dann geküsst hätte, wenn du nicht …«

»Auch ich habe dich geküsst …«, entgegnete Teresa und ließ den Satz absichtlich unbeendet.

»Dich, meinen lieben, roten Soldaten …«, fuhr sie dann fort.

»Kannst du nicht aufhören, mich so zu nennen?«, fuhr er verletzt und ärgerlich auf.

Es entstand ein Schweigen. Carlos wusste nicht, was er noch sagen sollte. Der Abend verdunkelte allmählich das Innere des Zimmers, löste ihre Gesichter in schwarze Flecken auf, ließ die Konturen der Möbel verschwimmen und im Gegenlicht ihre Silhouetten hervortreten.

»Weshalb sagst du das? Ich verstehe dich nicht …«

»Ich verstehe auch nicht, was mit mir los ist, und ich verstehe diese Küsse nicht … Alicia, ich weiß nur, dass ich dich liebe«, flüsterte Carlos plötzlich in Teresas Ohr, während seine Lippen ihr Gesicht streiften.

Und dann umarmten sie sich im Halbdunkel, wortlos und im Schutz der Stille. Mit jeder Liebkosung nahm die Nacht um sie herum zu, und als das Licht völlig verloschen war, legte Teresa ihre Arme um Carlos' Hals und ließ zu, dass er zärtlich ihren Körper erkundete, hoffte in der Dunkelheit, dass er sein Gewicht über ihrem Körper vergesse, in dieser Nacht, die erfüllt war von Verlangen, ausgedehntem Schweigen und frisch erwachter Liebe. Als Carlos' Hände über Teresas Rücken glitten, war ihm, als tauche er aus einem Meer von Einsamkeit und Stille auf. Ihre Lippen und Beine durchpflügten die wilde, üppige Landschaft der Laken. Eng umschlungen streiften Teresas Lippen Carlos' Mund, und er griff in ihr Haar. In einer endlos scheinenden Umarmung spürten beide das gewaltige Pulsieren ihrer Körper, küssten sich lange und leidenschaftlich. Teresa hielt die Augen geschlossen, und ihr warmer Atem streifte Carlos' Finger. Erschauernd wälzten sie sich im von zahllosen Umarmungen zerwühlten Bett. In der Dunkelheit gab es nun nichts mehr, was sie trennte, zeigte sich Haut unter den Kleidern, enthüllten sich nackte Körper, flüsterten Stimmen des Verlangens, verflochten sich Hände, Beine und Lippen wie zu einem einzigen Körper.

Plötzlich schaute Teresa zärtlich in Carlos' Augen, lächelte, legte ihren Kopf an seine Brust und sagte:

»Es ist das Wort rot. Du willst nicht, dass ich dich als Roten bezeichne, nicht wahr, mein geliebter Soldat?«

Dann umarmte sie ihn heftig und still.

Carlos antwortete nicht; im Schutz der undurchdringlichen Dunkelheit schaute er zur Decke empor, hielt Teresas Hände fest in den seinen und fühlte sich ohnmächtig, wie er da nackt neben einer Frau lag, die er belogen hatte. Er kam sich wie ein Feigling vor, weil er nicht fähig war, seine Lüge rückgängig zu machen.

Ihre sanften Liebkosungen ließen ihn erneut in wohlige Zärtlichkeit versinken. In inniger Umarmung nickten sie immer wieder kurz ein, dann streichelten und küssten sie sich die ganze Nacht hindurch. Das Tageslicht fand sie nackt und eng umschlungen unter den Betttüchern, Hand in Hand, mit geschlossenen Lidern, die Lippen aufeinandergepresst. Und als ob alle Morgen so gewesen wären, lächelten sie einander herzlich zu, als die Sonne sie weckte.

16. KAPITEL

Unter dem Licht der strahlenden Sonne, das durch die großen Dachfenster in seine Wohnung drang, hielt Jean Lepine Farbtuben, Pinsel, eine Palette und ein zerschlissenes Tuch in den Händen. Er stand vor einer kleinformatigen Leinwand, probierte Formen und Farben aus und malte wie besessen. Um elf Uhr morgens nahm er einen Schluck Wein aus einer Flasche, die er eine Stunde vorher entkorkt hatte, und trat von der Staffelei zurück, um das Bild, an dem er arbeitete, aus der Distanz zu betrachten. Dann wendete er seinen Blick vom Bild ab und legte die Pinsel auf den Boden. Er lächelte zufrieden und nahm erneut einen Schluck. Eine halbe Stunde später durcheilte Lepine mit hochgeklapptem Mantelkragen und einer in die Stirne gezogenen schwarzen Baskenmütze die Gassen Berns. In der Nähe des Münsters bog er in schmale Nebensträßchen ein und kam auf eine Gasse hinaus, von der aus er über eine Treppe zur Hinterseite des Kasinos gelangte. Er folgte einem mit Bäumen gesäumten Sandweg und öffnete die hölzerne Tür eines Ladens, den ein Schild als Kunstgalerie auswies.

Drinnen wurde er vom Inhaber mit einem Lächeln empfangen. Fritz Müller war ein eleganter Mann, der fast alle seine Haare verloren hatte und seine Kurzsichtigkeit mit runden, in einem silbernen Brillengestell gefassten Gläsern korrigierte. Er trug einen teuren Anzug und eine modische Krawatte und hatte sich mit seiner Galerie in den letzten zehn Jahren durch wichtige Ausstellungen ein gewisses Prestige erworben. Als er Lepine sah, den er schon von früher kannte, trat er auf ihn zu und begrüßte ihn höflich. Sie begannen ihr Gespräch mit dem Austausch von Nichtigkeiten über die Künstlerkreise, in denen beide sich bewegten, aber schon bald kam der Bohemekünstler auf sein Anliegen zu sprechen.

»Ein Freund von mir ist aus Spanien gekommen, um ein Geschäft zu tätigen.«

Nach diesen Worten verstummte Lepine und fuhr nach einer Weile fort:

»Es handelt sich selbstverständlich um ein wichtiges Geschäft, das Sie interessieren könnte, Herr Müller.«

»Mich? Ein Geschäft in meiner Galerie?«

»Mein Freund hat was, was er verkaufen möchte«, sagte Lepine. »Er sucht Salomon Salinger.«

Müllers bislang freundliche und zuvorkommende Miene wurde ausdruckslos. Er schaute zu Boden und wich langsam vor Lepine zurück, als wolle er zu seinen Angelegenheiten zurückkehren.

»Dieser Name sagt mir nichts …«

»Er sagt Ihnen nichts? Der Name Salinger sagt Ihnen nichts?«

Ernst, sehr ernst, sah der Mann nun Lepine direkt an und entgegnete:

»Ihr Freund ist aus Spanien gekommen, um einen Mann zu treffen, den ich nicht kenne. Was habe ich damit zu tun?«

»Es handelt sich um ein Geschäft, das sich nicht jeden Tag ergibt. Ein Handel mit Kunst, Sie verstehen mich sicher ... Und mein Freund will nur mit den Besten verhandeln.«

»Tut mir Leid. Ich kann Ihnen nicht helfen.«

»Was ich Ihnen anzubieten habe, Herr Müller, ist ein sehr wichtiges Gemälde.«

»Ich kenne keinen Salinger.«

Lepine wartete ein Weilchen ab. Er wusste, dass Müllers Ausflüchte zum Fortgang des Gespräches dazugehörten.

»Mir wurde das Gegenteil versichert. In den letzten Tagen habe ich einiges von Freunden erfahren, die vom Kunstmarkt viel verstehen ... Der Name des Galeristen Müller, meines guten Freundes Müller, taucht dabei des Öfteren auf, wenn von Salinger gesprochen wird.«

»Was Sie da sagen, überrascht mich, Herr Lepine. Ich bin in Bern nicht sonderlich bekannt.«

»Und in Deutschland? Und den Vereinigten Staaten? Viele ausländische Sammler haben mit Ihnen verhandeln müssen, um zu einigen ganz besonderen Gemälden zu kommen, nicht wahr? Es gibt eine gewisse Käuferschicht, die diese Galerie sehr gut kennt.«

»Was wollen Sie, Lepine?«

»Ich möchte, dass wir ernsthaft über Geschäfte reden. Dasjenige, das Sie und Salinger jetzt interessieren könnte, ist wirklich sehr wichtig.«

Müller interessierte sich langsam für Lepines Worte. Er hatte wahrgenommen, dass tatsächlich ein wichtiges Geschäft auf dem Spiel stand. Ohne weitere Worte ging er zur Eingangstür, verriegelte sie, zog die Vorhänge zu und bot Lepine einen Stuhl an.

»Nun denn, Lepine, was wollen Sie mir erklären?«

Lepine hatte bemerkt, dass Müllers Aufmerksamkeit geweckt war, und fand, dass nun der Moment gekommen war, deutlicher zu werden.

»Sie wissen so gut wie wir alle, dass der Prado von Spanien nach Genf gebracht worden ist. Es lässt sich nur schwer verhindern, dass inmitten eines so übereilten Umzuges kein Gemälde verloren geht.«

Müller schwieg, sah Lepine aber gebannt an.

»Es geht um viel Geld. Viel Geld, Müller.«

»Viel Geld? Das hätten Sie früher sagen können.«

»Vielleicht handelt es sich um das Größte, womit Salinger in seinem ganzen Leben zu tun hatte.«

Müller schwieg nachdenklich.

»Das könnte mich interessieren. Weshalb denn diese Umschweife? Sagen Sie mir klipp und klar, worum es sich handelt.«

»Es gibt da ein Gemälde aus dem Prado, das nicht an seinen Zielort gekommen ist. Es ist während des Umzugs verschwunden. Es handelt sich um den *Garten der Villa Medici,* ein Gemälde von Velázquez.«

Müller rutschte nervös auf seinem Stuhl hin und her.

»Sprechen Sie im Ernst, Lepine?«

Der Maler fand es nicht nötig, auf diese Frage zu antworten, und schwieg, bestätigte aber den Wahrheitsgehalt seiner Worte, indem er Müller ansah.

»Das ist tatsächlich eine große Sache«, sagte Müller. »Aber niemand wird dieses Gemälde wollen. Es ist zu berühmt …«

Er hielt inne, ohne den Satz zu Ende zu führen, zog ein nachdenkliches Gesicht und fügte dann hinzu:

»Wie viel verlangt Ihr spanischer Freund?«

»Mein Freund wird nur mit Salinger verhandeln.«

»Hören Sie mal, Lepine. Ich sage Ihnen, wie solche Geschäfte laufen. Meine Galerie kauft das Gemälde und verkauft es dann an einen Käufer irgendwo auf der Welt weiter. An Salinger oder jemand anderen.«

Lepine lächelte skeptisch.

»Aber so läuft es nicht immer, stimmt's? Wir beide wissen, dass jedes Geschäft seinen eigenen Regeln folgt.«

»Das stimmt. Es läuft nicht immer so. Manchmal schaltet sich die Galerie nur ein, um zwei Personen zusammenzubringen ...«

»Na kommen Sie schon, Müller. Ich bin seit Jahren in der Welt der Malerei zuhause, diesseits und jenseits des Gesetzes. Ich weiß genau, wie das abläuft.«

»Dieses Bild wird sehr schwer zu verkaufen sein. Und sicher viel zu teuer. Selbst für diese Galerie ist dieses Gemälde zu wichtig.«

»Sie wissen, dass nur Salinger es mit einem so berühmten Velázquez riskieren würde.«

Ein kalkuliertes Schweigen trat ein.

»Salinger erwartet es«, fügte Lepine hinzu. »Es hat bereits Kontakte gegeben ... Ich muss lediglich wissen, wo wir Salinger finden können.«

Müller überlegte.

»Wo ist das Gemälde?«, fragte er.

»Wo ist Salinger?«, fragte Lepine.

»Wie können wir uns absichern?«, fragte Müller zurück, ohne auf Lepines Frage einzugehen. »Zuerst müssten wir das Bild einer technischen Untersuchung unterziehen ... Damit meine ich, dass ein paar Experten bestätigen müssen, dass das, was Ihr Freund besitzt, auch authentisch ist.«

»Selbstverständlich.«

»Gut, einverstanden. Ich rufe Salinger in den nächsten Tagen an. Er ist ein vielbeschäftigter Mann.«

Jean Lepine lächelte schief und schaute Müller ungläubig an. Er fasste sich mit der rechten Hand ans Kinn und sagte:

»Nein, Müller. Ich glaube, Sie haben nicht recht verstanden, was ich Ihnen vorschlage. Mein Freund besitzt ein Gemälde, und Sie können dafür sorgen, dass Salinger es erwirbt. Allein damit verdienen Sie eine schöne Stange Geld. Glauben Sie, ich mache das umsonst?«

»Wie viel wollen Sie?«

»Dreißigtausend Franken.«

»Sind Sie verrückt, Lepine? Dreißigtausend Franken?«

Lepine lächelte erneut.

»Für ein Millionengeschäft ist das nicht viel.«

»Sie riskieren dabei nichts. Das ist viel Geld.«

»Wenn Ihnen das zu viel erscheint, sagen Sie es mir, und ich verschwinde, ohne Sie weiter zu belästigen.«

Lepine hielt inne, schaute Müller an und fügte hinzu:

»Ich kann auch einen anderen Zugang zu Salinger finden, und Sie sind ausgebootet und können nur noch zusehen, wie andere das Geschäft machen.«

Müllers Miene verhärtete sich. Er schaute zur Decke und rutschte nervös auf seinem Stuhl hin und her. Nach langem Schweigen sagte er:

»Ich rufe ihn an, Lepine. Ich rufe ihn an. Lassen Sie mich das Ganze überdenken.«

»Sie verstehen, dass ich Ihnen dieses Geschäft angeboten habe, und ich bin nicht so blöd, dies gratis zu machen.«

Lepine stand von seinem Stuhl auf und ging auf die verschlossene Ausgangstür zu. Er schob den Riegel zurück und verabschiedete sich von Müller.

Er ging zu Fuß nach Hause zurück und griff in seiner Wohnung wieder zu den Pinseln. Er malte den ganzen Tag. Er trank auch den ganzen Tag, mit einem Ausdruck der Befriedigung und einem breiten Lächeln auf dem Gesicht, das den ganzen Tag anhielt. Als die Nacht hereinbrach, stellte Lepine das Malen ein und ging auf die Straße hinaus.

Um die Straßenlampen ballten sich weißliche Nebel. Der Himmel überzog sich mit Wolken, und die Gehsteige wurden langsam feucht und nass. Lepines Schritte hallten auf den Pflastersteinen einer beinahe ausgestorbenen Stadt wider. Er war in seinen dunklen Mantel gehüllt und hielt zum Schutz vor der beißenden Kälte der Nacht mit seinen Händen Revers und Kragen hoch. Er bog in ein unbeleuchtetes Gässchen ein, ging ein paar Treppenstufen hinunter und hämmerte mit der Faust an eine metallene Tür, die sich nach einiger Zeit öffnete.

Im Innern fand er eine warme Welt, in deren Dämmerlicht undeutlich Gläser voller Alkohol, Dirnen und Freier zu erkennen waren, die auf den neu Eingetretenen schauten, ohne ihn groß zu beachten. Lepine setzte sich neben einen Vorhang, der einen nur vom gelblichen Kreis einer alten Glühbirne beleuchteten Korridor verhüllte. Er hielt nach einer Frau Ausschau, mit der er schon in anderen Nächten für wenig Geld das Bett geteilt hatte, sah sie aber nirgends. Jemand brachte ihm eine Flasche Cognac an den Tisch, und nachdem er das erste Glas geleert hatte, erhob er sich und zog den Vorhang, der neben ihm hing, beiseite. Er ging den Gang entlang, bis er vor einem kleinen, karg beleuchteten Zimmer stand, wo ein junger

Mann sich hinter einem Tisch die Hemdsärmel aufrollte. Mit knappen Worten zeigte ihm Lepine ein paar Banknoten, und der Mann händigte ihm ein Glasröhrchen aus, das ein weißes Pulver enthielt. Der Maler kehrte zu seinem Tisch zurück, schenkte sich Cognac nach und nahm zwei tiefe Schlucke.

Der Ort war der Inbegriff von Liederlichkeit und Schmutz, kaum verhüllt von einer Finsternis, die nur von vereinzelten Kerzen und kleinen Lampen durchbrochen wurde. Alles zeigte einen verblichenen, abgewetzten Charme, machte einen heruntergekommenen und jämmerlichen Eindruck. Die Einrichtung des Lokals war dürftig und geschmacklos, von einer anonymen, stillosen Ästhetik der Verwahrlosung und Vergänglichkeit. Mehrere übertrieben stark geschminkte Frauen mit falschen Perlen über tiefen Dekolletés zeigten ihre entblößten Beine. In Tabakwolken eingehüllte Gelegenheitspärchen umarmten sich auf den Polstersesseln, und einige Männer führten ihre Hände in abgrundtiefe, provokativ aufgeknöpfte Ausschnitte, die Fleisch enthüllten, das jede Nacht gemietet werden konnte. Lepine öffnete das Glasröhrchen und zog in vier tiefen Zügen das weiße Pulver in die Nase. Der Stoff trieb ihm die Tränen in die Augen. Dann setzte sich die Frau zu ihm, die er gesucht hatte. Ihr rotes Kleid war an einer Seite geschlitzt und enthüllte ihre nur bis auf halbe Oberschenkelhöhe reichenden, mit einem Spitzenband verzierten schwarzen Strümpfe. Sie küssten sich zur Begrüßung auf den Mund, dann trank sie aus Lepines Glas, hinterließ auf seinem Rand die Spuren ihrer geschminkten Lippen und legte ihren Arm um seinen Hals, während sie den Preis für diese Nacht aushandelten. So saßen sie eine Zeitlang beisammen, küssten sich ausgiebig und ließen ihre Hände unter die Kleidung des anderen gleiten, bis die Flasche leer getrunken war. Dann traten sie aus dem Lokal auf die Straßen Berns hinaus und gingen zu Fuß zu Lepines Wohnung, wo sie sich auf das ungemachte Bett fallen ließen.

Zwischen den Leintüchern spreizten sich Oberschenkel und wurden krude Liebkosungen ausgetauscht, die nur die für diese Nacht ausgehandelte Zeit anhielten, während Lepine allmählich die künstliche Erregung verspürte, welche dank des weißen Pulvers durch seine Nervenbahnen jagte. Getrieben von einer in Alkohol und Drogen gehüllten Begierde knabberte Lepine sanft an den Ohren der Frau und knetete mit seinen Händen ihre vollen Brüste. Sie schob sich unter ihn, winkelte ihre Knie an seine Rippen, und die beiden verschmolzen in rhythmischen Bewegungen zu einer einzigen Gestalt.

»Ich habe noch nie nackt neben einem Velázquez gelegen«, sagte Lepine.

Sie sagte nichts, aus ihrem offenen Mund drang nur noch Stöhnen.

»Diese Nacht ist anders, mein Schatz«, fuhr Lepine fort. »Diese Nacht bist du mit einem reichen Mann zusammen. Und das Geld …, weißt du, was Geld alles bewirkt?«

»Was?«, fragte sie keuchend und bewegte ihren Rücken hin und her.

»Es macht mich glauben, dass du mich liebst.«

17. KAPITEL

Fünf Tage später saßen Carlos und Teresa hinter einem Marmortisch im Restaurant des Hotels National und warteten auf Jean Lepine. Große Glasfenster gingen auf die Straße hinaus, und die Sonne drang durch die Scheiben. Es war schon nach elf, als der Maler den Raum betrat und sich die Straßenkälte aus den Knochen schüttelte. Während er auf sie zuging, betrachtete er Teresas Gesicht, das er seit jenem Moment hatte kennen lernen wollen, als Carlos von ihr gesprochen hatte. Lepine grüßte, zog den Mantel aus, faltete ihn und legte ihn über eine Stuhllehne. Als er Platz genommen hatte, setzte er seine Baskenmütze ab und legte sie auf den Tisch. Carlos stellte Teresa vor und erklärte ihm, dass sie kein Französisch spreche. Lepine strahlte sie an und bedeutete ihr in knappen Gesten, dass er Maler sei. Während des Gesprächs hörte Teresa schweigend zu und versuchte zu verstehen, was die beiden sagten. Manchmal gelang es ihr, die Bedeutung einiger Worte aufzuschnappen, ohne aber in das Gespräch eingreifen zu können.

Lepines Gesicht war anzusehen, dass er letzte Nacht oder auch schon längere Zeit nicht geschlafen hatte. Er fuhr mit den Händen über sein Gesicht und rieb sich mit kreisenden Fingerbewegungen die Lider, bevor er zu sprechen begann.

»Heute morgen hat mich Müller angerufen«, sagte Lepine. »Er hat fünf Tage dafür gebraucht. Aber immerhin hat er mich angerufen. Dieser Galerist ist ziemlich schlau.«

»Hat er dir was von Salinger gesagt?«

Lepine nickte.

»Ja«, sagte er, »aber ohne ihn beim Namen zu nennen. Es scheint, dass die Leute, die mit Salinger zu tun haben, seinen Namen nicht in den Mund nehmen wollen. Niemand will von ihm sprechen. Er ist der Oberpriester der großen Geschäfte ...«, und er lachte spöttisch.

Carlos war ungeduldig zu erfahren, wie das Gespräch mit Müller verlaufen war.

»Was hat er dir gesagt?«

»Er hat mir gesagt, dass es einen Käufer gebe, der bereit sei, sich persönlich mit meinem spanischen Freund zu unterhalten. Nur mit dir. Nur eine einzige Person, du verstehst mich«, sagte Lepine und schaute auf Teresa.

»Wann?«

»Sie wollen nicht mehr länger warten. Er wäre bereit, sich schon morgen mit dir zu treffen.«

Carlos nahm einen Schluck Kaffee aus seiner Tasse, schaute den Maler an und fragte:

»Wo?«

»In Spiez. Einer Ortschaft in der Nähe von Bern. An einem See ... Du kannst ein Taxi nehmen oder mit dem Zug dorthin fahren. Die Fahrt dauert nicht länger als eine Stunde.«

»Warum dort?«

»Wie es scheint, soll das Treffen im Freien stattfinden.

Ich glaube, es handelt sich um eine Einladung, am Seeufer entlang zu schlendern. Salinger will selbstverständlich völlige Diskretion.«

»Wie kann ich ihn erkennen?«

»Er wird sich dir zu erkennen geben«, antwortete Lepine.

Ein Kellner kam an den Tisch, und Lepine bestellte einen Gin.

»Müller hat mich über alle Einzelheiten informiert, wie du siehst«, fuhr er fort. »Salinger weiß, wer du bist, wenn du dich Punkt elf Uhr auf einer weiß gestrichenen Holzbank am Bootsanlegesteg niederlässt. Nicht früher und nicht später.«

Carlos übersetzte Teresa das bisher Gesagte. Sie nickte, als hätte sie alles verstanden.

»Pass auf, Carlos. Vorsicht mit diesem Mann«, warnte ihn Lepine. »Du weißt ja ... Er handelt nicht nur mit Kunstwerken. Er ist auch andere Geschäfte gewohnt ...«

Carlos akzeptierte die Warnung mit einem zustimmenden Nicken.

»Salinger wird selbstverständlich einen Echtheitsbeweis des Gemäldes haben wollen.«

»Natürlich«, sagte Lepine. »Er wird seine eigenen Gutachter schicken.«

Mit einer Grimasse, die seine Unzufriedenheit verriet, schloss er die Lippen, und nach einem Augenblick des Schweigens fügte er hinzu:

»Es wird mir sehr Leid tun, dieses Gemälde anderen überlassen zu müssen. Es ist nun schon seit neun Tagen bei mir, weißt du? Ich versuche alles, um es nicht zu vermissen, wenn sie es abholen kommen.«

»Was willst du damit sagen?«

»Nun …« stammelte Lepine, »ich studiere es intensiv … Ich meine, ich schaue es lange an. Ich lerne es auswendig. Ich habe es ganz und gar im Kopf.«

»Sag Müller, dass ich morgen nach Spiez komme.«

Lepine trank seinen Gin leer, stand auf und verabschiedete sich ausgesprochen freundlich mit drei, vier französischen Worten von Teresa. Carlos gab er die Hand, und dieser begleitete ihn bis zur Tür. Dort blieben die beiden noch kurz stehen und sprachen über den folgenden Tag und das Treffen mit Salinger.

»Es scheint, dass nun der große Moment gekommen ist«, sagte Teresa.

»Nein, noch nicht. Das morgige Treffen ist nur der Anfang. Der große Moment kommt erst, wenn ich ihm das Gemälde übergebe.«

Zur selben Stunde erglänzten die alten steinernen Fassaden von Burgos golden im Licht der Sonne, das sich in den Pfützen widerspiegelte, die der Regen hinterlassen hatte. Die gotischen Spitzen der Kathedrale hoben sich leuchtend vor einem kobaltblauen Hintergrund ab. Der Himmel war wolkenlos. Der Tag zeigte sich strahlend klar, und der Fluss war wie ein Spiegel aus rauschendem, dahinströmendem Silber.

General Jordana, Außenminister und Regierungsvizepräsident, unterzeichnete in seinem Arbeitszimmer ein paar Dokumente und bedauerte es heimlich, seine Tage weit weg vom Schlachtfeld mit politischen Angelegenheiten verbringen zu müssen. Lieber hätte er seine Militäruniform, die er auch im Büro trug, in den Schützengräben gezeigt, umgeben vom Gefechtslärm. Aber er verstand, dass der Krieg auch in den Schreibstuben ausgetragen wurde und dass er aufgrund seines Alters nun Dienst in der Nachhut zu leisten hatte, zwischen Tischen und Stühlen eine Stellung halten musste, die jedoch um einiges schwieriger und hektischer war als die vorderste Front in der Infanterie.

Er legte seine Feder auf die Papiere und stand auf, um zum Fenster hinauszuschauen. Mit Wehmut dachte er an die Zeit zurück, als er Spanien in den Kämpfen in Afrika gedient hatte, als er noch jünger war und das Militär ihn noch nicht für einen Ministerposten vorgesehen hatte. Sein Blick fiel auf die kahlen Baumkronen auf der Straße unter ihm, und er verlor sich in Gedanken über die Politik in Kriegszeiten. Er malte sich eine diplomatische Schlacht von höchster Wichtigkeit aus und dachte schließlich, dass von diesem Arbeitsraum aus ebenfalls viele Schlachten gewonnen werden könnten.

Jordana dachte an die Arbeit, die Eugeni D'Ors in Genf leistete, wie es ihm in kürzester Zeit gelungen war, von den Schweizer Politikern empfangen zu werden und die nationale Präsenz des neuen Spaniens in Europa zu stärken. Die Leichtigkeit, mit der D'Ors die Gemälde aus dem Sitz des Völkerbundes herausgeholt hatte, schien ihm ein durchschlagender Erfolg seiner diplomatischen Fähigkeiten zu sein. Jordana vermutete, dass all jene offizielle Bereitwilligkeit und D'Ors' Triumph auf dem Interesse der politischen Organisationen Europas beruhte, der neuen Regierung zu gefallen, die sich stolz am spanischen Horizont zeigte. Er wusste nur allzu gut, dass Avenols vage, unbeständige und schwache Strategie ebenfalls darauf schließen ließ, dass er sich den faschistischen Regimes andienen wollte, um den Krieg in Europa zu verhindern, einen Krieg, den er für unausweichlich hielt.

Der General war mit den internationalen Reaktionen zufrieden. Innerhalb weniger Tage hatte zuerst die Schweiz, dann Frankreich und darauf London die Regierung von Burgos anerkannt. Dieses wiedererwachende Interesse Europas an Spanien ermöglichte es D'Ors, seine Machtposition auszubauen, Zugang zu den Amtsstuben zu erlangen, effiziente diplomatische Strategien zu entwickeln und aufzutreten, als ob seine Regierung den Krieg bereits gewonnen hätte.

Jordana lächelte bei dem Gedanken, dass der einzige Preis, den sie für die Verlegung der Gemälde aus dem Völkerbund in ein Genfer Museum zahlen würden, die Zustimmung zu einer Großausstellung war. Ihm war bewusst, dass diese Einwilligung bereits eine Art Besitzanspruch auf die Kunstwerke darstellte, als ob sie die Bilder aus den Händen der Republikaner gerettet hätten. Es war die Regierung von Burgos, die man um die Erlaubnis angefragt hatte, diese Ausstellung zu organisieren, und nicht die republikanischen Delegierten, die rote Regierung oder das Internationale Komitee. Jordana war bestens darüber informiert, dass D'Ors in Genf überall so auftrat, als seien er und die Regierung von Burgos die Besitzer des Prado, und dass er diejenigen, die tatsächlich die Gemälde aus Spanien gerettet und in die Schweiz gebracht hatten, jeder Entscheidungskraft enthoben hatte. Obwohl die Evakuierung das Werk der Republikaner gewesen war, galten die Nationalen allmählich als die eigentlichen Besitzer der Gemälde, und gegen den Willen der Regierung von Burgos konnte bereits nichts mehr unternommen werden.

In Genf trafen ständig neue Nachrichten über den unaufhaltsamen Vormarsch der franquistisch-nationalen Truppen ein. Alle Politiker, Minister und Abgeordneten der Republik waren aus Spanien geflohen, genossen den Schutz anderer Regierungen, die sich ihrer erbarmt hatten, oder hatten sich unter die vielen anderen Exilanten gemischt. Auf republikanischem Gebiet war nur noch die Ruine eines Staates übrig geblieben, die Erinnerung an eine andere Zeit, die stetige und unerbittliche Präsenz einer hartnäckigen, kalten, andauernden Niederlage und des vollständigen Zusammenbruchs. Außerhalb Spaniens zog Jordana die Fäden einer neuen arroganten und siegreichen Diplomatie, richtete sich unter den bestmöglichen Bedingungen ein, ließ in Ländern, die den neuen Staat anerkannt hatten, Botschaften akkreditieren und entsandte politische Agenten und Delegierte.

Eugeni D'Ors hatte Jordana Berichte über die Vorbereitung eines Inventars der Werke des Prado übermittelt. Fachleute des Kantons Genf, Regierungsexperten, Mitglieder des Internationalen Komitees, Pérez Rubio und ab und zu D'Ors selbst hatten vor zwei Tagen mit der Inspektion der Kisten und der Katalogisierung der evakuierten Kunstwerke begonnen. Das bedeutete, dachte Jordana an diesem Morgen, als er durch das Fenster schaute, dass Burgos nun an der Rettungsaktion des Kunstschatzes endgültig beteiligt war, dass es nun nicht mehr nur die Republik war, welche die Gemälde evakuiert und geschützt hatte, dass nun auch das nationale Spanien in der Prado-Frage intervenierte und dass die europäischen Regierungen und sogar der Völkerbund die Meinung und den Willen Burgos' hatten respektieren müssen.

Oberst Arias öffnete die Tür zum Arbeitsraum von General Jordana.

»Gestatten Sie«, sagte der Oberst und war auch schon bis in die Mitte des Raumes vorgedrungen.

»Herein«, antwortete der Politiker und wandte sich vom Fenster ab.

Arias trat in der Haltung eines Untergebenen, der wichtige Mitteilungen zu überbringen hatte, mit großen Schritten an den Tisch des Ministers.

»Herr General, es ist soeben ein wichtiger Bericht eingegangen.«

»Was gibt es, Arias?«

»Sie wissen ja, dass in Genf die Inventarisierung der evakuierten Kunstwerke begonnen hat. Nun, Herr General, kaum waren die ersten Kisten geöffnet, tauchte *Im Garten der Villa Medici* auf.«

Es entstand ein langes Schweigen, bis Jordana fragte:

»Das Gemälde, das unser Agent besitzen müsste?«

»Nein, Herr General. Das andere Gemälde mit demselben Namen, dasjenige, das die Roten Salinger übergeben wollten …«

»Und was heißt das, Arias?«

»Dieses Bild dürfte nicht dort sein. Es ist anzunehmen, dass die Roten darauf verzichtet haben, die Operation durchzuführen.«

»Wir haben also einen Mann mit einem Velázquez in die Schweiz abgeordnet, um etwas zu verhindern, was gar nicht stattfinden wird?«

»Wie es scheint, wird der Feind dieses Gemälde nicht eintauschen«, sagte Arias. »Nach unseren Informationen war *Im Garten der Villa Medici* der Preis, den sie für die Waffen zahlen wollten. Das Bild befindet sich nun aber bei den übrigen Gemälden in Genf. Ich nehme an, dass die Roten sich entschlossen haben, die Operation nicht auszuführen.«

»Herr Oberst, jedes Mal, wenn ich mich mit Ihnen

über diese Angelegenheit unterhalte, geht es mir zu schnell. Wir haben also umsonst ein Bild entwendet? Wir haben also umsonst einen Mann mit einem Velázquez in die Schweiz geschickt? Ist es das, was Sie mir damit sagen wollen?«

»Ich nehme an, dass die Roten diesen Plan einmal in Betracht gezogen hatten, sich aber später entschlossen haben, ihn nicht auszuführen. Salinger erwartet also kein Gemälde.«

»Und unser Mann in Bern weiß nichts davon. Was meinen Sie, Arias, was kann da geschehen sein?«

»Wahrscheinlich sind die Verhandlungen im Sand verlaufen. Vielleicht war Salinger an dem Geschäft nicht interessiert. Vielleicht konnte er die Waffen nicht auftreiben. Herr General, ich weiß es wirklich nicht.«

»Was weiß unser Agent davon?«

»Nichts.«

»Gott schütze ihn.«

18. KAPITEL

Obwohl sich Carlos auf dieses Treffen vorbereitet hatte, spürte er im Zug, der ihn nach Spiez brachte, eine vage Furcht, die ihm fremd war. Er hatte große Lust, sich endgültig von diesem Velázquez zu trennen und die Mission, die ihn nach Bern geführt hatte, zu beenden. Vom Bahnhof Bern nach Spiez schlängelte sich der Zug an den Bergflanken entlang und wich Bächen und Wasserfällen aus, die wie schwebende Wattesegel von den Berggipfeln herabstürzten.

Achtundvierzig Minuten nach seiner Abfahrt aus Bern stand Carlos auf dem Bahnhof von Spiez, einer schlichten, unscheinbaren, mit Holzlatten umzäunten Haltestelle an einem Berghang. Die Schienen und Schwellen leuchteten im blendenden Licht der Sonne, die vom blauen, weiten, wolkenlosen Himmel hinter den spitzen Gipfeln strahlte. Vom Bahnhof aus konnte man das Wasser eines Sees und einige am Ufer vertäute Schiffe sehen. Carlos ging durch eine eiserne Pforte, während der Zug hinter ihm weiße Dampfwolken ausstieß und sich wieder in Marsch setzte.

Ein von hohem Gras gesäumter Pfad führte zum Dorf, das am Ende des Abhangs neben dem tiefen, klaren, wie türkisblaues Email schimmernden See lag. Carlos erreichte Spiez, ein kleines, direkt am Seeufer gelegenes, von Bergen umgebenes Dorf mit weit verstreuten weißen Häusern und ihren roten und grünen Dächern. Nervös ging er bis zum Anlegesteg, schaute nach links und rechts, um herauszufinden, ob man ihn hier erwartete, ob Salinger in der Nähe war oder ihm jemand folgte. Zwischen zwei Vertäuungspfosten sah er schließlich eine weiße, leere Sitzbank und wusste nun, dass dies der vereinbarte Treffpunkt war. Er schaute auf seine Uhr. Es fehlten noch über zwanzig Minuten. Er vertrieb sich die Zeit, indem er vor den vertäuten Booten auf und ab ging, die auf dem Wasser schaukelten. Er trat dicht ans Seeufer und betrachtete das sanfte Schwappen einiger kleiner Wellen ohne Schaum und ohne Kraft, stille, federleichte Wellen, die kaum wahrnehmbar ans Ufer schlugen.

Carlos hatte alles Mögliche unternommen, um sich für diesen Moment in diejenige Person zu verwandeln, die er vor Salinger sein wollte, in einen von der Regierung gesandten republikanischen Soldaten, der ein Gemälde im Austausch für eine Ladung Waffen zu übergeben hatte. In Zivil, weit von den Schützengräben des Krieges entfernt und in einem fremden Land, übte Carlos in Gedanken die Sprache, die er gebrauchen musste, um nicht die Parteien zu verwechseln, um über die Republik zu sprechen, als ob er für sie und nicht gegen sie gekämpft hätte, und um bei seiner fingierten Persönlichkeit keine Fehler zu begehen. Immer wieder schaute er auf die Uhr, und es schien ihm, als ob die Minuten hier am Seeufer besonders langsam verflössen. Er beobachtete die leere Bank und sah, dass der Ort um diese Zeit fast menschenleer war. Er ging wieder zur Mitte des Steges zurück, und um Punkt elf Uhr setzte er sich am vereinbarten Ort auf die blitzendweiße Bank, von der aus man den See, die Berge und den tiefblauen Himmel dieses Morgens betrachten konnte.

Kurze Zeit später näherten sich zwei nebeneinander gehende Männer und forderten Carlos auf, ihnen zu folgen. Wenige Meter weiter zeigte sich auf dem Deck eines im See verankerten und mit zwei Tauen am Ufer befestigten Bootes ein weißhaariger, etwa sechzigjähriger Herr in einer blauen Jacke mit goldenen Knöpfen. Mit einer unauffälligen Handbewegung grüßte er Carlos und ermunterte ihn, an Bord zu gehen. Die zwei Männer, die ihn begleitet hatten, blieben am Ufer zurück, und Carlos schritt über die zerbrechlich wirkende Landebrücke aus wankenden Brettern auf das Deck, wo ihm der weißhaarige Herr seine Hand entgegenstreckte und ihn feierlich begrüßte. Für Carlos stand außer Zweifel, dass er nun vor Salomon Salinger stand. Trotzdem fragte er:

»Herr Salinger?«

Salinger nickte, und während er ihm einen Stuhl anbot, ergänzte er:

»Salomon Salinger. Ich möchte meinen jüdischen Namen so lange gebrauchen, wie das hier in der Schweiz noch möglich ist.«

Und nachdem er dies gesagt hatte, lächelte er.

»Wie darf ich Sie nennen?«

»Ich bin Carlos Sánchez.«

»Herzlich willkommen, Herr Sánchez. Willkommen an Bord. Wenn wir über Geschäfte zu sprechen haben, tun wir das besser allein, in diesem Boot, und nicht an irgendeinem überlaufenen Ort in Bern.«

Salingers Gesicht zeigte einen angenehmen, entspannten, heiteren und freundlichen Ausdruck. Er zündete eine Pfeife an, nahm auf einem anderen Sessel Platz und schlug die Beine übereinander. Zu Beginn des Gespräches stellte er mit ausgesuchter Höflichkeit ein paar Fragen zum Stand des Krieges in Spanien und über die Zugfahrt nach Spiez. Carlos schlüpfte in die Rolle eines republikanischen Agenten und beantwortete Salingers Fragen, wie es seiner vorgespiegelten Herkunft entsprach. So beklagte er sich über die desolate Lage an der Front, die Ermattung der republikanischen Kräfte und die dringende Notwendigkeit, dem Krieg neue Waffen zur Verteidigung der Republik zuzuführen.

»Interessant«, sagte Salinger, als ob ihm diese Informationen irgendeinen bisher unbekannten Aspekt enthüllt hätten, und heuchelte ein Interesse, das er offensichtlich gar nicht hatte. »Ich habe schon immer gesagt, dass der Krieg in Spanien uns alle betrifft. Aber Sie wissen ja, wie die Schweiz ist ... Von einem Tag auf den anderen kann in ganz Europa der Krieg ausbrechen, und die Schweizer denken nach wie vor nur an ihre eigenen Angelegenheiten, als ob nichts wäre.«

Er machte eine Pause, sog an seiner Pfeife, sah Carlos an und sagte:

»Und nun schießen Sie los. Zuerst die Geschäfte.«

»Die Faschisten«, sagte Carlos, »sind drauf und dran, den Krieg zu gewinnen. Der spanischen Republik fehlt es weder an Menschen noch Ideen oder Mut. Was uns fehlt, sind Waffen, die Waffen, die Sie uns besorgen können. Sobald Sie die Übergabe dieser Waffen angeordnet haben, gebe ich Ihnen das Gemälde.«

»Ja, ich weiß ... Über all dies habe ich bereits mit Ihrer Regierung gesprochen ... Aber etwas verstehe ich nicht ... Weshalb sind Sie in die Schweiz gekommen, als ob wir uns geeinigt hätten? Diese ganzen Verhandlungen wurden doch vor knapp drei Monaten abgebrochen.«

Carlos nahm mit Erstaunen auf, was er soeben gehört hatte, und wusste nicht, was er darauf antworten sollte. Wenn die Verhandlungen vor ein paar Monaten unterbrochen worden waren, dürfte er jetzt nicht hier sein und mit Salinger sprechen, und es gäbe keinen Grund, mit einem Velázquez in die Schweiz zu reisen.

»Ihre Regierung hat die Verhandlungen vor beinahe drei Monaten abgebrochen, Herr Sánchez. Seither habe ich kein Wort mehr darüber gehört. Wie Sie sicher verstehen, habe ich weder das Gemälde noch Ihren Besuch mehr erwartet.«

Carlos versuchte, auf diese Mitteilung kaltblütig zu reagieren. Aber es war offensichtlich, dass es ihm sehr schwer fallen würde, seinen jetzigen Besuch zu rechtfertigen, wenn es keine Geschäftsverhandlungen mehr gab. Deshalb sagte er das Erstbeste, was ihm über die Lippen kam, in der Hoffnung, dass Salinger weiterspräche und er Zeit gewänne, das soeben Gehörte zu verstehen.

»Das Bild ist in der Schweiz.«

»Ja, freilich, das weiß ich … Das ist es ja, was mich überrascht.«

Er machte eine Pause, sah ihm in die Augen und fragte ihn in ernstem Ton:

»Sind Sie tatsächlich ein Gesandter der republikanischen Regierung? Wie kann ich da sicher sein?«

Ohne eine Antwort abzuwarten, brach er gleich nach der Frage in ein gewaltiges Gelächter aus.

»Oh, Herr Sánchez, entschuldigen Sie mich. Ich misstraue Ihnen nicht. Ich habe Ihrer Regierung bereits gesagt, dass ich diese Waffen beschaffen kann. Aber es scheint, dass sie dies bereut hat.«

Ein Gespräch wie dieses hatte Carlos nicht erwartet. Soeben hatte er erfahren, dass der Tausch, den es zu verhindern galt, gar nicht stattfand.

»Was soll das alles?«, fragte Salinger. »Was machen Sie hier? Die Verhandlungen wurden schon vor drei Monaten unterbrochen.«

Carlos reagierte, so gut er konnte.

»Die Gespräche wurden unterbrochen ... aus Sicherheitsgründen.«

»Und hierher zu kommen, scheint Ihnen sicherer zu sein? Ich habe geglaubt, Ihre Regierung hätte auf den Tausch verzichtet. Sie selbst hat mir das gesagt. Und jetzt erscheinen Sie mitten in Bern mit einem Velázquez, den ich bereits nicht mehr erwartet habe.«

Salinger schwieg und fügte dann hinzu:

»An dieser ganzen Sache stimmt etwas nicht. Wenn Sie wirklich weiterhin an dem Geschäft interessiert sind, weshalb bringen Sie dann das Gemälde hierher, bevor wir uns einig geworden sind? Wissen Sie, was ich glaube, Herr Sánchez? Ich glaube, Sie wollen mich reinlegen.«

Carlos wurde sehr nervös, und Salinger merkte es. Er schaute ihn starr an und fügte hinzu:

»So wie ich die Dinge sehe, hat Ihre Regierung auf das Geschäft verzichtet, weil sie glaubte, das Geschäft mit anderen Käufern in Europa abwickeln zu können, was ihr jetzt natürlich nicht gelungen ist. Und jetzt wollen Ihre Auftraggeber mich glauben machen, dass die Gespräche mit mir nie beendigt worden seien. Aber ich lasse mich nicht reinlegen.«

»Ich verstehe Sie nicht.«

»Ich weiß genau, weshalb Sie mich aufsuchen und das Gemälde schließlich doch noch gebracht haben. Weil ich der Einzige bin, der eine Operation diesen Ausmaßes durchführen kann. In diesen drei Monaten werden Sie es anderswo und bei anderen versucht haben und nun … Schließlich mussten Sie trotzdem wieder mich aufsuchen, als ob die Verhandlungen immer noch offen wären. Das wird sich aber gewaltig auf den Preis schlagen. Damit Sie das wissen, das kostet Sie einiges mehr.«

Carlos war überzeugt, dass die Republik aus irgendeinem Grund, den er im Moment nicht erahnen konnte, auf den Tausch verzichtet hatte. Auf dem Deck dieses Bootes hatte er sehr rasch erkannt, dass sein Aufenthalt in Bern und sein Gespräch mit Salinger keinen Sinn mehr hatten. Und dennoch war er hier, um einen Vertrag abzuschließen, den es nicht mehr brauchte.

»Ach, die Spanier mit ihrem Krieg und ihrer Geheimnistuerei!«, rief Salinger aus. »Das war der wahre Grund, weshalb wir vor Monaten zu keinem Abschluss gekommen sind. Ich wusste nie, mit wem ich gerade sprach. Immer hat man sich auf die Regierung berufen … auf irgendeinen bekannten Namen … immer gab es unzählige Mittelsmänner … Das ließ mich misstrauisch werden, das sage ich Ihnen ehrlich. In diesem Geschäft überlebt man nur, wenn man Klartext spricht und sehr vorsichtig ist.«

»Wann können Sie die Waffen liefern?«

»Zuerst muss ich wissen, ob das Gemälde echt ist. Ich werde ein paar Gutachter meines Vertrauens bei Ihnen vorbeischicken, wann immer Sie das vorschlagen …«

»Morgen.«

»Meine Gutachter werden morgen um die Mittagszeit

in der Galerie Müller sein. Werden Sie das Bild dorthin bringen?«

»Natürlich nicht. Ich selbst komme zur Galerie und werde die Gutachter dorthin bringen, wo es sich befindet.«

»Nach der technischen Expertise und nachdem mir die Gutachter die Echtheit beglaubigt haben«, sagte Salinger, »können wir uns erneut treffen. Wir sprechen dann über die Lieferung der Waffen, die Sie benötigen, und in sieben, acht Tagen sind sie auf dem Seeweg Richtung Spanien unterwegs.«

Darauf drehte sich das Gespräch um Kriegsangelegenheiten, die Zukunft Europas, die künstlerische Bedeutung des Gemäldes von Velázquez, bis Carlos das Schiff verließ, ans Ufer sprang und Salinger den Rücken kehrte.

Auf seinem Weg zurück dachte Carlos, dass er in einen Handel verwickelt war, den die Regierung von Burgos sicher nicht mehr interessierte. Aber auf dem Deck des Bootes hatte er nichts anderes tun können, als das Gespräch und sein Angebot aufrechtzuerhalten. Seine Lage war, das sah er nun ein, sehr kompliziert geworden. Er freute sich, wieder nach Bern zurückfahren zu können und dort mehr Zeit zum Nachdenken zu haben. Ein paar Minuten später war er wieder am Bahnhof Spiez und schaute von dort auf den ruhigen See hinunter.

Auf dem lackierten Holz des Decks erklangen die Schritte von Fritz Müller, der unter Deck hervorkam und sich neben Salinger auf den Stuhl setzte, auf dem Carlos zuvor gesessen hatte.

»Haben Sie uns verstanden, Herr Müller?«

»Ich habe das ganze Gespräch gehört.«

»Ich glaube, es bestehen nun keine Zweifel mehr. Haben Sie seine Reaktion und seinen Gesichtsausdruck gesehen, als ich ihm sagte, dass er mich reinzulegen versucht? Er wäre in diesem Moment am liebsten ins Wasser gesprungen. Er hatte Angst.«

»Wer ist dieser Mann?«

»Das weiß ich nicht. Er hat das Bild, soviel ist sicher. Aber er ist nicht von der republikanischen Regierung geschickt.«

»Steht das fest?«

»Ich habe mit einigen Leuten in Spanien gesprochen. Anfänglich hatten sie tatsächlich daran gedacht, dieses Geschäft mit mir zu tätigen. Aber dann haben sie sich zurückgezogen. Sie haben niemanden mit einem Velázquez geschickt. Dieser Mann ist kein republikanischer Agent. Früher oder später wird er die Waffen vergessen und nur noch das Geld wollen. Der arbeitet sicher in seine eigene Tasche.«

»Morgen erwarte ich ihn in meiner Galerie.«

»Ich werde ebenfalls ein paar … – wie sollen wir sie nennen, Müller? Experten? – vorbeischicken«, sagte Salinger lächelnd.

19. KAPITEL

Die Sonne strahlte über das Deck des Bootes und spiegelte sich im See wider, ließ das Metallgeländer aufleuchten und die Befestigungsstaue trocknen. Salinger und Müller versuchten herauszufinden, weshalb ein Spanier einen Velázquez in die Schweiz gebracht hatte und so tat, als handele es sich um ein Geschäft, das von der republikanischen Regierung in die Wege geleitet worden war. Der Galerist erinnerte daran, dass der Maler Lepine dreißigtausend Franken für die Transaktion gefordert hatte, und beide waren der Meinung, dass dies nur eine erste Anzahlung des Betrages war, den die Gegenseite von Salinger für das Gemälde fordern würde.

Auf der Fahrt zurück nach Bern hatte Carlos Zeit, das Treffen nochmals Revue passieren zu lassen und über die neue Ausgangslage nachzudenken, die so ganz anders war als die Situation, die ihn bis hierher geführt hatte. Aus Salingers Worten war ganz klar hervorgegangen, dass der Handel, den die Republikaner eingehen wollten, eingestellt worden war. Wenn die Republikaner das Projekt tatsächlich aufgegeben hatten, dachte er, hätte auch er keine Gründe mehr, das Bild auszuliefern, denn die Operation, die er zu verhindern suchte, würde ja gar nicht mehr stattfinden. Er stellte fest, dass er nun keinerlei Verpflichtungen mehr hatte, und erwog, die Schweiz zu verlassen und nach Spanien zurückzukehren, ohne sich am folgenden Tag in der Galerie Müller mit den Gutachtern zu treffen. Aber er wagte es noch nicht, diesen Entschluss zu fällen.

Als er zum Fenster hinausschaute, die Bäume neben den Bahnschienen vorbeiflitzen sah und seinen Blick über die grüne Landschaft und die hohen Berggipfel gleiten ließ, wurde ihm bewusst, dass das Ende seiner geheimen Mission nahe bevorstand und er bald mit Teresa sprechen und ihr alles gestehen musste. Er dachte, dass nun die Stunde der Wahrheit gekommen war und dass es zu diesem Zeitpunkt der Operation nicht mehr möglich war, ihr etwas vorzuspielen. Andererseits fand er hier im Zug nicht die Worte, der Frau, die er liebte, zu sagen, dass er sie belogen hatte und ein anderer Mensch war, ein vollkommen anderer: ein Feind. Bei dem Gedanken daran zeichnete sich auf seinen Lippen etwas wie ein Lächeln ab. Ein gequältes Lächeln und ein ungläubiger Blick zeichneten sich auf seinem Gesicht ab, als er daran dachte, dass Teresa und er eigentlich erbitterte Feinde waren.

Er lehnte seinen Kopf an die Fensterscheibe und verfluchte den Krieg, den absurden Krieg, der sie auf zwei verschiedene Seiten gestellt hatte. Er verfluchte die Ideen, die idiotischen, gegensätzlichen Ideen, die sich um verschiedene Flaggen scharten. Er schloss die Augen, verdammte die Schießerei und die Kriegsparteien und bemitleidete sich ein wenig selbst, dass er an einer Tollheit teilnahm, die nun schon beinahe drei Jahre dauerte. Hinter seinen geschlossenen Lidern zeichnete sich im Schütteln des Zuges Teresas Gestalt im Innenhof des Kastells von Figueres ab, ihr langes Haar, als sie noch Sanitäterin war. Carlos erinnerte sich an die Fahrt im Sanitätswagen zur Grenze, an die Pflege seiner Verwundung, an Machados Koffer. Und er war sich sicher, dass es sehr schwer wäre, ihr jetzt, nachdem er den Betrug über so lange Zeit aufrechterhalten hatte, die Wahrheit zu enthüllen. Er überlegte, wie er weiterhin mit ihr zusammen sein könnte, ohne ihr erklären zu müssen, woher er kam oder für wen er gekämpft hatte, ohne Flaggen und Kriegsschauplätze erwähnen zu müssen. Er wusste nicht, wie er die Wahrheit, die auf ihnen lastete und wie eine schreckliche Trennwand zwischen ihnen stand, umgehen konnte. Deshalb versuchte er, nachdem er im Hotel angekommen war und Teresa so gut er konnte das Treffen mit Salinger geschildert hatte, mit ihr ein Gespräch anzuknüpfen, um herauszufinden, ob dies der geeignete Moment sei, ihr die Wahrheit zu sagen, oder ob er lieber schweigen, lügen und weiter hoffen sollte.

»Dieser Mann«, sagte Teresa, »lebt in Saus und Braus von Delikten, während es in Spanien nicht einen Krümel Brot mehr gibt und jeder seines Bruders Feind ist.«

Diese Bemerkung erlaubte es Carlos, das Gespräch auf das Thema zu lenken, das ihn am meisten beschäftigte.

»Jeder ist seines Bruders Feind … Alicia, was tun wir da in Spanien? Was haben wir getan? Wir haben unendlichen Hass gesät, einen Hass, der das Schlachtfeld verlassen hat, der bis in die Familien vorgedrungen ist und zwischen Freunden und Liebenden nistet …«

»Der Krieg.«

»Der Krieg, der verfluchte Krieg.«

Carlos suchte einen Weg, ihr zu erklären, wer er war, aber es kamen nur zärtliche Worte über seine Lippen.

»Alicia … ich liebe dich«, sagte er und umarmte sie.

Es entstand ein Schweigen, das Teresa bewusst brach.

»Und diese Liebe ist im Krieg entstanden«, sagte sie. »In einem Krieg, den du und ich in Bern führen, hier, weit weg vom Gefechtslärm.«

»Das ist es, was mir Sorgen macht, Teresa. Wir haben den Krieg bis hierher gebracht, wir können ihn nicht einmal außerhalb Spaniens abschütteln. Der Krieg ist genau da, wo wir sind. Es ist, als ob wir selbst den Krieg an unserem Körper kleben hätten.«

»Noch schlimmer, Carlos. Noch viel schlimmer. Es ist, als wären wir selbst, du und ich, der Krieg.«

Teresa sagte dies mit traurigem Gesichtsausdruck und niedergeschlagenen Augen, als ob sie eine Antwort erwartete. Bei diesem Satz überlief es Carlos eiskalt. Teresa hatte gesagt, sie beide seien der Krieg, als hätte sie erraten, dass sich in diesem Zimmer nicht etwa eine verliebte Frau und ein verliebter Mann aufhielten, sondern zwei Feinde, die einander umarmten. Er löste sich von ihr, um ihr in die Augen zu schauen und herauszufinden, weshalb Teresa einen Satz gesagt hatte, der die Quintessenz all dessen war, was er selbst dachte. Aber er sah in ihrem Gesicht nichts weiter als Sanftheit, ein kaum angedeutetes Lächeln und einen Blick unendlicher Liebe. Carlos schauderte, als er sie betrachtete, und verspürte einen ungeheuren Drang, ihr die Wahrheit zu sagen. Er biss die Zähne zusammen und ballte die Fäuste, um zu schweigen und diesen Augenblick nicht zu zerstören.

»Weshalb hast du das gesagt? Weshalb hast du gesagt, dass du und ich der Krieg sind?«

»Habe ich das gesagt?«, fragte sie, um nicht antworten zu müssen.

Beide schwiegen. Sie umarmten sich wieder, und als ihr

Kopf wieder an seiner Brust lag, fügte Teresa ganz langsam, leise und wie nebenbei hinzu:

»Falls hier, in diesem engen Zwischenraum zwischen deiner und meiner Brust, in einer Umarmung wie jetzt, Flaggen, Kriege, Kriegsparteien und Parteifarben Platz hätten …, wäre ich jetzt nicht so nahe bei dir und hörte das Schlagen deines Herzens nicht wie jetzt.«

Und sie umarmte Carlos noch inniger, hob ihre Lippen an sein Ohr und murmelte leise, ganz leise:

»Ich höre deine Herzschläge … Schweig, Carlos, sag kein Wort mehr. Lass mich nur noch deine Herzschläge hören.«

Der mehrarmige Leuchter aus geschliffenem Kristallglas an der Decke tauchte den Festsaal in helles Licht. Das für den Galaabend ausstaffierte Publikum betrat den Raum. Langsam füllten sich die roten Samtsessel, und in der Luft mischten sich die Düfte verschiedener Parfums. Die von einem Vorhang verhüllte Bühne war mit blauen Scheinwerfern beleuchtet, und in der Hauptloge war das lächelnde Profil von Eugeni D'Ors zu sehen, der von der Kantonsbehörde von Genf zur Aufführung einer Wagneroper eingeladen worden war. Der spanische Abgeordnete plauderte in gepflegtem Französisch mit Adrien Lachenal, dem Genfer Staats- und eidgenössischen Nationalrat und wechselte die Sprache, um sich mit anderen Würdenträgern, die ihn höflich grüßten, auf Deutsch zu unterhalten. Eugeni D'Ors ließ sich über einige musikalische Eigenheiten des Werkes aus, das sie sehen würden, und brachte sie in Zusammenhang mit Details der deutschen Romantik, um Lachenal nur einen Aspekt seiner immensen Bildung zu enthüllen, die angesichts der schweizerischen Politiker noch umfassender schien. Aus dem Stegreif entwarf er eine schon längst fällige Musikkunstkritik, sprach dann mit anderen Sitznachbarn über Maler, die Wagners Zeitgenossen gewesen waren, und kam zuletzt auf die Anfänge der flämischen Malerei zu sprechen, als sein das, was er sagte, nur die wesentlichsten Bruchstücke einer formlosen Plauderei.

An diesem Abend war Eugeni D'Ors von den schweizerischen Behörden mit allem Zeremoniell zu der Opernaufführung eingeladen worden, als wäre er ein bereits akkreditierter Botschafter. Der spanische Intellektuelle fühlte sich immer sicherer in seiner Rolle als Repräsentant einer neuen politischen Ordnung in Mitteleuropa, zum Erstaunen der europäischen Demokratien, die er als dekadent bezeichnete. Selbstverständlich hatte er die Einladung zur Aufführung angenommen, aber erst, nachdem er hochmütig erklärt hatte, dass er nur in die Oper käme, wenn ihm zugesichert würde, dass er die Loge nicht mit Avenol teilen müsse. Diesen bezeichnete er ohne Umschweife als Komplizen der Roten, als Feind des neuen spanischen Staates und als den Mann, der den Kunstschatz des Prado zurückbehalten hatte.

Einige Minuten, bevor der Vorhang aufgezogen wurde, hatte Adrien Lachenal D'Ors gefragt, ob er tatsächlich seine Einwilligung zu einer Ausstellung in Genf gäbe.

»Bevor wir die Gemälde nicht zurückerhalten haben, kommt das nicht infrage«, antwortete er entschieden.

Mit ernster Miene und starrem Blick schwieg Eugeni D'Ors einige Sekunden und fügte dann hinzu:

»Überzeugen Sie Avenol, dass er sie noch morgen ausliefert, und meine Regierung wird sich dieser Ausstellung nicht entgegenstellen.«

»Monsieur Avenol ist Generalsekretär des Völkerbundes. Meine Regierung kann ihn zu nichts verpflichten, was er nicht will. Er ist kein Schweizer Staatsbeamter.«

»Aber Sie können doch nicht abstreiten, dass diese Umstände eine Beleidigung meiner Regierung und aller Spanier darstellen.«

»Die Obhut über diese Gemälde obliegt Monsieur Avenol, obwohl sie in ein Genfer Museum überführt worden sind. Es ist ganz allein seine Sache, sie Ihrer Regierung zurückzugeben, sobald der Friede wieder hergestellt ist.«

»Monsieur Lachenal, im Moment wird das Inventar der aus dem Kriegsgebiet evakuierten Kunstwerke erstellt, und sobald es abgeschlossen ist, muss jemand die Gemälde seinen Besitzern, den Spaniern, zurückgeben.«

»Selbstverständlich. Aber wenn dieser Disput gelöst ist, wäre Genf sehr stolz darüber, den Schatz in dieser Stadt ausstellen zu dürfen.«

Während Lachenal mit D'Ors sprach, verbrachte Timoteo Pérez Rubio nur wenige hundert Meter von ihnen entfernt die Nacht bei einem Freund von Jacques Jaujard, der ihn aus Gutwilligkeit aufgenommen hatte. Von seiner Regierung im Stich gelassen und ohne Unterstützung hatte er kein Geld mehr und konnte in Genf kaum noch überleben. Ihm war, als betrachteten ihn die Genfer als Verbrecher, der zu seinen eigenen Gunsten am Raub der Prado-Kunstwerke mitgewirkt hatte. Bei den offiziellen Stellen wurde er von niemandem empfangen, und von allen Entscheidungen wurde er ferngehalten. Timoteo Pérez Rubio war der Verlierer eines Krieges, der in Spanien immer noch anhielt. Zur selben Zeit wurde D'Ors zu Kulturereignissen eingeladen, besuchte Konzerte und

Theatervorstellungen und weitete seinen Einfluss und seine Entscheidungsbefugnis aus. Im grauen Schatten des Vergessens wunderte sich Timoteo Pérez Rubio über die Erfolge der Franco-Regierung in den internationalen Institutionen, als ob sie bereits die Siegerin wäre und die Republik schon nicht mehr bestünde.

Mit seinem altmodischen Schnurrbart wanderte Pérez Rubio ziellos durch die Straßen Genfs, gefangen in dieser Stadt, in die er die Gemälde gebracht hatte. Es schien, als ob ihn niemand mehr kennen und niemand mehr grüßen würde. Er war jedoch immer noch der republikanische Delegierte für die Rettung des spanischen Kunstschatzes, während in ganz Europa nur noch der Name und die Worte des franquistischen Abgeordneten Eugeni D'Ors widerhallten. Pérez Rubio war überzeugt, dass die Politiker auf diese Art versuchten, den neuen faschistischen Regimes kein Ungemach zu bereiten, und dass viele der Aufmerksamkeiten, die D'Ors empfing, auf dem absurden Versuch beruhten, das Spanien der Sieger in das demokratische Panorama Europas zu integrieren.

»Auf keinen Fall die Bestie reizen. Das ist es, was alle wollen«, hatte Rubio Jaujards Freund erklärt, der ihn bei sich aufgenommen hatte. »Als ob man diese Schlange mit Streicheleinheiten bändigen könnte. Die haben keine Ahnung, was sie da tun.«

Der Mann, der mit dem Internationalen Komitee für die Rettung der Kunstwerke zusammengearbeitet hatte, sah in all diesen Vorkommnissen das schreckliche Bemühen der Welt, den faschistischen Regimes zu gefallen. Deutschland, Italien und jetzt Spanien wurden von allen demokratischen Regierungen Europas mit Samthandschuhen angefasst; auf diese Weise versuchten sie, die Ausweitung des Kriegs zu verhindern. Pérez Rubio jedoch wunderte sich, dass die Politiker nicht merkten, dass keine diplomatische Eleganz die Deutschen in Schranken halten würde.

Trotz seiner Isolierung, trotz des bitteren Nachgeschmacks seiner grenzenlosen Einsamkeit versuchte der republikanische Abgeordnete jeden Tag Präsenz zu zeigen und seinen Auftrag zu erledigen. Er bemühte sich, jedermann die tatsächlichen Vorkommnisse, die wahren Absichten der Regierung von Burgos und die Lage der Republik zu erläutern, und als ihm schon niemand mehr zuhörte, gelang es ihm, eine städtische Zeitung zu einem Interview mit ihm zu bewegen.

»Ist denn niemand mehr fähig zu sehen, was Faschismus bedeutet? Tanzen denn nun schon alle mit dem Monster?«, fragte er den Journalisten im Gespräch.

»Was hat die Regierung von Burgos zur Rettung des Prado unternommen, Don Timoteo?«

»Nichts. Überhaupt nichts. Im Gegenteil, sie hat im November 1936 den Prado bombardiert und später die Straßen, auf denen wir die Gemälde evakuiert haben.«

»Monsieur D'Ors sagt, dass das, was die Republik gemacht hat, juristisch gesehen Diebstahl sei.«

»Das kann doch niemand ernsthaft glauben. Erlauben Sie mir eine Bemerkung. Alles, was dieser D'Ors bisher gemacht hat, ist die Errichtung eines Lügengebäudes, damit es scheint, als hätte auch Franco die Gemälde retten wollen.«

Keine einzige Zeitung druckte dieses Interview ab. Was die Schweizer Presse wiedergab, waren die Erklärungen des franquistischen Delegierten, der immer größere Spalten in den Zeitungsseiten erobert hatte. Dieser letzte

Versuch, seine eigene Stimme zurückzugewinnen, dieser Versuch, die Wahrheit schriftlich zum Ausdruck zu bringen, wurde für Pérez Rubio zum Gefühl der Frustration und Ohnmacht, als er herausfand, dass das Interview vollständig zensiert worden war und dass er schlicht und einfach nicht mehr existierte.

Noch bevor D'Ors nach Genf gekommen war, schien Pérez Rubio bereits erahnt zu haben, was geschehen würde. Als ihm Jaujard mitteilte, dass Avenol beabsichtige, den Willen der Regierung von Burgos bei allen Entscheidungen bezüglich des Prado zu berücksichtigen, bedeckte er besorgt sein Gesicht und bedauerte, dass der Generalsekretär des Völkerbundes so milde mit einer Regierung umging, die ganz Spanien mit Hinrichtungsstätten überziehen werde.

Da sich niemand mehr um ihn kümmerte, litt Pérez Rubio Hunger und war von einer unendlichen Bitterkeit erfüllt, die ihm den Schlaf raubte. Er kam sich vor wie eine zerstörte Marionette auf der Bühne dieses europäischen Puppentheaters. Von allen ferngehalten und völlig einsam, war er der Verlierer auf ganzer Linie, wie er in den Komödien als Beispiel für die Moral über die Undankbarkeit und das Vergessen auftritt. Pérez Rubio war nur noch ein Schatten seiner selbst, und alle seine Überlegungen konzentrierten sich nur noch darauf herauszufinden, weshalb die ganze Welt diesem Kriegsgeneral applaudierte, der mit Freiheit und Kultur kurzen Prozess machen würde.

So haben denn, dachte er bei sich, als er mit in die Hände gestütztem Kopf am Ufer des Genfer Sees saß, drei Jahre Krieg und all die Toten überhaupt nichts bewirkt. Spaniens Wunden, sein vergossenes Blut waren umsonst. Die ganze Welt hat uns im Kampf gegen diejenigen im Stich gelassen, die nun als Sieger bejubelt werden.

Er hob den Blick, betrachtete die Wasserfläche und spürte, dass alles, was er sah, ihm fremd geworden war. Er selbst fühlte sich als ein Fremdkörper in dieser Landschaft, in diesem Land, bei allem, was sich hier inmitten eines allzu vertrauensseligen Europas tat, das versuchte, mit den faschistischen Regimes zusammenzuleben, um den Krieg zu verhindern. Er zitterte vor Kälte, einer inneren Kälte, die sein Herz und alle seine Hoffnungen bloßlegte. Wie er so am Ufer des Genfer Sees saß, wirkte er wie das Sinnbild aller Niederlagen. Er sah sich selbst nur noch wie ein in Lumpen gehülltes Wesen, genau wie jeder einzelne der spanischen Toten. Pérez Rubio bedeckte sein Gesicht und vergoss ein paar Tränen, welche die lange aufgestaute Erregung aus seiner Brust herausspülten. Es war, als ob die Geschichte geknebelt würde, als ob die Welt die Augen verschließen wollte, als ob sich alle dem Getrampel der Militärstiefel unterordneten.

»Sie begrüßen Franco mit einem Lächeln, um Hitler nicht zu missfallen. Und das Tier wird dann die Hand beißen, die es jetzt noch streichelt«, dachte er.

Er schloss die Augen und war nun ganz ruhig. Alles war umsonst gewesen, sogar das Interview, das nie veröffentlicht worden war. Und besiegt, wehrlos und ohne Kraft neigte er seinen Rücken, als er sich daran erinnerte, wie er dem Journalisten gesagt hatte:

»Ich will weder Anerkennung noch Dank. Ich will Gerechtigkeit. Ich will, dass man erfährt und die Geschichte einmal weiß, dass jene Regierung nie Wert auf den Prado gelegt hat.«

Niemand beachtete ihn, als er so am Ufer saß. Niemand sah seine Tränen, und niemand sah, wie er wegging, der Hoffnung beraubt, eingehüllt in dichte Schwaden der Enttäuschung, die vollkommene Synthese sämtlicher Misserfolge und allen Scheiterns.

20. KAPITEL

Das Fenster war ein Bild aus diffusem Licht mitten im Halbdunkel der Wand. Die Sonne tastete sich zaghaft zu den Betttüchern vor und erfüllte das Hotelzimmer mit vager Helle. Auf einem Stuhl lagen wild durcheinander die Kleider der beiden. Carlos' Hosen hingen über Teresas Kleid, und sein Hemd war in ihre Strümpfe verwickelt. Beinahe völlig vergessen stand an einer Wand im Dunklen Machados Koffer, und mitten auf dem Teppich lag der zerknüllte Zipfel einer vom Bettrand herunterhängenden Wolldecke. Als Teresa die Augen öffnete, fiel ihr Blick auf eine leicht in der Stille der Luft hängende Deckenlampe, schwerelos wie die Träume, die ihr in dieser Nacht vorgeschwebt waren. Sie dachte an Anatoles Haus zurück, an Carlos' Schusswunde, die Fahrt im Sanitätswagen, das Kastell von Figueres und den ganzen Krieg. Und sie fühlte sich ganz anders, als sie einmal gewesen war, hier in dieser fremden Stadt, neben einem Mann, den sie liebte, ohne zu wissen warum und ohne zu wissen seit wann.

Um halb zehn Uhr morgens verließen sie das Eingangsportal des Hotels National und überquerten Hand in Hand den Hirschengrabenplatz. Carlos machte Teresa darauf aufmerksam, dass Jean Lepine schon vom frühen Morgen an trank und dass seine Wohnung ein unordentliches Atelier war, wo er als *peintre maudit* oder vom Glück verlassener Künstler mit den Pinseln focht. Als ihn Teresa fragte, woher er Lepine kenne, enthüllte ihr Carlos einen Aspekt seines Lebens, von dem er bisher noch nicht gesprochen hatte.

»Mit achtzehn wollte ich Maler werden und erhielt von der Kommission für weiterführende Studien ein Stipendium, um in Bern Kunst zu studieren. Ich habe zwei Jahre lang hier gelebt, dann bin ich nach Spanien zurückgekehrt, ohne zu wissen, dass ich dabei in einen Krieg geraten würde.«

»Dann bist du also ein Künstler.«

»Nach meiner Rückkehr nach Spanien habe ich es aufgegeben, weil ich Geld brauchte. Was einmal mein Beruf hätte sein sollen, war nur noch Liebhaberei. Hier habe ich Lepine kennen gelernt. Er wohnte schon damals dort, wo er heute noch lebt, und war der beste aller Studenten an unserer Kunstakademie. Lepine ist ein gewaltiger Maler, der einfach Pech gehabt hat.«

»Pech?«

»Er wurde von den Kunsthändlern hintergangen. Sein Genie als *peintre maudit* zog das Unglück geradezu an, und er verstrickte sich darin. Um seinen Kummer zu ertränken, griff er zur Flasche, freundete sich mit dubiosen Typen an, machte undurchsichtige Geschäfte ... und jetzt hat er eine Pistole im Haus, als hätte er andere Feinde als sich selbst.«

Sie überquerten die Aare und begannen den Hang hinaufzusteigen, der sie zum höher gelegenen Teil der Stadt führte. Mit dem Münster hinter ihnen und dem bläulichen Alpenpanorama am Horizont drangen sie in ein Labyrinth aus engen, gepflasterten Gässchen vor.

Mit einem Lächeln, das Teresa wie aufgemalt schien, öffnete ihnen Lepine die Wohnungstür. Auf einer Staffelei mitten Zimmer, das sie betraten, war ein Gemälde von oben bis unten mit einem weiten Tuch verhüllt. Der Maler trat auf das Gestell zu und enthüllte feierlich und mit verzückter Miene das Gemälde Spanne um Spanne. Auf einen Rahmen gespannt erschien im Licht des Arbeitszimmers *Im Garten der Villa Medici.* Die drei betrachteten es schweigend und ergriffen.

Carlos erklärte ihm nun, dass Salingers Gutachter noch an diesem Morgen kämen, um das Bild einer technischen Überprüfung zu unterziehen, und dass er sich mit ihnen in der Galerie Müller treffe.

»Wie ist Salinger?«, fragte Lepine.

»Dünn, lang und etwa sechzig.«

Teresa betrachtete das Gemälde zufrieden und zugleich erstaunt darüber, dass es trotz der langen Reise hinter dem Futter eines Mantels keinen Schaden erlitten hatte. Auf der Staffelei schien es glatt und flach, ohne Kratzer und ohne Risse.

»Jetzt muss ich mich leider allmählich von ihm verabschieden«, sagte Lepine. »Ich habe es schon so lange betrachtet und so eingehend studiert, dass es mir wie ein eigenes vorkommt.«

Nach diesen Worten verhüllte es Lepine erneut mit dem Tuch, das es schon vorher bedeckt hatte.

»Ich werde mit den Gutachtern vorbeikommen, und wir lassen sie ihre Arbeit tun. Wenn sie Salinger seine Echtheit bezeugt haben, treffe ich ihn wieder, und wir legen die Details des Austauschs fest.«

Nachdem er dies gesagt hatte, stand Carlos auf, schaute auf die Uhr und ging langsam zur Tür.

»Ich kann sie nicht lange warten lassen«, fügte er hinzu.

Teresa und Jean Lepine blieben miteinander in der Wohnung zurück, ohne recht zu wissen, wie sie die Zeit bis zu Carlos' Rückkehr verbringen sollten. Teresa interessierte sich für die Bilder, die Lepine an den Wänden aufgestapelt hatte, und der Maler zeigte ihr einige seiner Werke.

Carlos begab sich auf dem kürzesten Weg zur Galerie Müller und dachte, dass er nun bald am Ende seiner Mission angelangt war. Er hatte sich noch nicht ganz entscheiden können, ob er das Gemälde auch tatsächlich Salinger übergeben würde. Er wusste, dass das ja nun nicht mehr nötig war, aber er hatte einen Befehl auszuführen und kam schließlich zur Ansicht, dass es eine sehr riskante Entscheidung wäre, diesen Plan aufzugeben, ohne bei seiner Regierung, die ihn hierher geschickt hatte, nachzufragen. Vorläufig, dachte er, werde er die Überprüfung des Gemäldes durch die Gutachter ermöglichen, werde sich aber bis zu seinem nächsten Treffen mit Salinger die Möglichkeit offen halten, auf die Übergabe zu verzichten.

In seiner Wohnung erläuterte Lepine Teresa auf Französisch seine Gemälde. Teresa betrachtete die Werke schweigend und drückte ihre Bewunderung mit Gesten aus. Das Werk des Malers bestand aus Ölbildern und Zeichnungen, aus vollendeten Gemälden und Entwürfen, und er schien glücklich, dass sie sich für seine Bilder interessierte. Lepine trank ohne Glas direkt aus einer Flasche und lächelte bei jeder von Teresas Gesten. Schließlich stellte er sich neben die mit dem weiten Tuch bedeckte Staffelei und enthüllte sie voller Stolz erneut. Er zeigte auf sich selbst, um anzudeuten, dass er dieses Werk gemalt hatte. Teresa verstand diese Gebärde nicht, bis Lepine aus einem verborgenen Winkel eine flache Kartonmappe hervorzog. Als er sie öffnete, sah Teresa in den Händen des Malers einen zweiten *Garten der Villa Medici,* als sei es wie durch Zauberei aus der Mappe aufgetaucht. Und vor ihr stand, in einen Rahmen gespannt, auf der Staffelei das gleiche Bild noch einmal. Lepine brach in ein gewaltiges, schallendes Gelächter aus. Er stellte das eine Bild neben das andere, und Teresa schienen beide absolut gleich, außer dass dasjenige, das aus der Mappe aufgetaucht war, einige kleine Risse und Kratzer aufwies. Teresa betrachtete jedes Detail ganz aus der Nähe und konnte keinen einzigen Unterschied zwischen den beiden Bildern ausmachen. Diese zwei Gemälde waren gleich, vollkommen gleich in Größe, Form und Farbe. Mit einem Ausdruck grenzenloser Begeisterung zeigte Lepine, der bereits vom Alkohol benebelt war, mit dem Finger auf das Werk, das er in der Hand hielt, und wies dann auf genau dieselbe Stelle im anderen Bild, um Teresa auf einen kaum wahrnehmbaren Unterschied aufmerksam zu machen. Jetzt erst bemerkte sie, dass auf beiden Bildern ein Mann abgebildet war, der einen Stab in der Hand hielt und sich vor einem anderen verneigte. Auf dem Bild der Staffelei war dieser Stab kürzer als auf dem anderen.

Lepine zeigte abwechselnd von einem Bild auf das andere, wies auf diesen Unterschied, sagte, außer sich vor Freude:

»Lepine …«, und deutete mit dem Zeigefinger auf das Bild der Staffelei.

Dann wies er auf das andere und sagte:

»Velázquez.«

Teresa brauchte einen Augenblick, um zu verstehen,

dass Lepine eine Kopie des *Gartens der Villa Medici* angefertigt hatte und dass das Original dasjenige mit den Kratzern war, das in der Mappe steckte.

»Lepine, Velázquez. Lepine, Velázquez«, wiederholte der Maler und zeigte abwechselnd auf die zwei Gemälde.

Teresa staunte, ohne zu wissen, was sie dazu sagen sollte. Angesichts der stolzen und zufriedenen Haltung Lepines, der vollkommen betrunken war und nur noch lallen konnte, entschloss sie sich zu applaudieren. Der Maler steckte das Bild in die Mappe zurück, stellte das Original in die Ecke und ließ die Imitation auf der Staffelei aufgedeckt.

An einer Ecke ganz in der Nähe der Galerie Müller plauderten zwei jüngere, blonde, groß gewachsene Männer auf der Straße miteinander und zogen ihre schwarzen Hüte über ihre Gesichter. Der eine faltete seine Zeitung zusammen und klemmte sie unter den Arm, um den Kragen seines Regenmantels hochschlagen zu können. Carlos ging an ihnen vorbei und betrat ein paar Schritte weiter die Galerie.

Müller, der in ein paar Papieren blätterte, schaute auf und kam auf ihn zu.

»Herr Müller? Ich bin Carlos Sánchez«, stellte sich Carlos ohne weitere Begrüßung vor.

Müller kniff die Augen zusammen und setzte eine verschwörerische Miene auf.

»Herr Sánchez, ich weiß. Jemand wartet auf Sie. Kommen Sie bitte mit.«

Carlos und Müller gingen durch einen dunklen Flur, der zu einem kleinen, fensterlosen Zimmer führte, das als Büro eingerichtet war. Im Lichte einer holzgeschnitzten

Tischlampe saß ein Mann, der sich sogleich erhob, als er sie gewahrte.

»Herr Sánchez?«

Carlos nickte.

»Mein Name ist Max Vogel«, sagte sein Gegenüber und streckte ihm die Hand entgegen. »Ich bin sehr daran interessiert, sobald als möglich dieses Bild zu sehen, aber leider muss der andere Experte aus Basel anreisen.«

»Ist er noch nicht hier?«

»Sein Zug fährt in vierzig Minuten im Hauptbahnhof ein. Ich hoffe, Sie entschuldigen diese kleine Verspätung. Weder er noch ich hatten viel Zeit, uns auf diese Reise vorzubereiten, von der ich erst gestern erfahren habe. Hoffentlich stört Sie diese Verzögerung nicht allzu sehr.«

»Natürlich nicht«, entgegnete Carlos.

»Wenn sie wollen, können wir miteinander zum Bahnhof gehen und dort meinen Kollegen abholen. So verkürzen wir uns ein bisschen das Warten.«

Carlos sah Müller an und überlegte, ob er diesen Vorschlag annehmen sollte.

»In Ordnung«, antwortete er.

Vogel und Sánchez verließen die Galerie und kamen erneut an den zwei jüngeren, blonden, groß gewachsenen Männern vorbei, die an der Ecke standen und ihre schwarzen Hüte ins Gesicht drückten. Vogel erwies sich als angenehmer Gesprächspartner und begann, über die Eigenheiten des Gemäldes zu sprechen und Einzelheiten seines Stils zu erläutern.

»Es handelt sich um ein wirklich außerordentliches Werk«, sagte er, »eine impressionistische Variation, die aber bereits im 17. Jahrhundert gemalt wurde. Das ist eine kunstgeschichtliche Vorwegnahme, die nur ein Genie wie Velázquez bewerkstelligen konnte. Die zwei Gestalten im Vordergrund sind eigentlich nur Entwürfe«, fuhr Vogel fort, während sie zum Bahnhof gingen. »Dahinter ist eine dritte Gestalt, die nur eine Silhouette ist … Es drängt mich geradezu, das Bild zu sehen«, fügte er hinzu.

Während Vogel mit diesen Worten das Gemälde beschrieb, drückten zwei jüngere, blonde, hoch gewachsene Männer in der Nähe von Lepines Wohnung ihre schwarzen Hüte ins Gesicht, nachdem sie sich im Eilschritt dorthin begeben hatten, sobald sie Carlos und Vogel die Galerie hatten verlassen sehen. Sie stiegen die Treppe bis zum letzten Stock hinauf, zogen beide eine Pistole und klopften an die Tür. Lepine öffnete ihnen mit einer Flasche in der Hand und wischte sich mit den Fingern die Reste des letzten Schluckes von den Lippen. Die zwei Männer stießen ihn in die Wohnung zurück, hielten ihn gewaltsam fest und schlugen ihm mit der Waffe über den Kopf. Sie richteten die Pistolen auf Teresa und zwangen sie, sich hinzusetzen. Nachdem Lepine noch einen Faustschlag in den Magen erhalten hatte und die Flasche auf dem Boden in Scherben gegangen war, versuchte er trotz der Pistolenmündung an der Schläfe, einem der beiden einen Faustschlag zu versetzen. Dieser wich der Bewegung aus, bekam seine Hand zu fassen und schlug ihm mit der geballten Faust ans Kinn. Aus dem Mund des Künstlers floss Blut. Teresa kauerte sich an die Wand, hielt die Hände vor ihr Gesicht und war vor Angst und Staunen wie gelähmt, vor Überraschung erschreckt und vor Furcht verstummt, wie Lepine, der vom Boden aus die zwei Männer ansah, als sei er sicher, dass sie ihn umbringen werden.

Zur gleichen Zeit kamen Vogel und Carlos am Bahnhof an. Unterwegs hatten sie wenig gesprochen, obwohl der Experte immer wieder versuchte, Carlos in ein Gespräch über den Velázquez und die Kriegslage in Spanien zu verwickeln. Doch Carlos zog es vor, nur knapp zu antworten und sich sonst in Schweigen zu hüllen, ohne auf Vogels freundliche Worte einzugehen. Sie gingen die Treppe zum Bahnsteig hinab, wo soeben ein Zug aus Zürich einfuhr, der, nur noch von seiner eigenen Schwerkraft geschoben, immer langsamer wurde. Der Bahnsteig füllte sich mit Reisenden und Koffern, Gepäckstücken und Dienstmännern, und inmitten dieser Menschenmenge war Vogel plötzlich verschwunden. Carlos hielt zwischen den Männern und Frauen, die aus dem Zug stiegen, nach ihm Ausschau, trat zur Seite, um einen besseren Überblick zu gewinnen, suchte die Gesichter der Leute ab und merkte, dass Vogel nicht mehr da war. Dann hörte er, wie auf einem anderen Bahnsteig der Zug aus Basel ausgerufen wurde, und begab sich dorthin.

In Lepines Wohnung hatten die zwei bewaffneten Männer den Maler gezwungen, das Gemälde von der Staffelei zu lösen. Als er das gemacht hatte, versuchte Lepine erneut, einem der beiden einen Faustschlag zu versetzen, aber die Männer packten ihn und gaben ihm einen Schlag, dass er zu Boden stürzte und mit dem Kopf an eine Kommode schlug. Mit unerwarteter Schnelligkeit öffnete Lepine eine der Schubladen, zog die Pistole hervor, die er dort aufbewahrte, und blitzschnell hatte er auch schon den Finger am Abzug und schoss auf einen der beiden, der, von der Kugel tödlich getroffen, zusammenbrach. Der andere zielte auf den Maler und traf ihn mit einem

Schuss, bei dem Teresa sich über ein paar aufgeschichtete Bilderrahmen warf. Lepine, der mitten in die Brust getroffen worden war, sackte blutüberströmt zusammen. Der zweite Mann wollte erneut auf ihn schießen, als der Maler im Fallen den Arm ausstreckte, auf ihn zielte und abdrückte, bevor er mit offenem Mund und schreckensstarren Gesichtsausdruck leblos zu Boden fiel. Lepine hatte seine Pistole so auf den bewaffneten Mann gerichtet, dass die Kugel seinen Hals durchschlug, worauf er über einen Stuhl stürzte, in die Knie brach, noch einmal mit nach oben gerichteter Waffe in die Decke schoss und starb, noch bevor sein Kopf den Boden berührte. Benommen vom Pulvergestank und den Detonationen, gelähmt und erstarrt, sah Teresa auf dem Boden vor sich drei Leichen, ohne richtig zu verstehen, was geschehen war.

Carlos fand Vogel weder auf dem Bahnsteig des Basler Zuges, aus dem bereits die letzten Reisenden ausgestiegen waren, noch sonst irgendwo im Bahnhof. Er entschloss sich wegzugehen, und als er auf die Straße trat, wurde ihm plötzlich klar, dass man ihn reingelegt hatte.

21. KAPITEL

Nachdem Carlos zur Einsicht gekommen war, dass Vogel ihn nur hatte ablenken wollen, lief er im Eilschritt zu Lepines Haus, nahm zwei Stufen auf einmal und fand im letzten Stock die Eingangstüre offen und im Innern eine sonderbare Stille vor. Er betrat die Wohnung und stand vor den Folgen der Schießerei. Im Zimmer, wo er selber noch vor einer Stunde mit Teresa und Lepine gewesen war, sah er nun die drei mit frischem Blut überströmten Leichen, starr auf den Boden hingestreckt, mit dem Ausdruck des Todes auf ihren Gesichtern, inmitten einer ungeheuren Stille.

Er betrachtete die Leiche des Malers, der mit eingeschlagenem Kiefer wie ein Klotz rücklings heftig auf den Boden gestürzt sein musste und jetzt auf dem blutbefleckten Teppich lag. Seine Beine waren unnatürlich gespreizt, ein Arm lag ausgestreckt da, und seine Faust umschloss noch immer die Pistole. Fassungslos betrachtete Carlos die Leichen und verließ den Raum, um die Wohnung nach Teresa abzusuchen, während er krampfhaft versuchte, seine Gedanken zu ordnen, um sich das Vorgefallene zu erklären. Als er sah, dass Teresa nicht mehr da war, kehrte er in das Zimmer zu den Leichen zurück und dachte, dass Salinger statt der Gutachter Killer vorbeigeschickt hatte. Vor ihm lag ein bewaffneter, lebloser Mann, der immer noch seinen schwarzen Hut aufhatte und dessen zur Decke gewandtes Gesicht mit den verzogenen Lippen und den offenen, ausdruckslosen, gebrochenen Augen zu einer schrecklichen Fratze verzogen war. Neben ihm lag zusammengekrümmt und mit verdrehten Knien ein anderer junger Mann seitwärts in einer Blutlache auf dem Boden und zeigte eine vor Schmerz erstarrte und vom Blut besudelte Grimasse. Carlos erschauderte vor den Leichen. Da er Teresa nirgends sah, nahm er an, dass sie geflohen war. Ihn beunruhigte der Gedanke, dass sie vielleicht auch verletzt sein könne.

Wie ein Fremdkörper stand auf der Staffelei der enthüllte und von den Fixierklammern befreite *Garten der Villa Medici* inmitten der Leichen ruhig und ganz allein, ein stummes, absurdes Kunstwerk in einem von Blut und Tod erfüllten Zimmer. Plötzlich verspürte er eine tiefe Abneigung gegen dieses Bild, das in dieser Wohnung als einziges unbeschädigt schien, und ein leichter Ekel erfasste ihn bei dem Gedanken, dass das Bild der wahre Grund all dieser Übel war.

Für ihn stand nun fest, dass Vogel ihn nur so lange von Lepines Wohnung hatte fernhalten wollen, bis die zwei Männer das Gemälde geraubt hatten, und dass Lepine von seiner Waffe Gebrauch gemacht hatte, um diesen Diebstahl zu verhindern. Er schaute auf Lepines leblosen Körper, und ihm kamen seine Ermahnungen in den Sinn, vorsichtig zu sein und Salinger nicht zu trauen. Er ballte seine Fäuste, schloss die Augen und dachte an Teresa. Plötzlich drängte es ihn, aus dieser Wohnung wegzukommen und dieses Haus so schnell als möglich zu verlassen.

Nervös ging er durchs Zimmer, erblickte den Telefonapparat und ging auf ihn zu. Er hob den Hörer ab, zögerte, hängte wieder auf, entfernte sich, überlegte es sich erneut und nahm den Hörer zum zweiten Mal von der Gabel. Er rief die Polizei an und teilte ihr die Adresse mit, wo sie die Leichen von drei ermordeten Männern finden könnten.

Das Gemälde ließ er, wo es war, ging aus der Wohnung, eilte die Treppen hinunter und trat auf die Straße hinaus. Während er sich vom Haus entfernte und sich immer wieder umwandte, um sich zu vergewissern, dass ihn niemand gesehen hatte, wurde ihm klar, dass Salingers Killer ihm die Entscheidung abgenommen hatten, ob er das Tauschgeschäft ausführen solle oder nicht. Für ihn zählte jetzt nur noch, so schnell als möglich aus Bern wegzukommen, diese Stadt zu verlassen und auf die Erfüllung der Mission, die ihn hierher geführt hatte, zu verzichten. Die Republikaner, redete er sich ein, würden das Geschäft, das er zu unterbinden hatte, nicht mehr machen, und Salinger könnte keine irgendwie gearteten Abkommen mehr vorschieben.

Als er ins Zimmer des Hotels National zurückkam, fand er Teresa auf dem Boden sitzend vor; bleich, nervös, von einem grenzenlosen Entsetzen erfasst, hatte sie den Kopf auf die Knie gelegt und sich in eine dunkle Ecke verkrochen. Carlos sah nur zersplitterte und zerschlagene Möbel, die Trümmer eines gewaltsam zerstörten Zimmers, das umgekippte Bett, die in Fetzen zerschnittene Matratze, die in unbrauchbare Stücke gebrochenen Schrankschubladen, die über den Boden verstreuten Kleider, die von der Decke gerissene Lampe und die brachial heruntergerissenen Vorhänge. Alles bot ein Bild der Zerstörung und Verwüstung, als hätten es die Eindringlinge darauf angelegt, das Zimmer in einen Abfallhaufen aus zerfetzten Kleidern und unbrauchbaren Möbeln zu verwandeln. Als er Teresa leichenblass, bewegungslos und stumm zwischen den vom Bett gerissenen Lakenfetzen in einer Ecke kauern sah, wusste Carlos, dass die Killer, die Lepine umgebracht hatten, auch das Hotelzimmer heimgesucht hatten.

»So war es, als ich ankam«, sagte Teresa mit schwacher Stimme, ohne sich von der Stelle zu bewegen.

Carlos ging auf sie zu und umarmte sie lange, während ihm Teresa sagte, dass Lepine umgebracht worden sei.

»Ich weiß«, war alles, was Carlos immer und immer wieder sagte. Er ließ sie nicht los, drückte sie an sich, als ob diese Umarmung sie trösten könnte.

»Es war grauenhaft, Carlos. Es war schrecklich. Ich war ganz allein inmitten von drei Leichen, ich rannte hinaus, kam hierher und sah dieses verwüstete Zimmer.«

Carlos hielt sie fest in den Armen und drückte ihren Kopf gegen seine Brust.

»Alles geschah innerhalb einer einzigen Minute. Lepine holte eine Pistole hervor, ohne dass ich es merkte, und dann hörte ich nur noch einen Schuss neben meinem Kopf. Alle drei haben geschossen«, erinnerte sich Teresa unter Schluchzen, »und in weniger als einer Minute waren alle drei tot. In weniger als einer Minute, Carlos. In weniger als einer Minute«, und Teresa klammerte sich erregt an diesen Satz und konnte nicht fortfahren.

Nach kurzem Schweigen sagte Carlos:

»Sie sind hierher gekommen, um das Bild zu suchen,

dann sind sie zu Lepine gegangen. Es tut mir Leid, Alicia. Es tut mir furchtbar Leid …«

»Ich habe geglaubt, dass sie dich ebenfalls umgebracht haben, Carlos, und dass ich dich nie mehr sehen werde.«

Sie hielten sich weiter umarmt, versuchten, von tausend Zweifeln geplagt, traurig und bestürzt, ihre innere Ruhe wiederzuerlangen, und wussten nicht, was sie tun oder sagen sollten.

»Ich hätte nie gedacht, dass so etwas geschehen könnte«, klagte Carlos. »Lepine hat es mir gesagt, aber ich habe ihm nicht geglaubt. Er hat mich oft gewarnt, Salinger nicht zu trauen.«

Er machte die Augen fest zu und fuhr nach einer Weile fort:

»Alicia, sie können uns immer noch umbringen. Das ist das Ende. Wir müssen weg von hier, weg aus der Stadt, weg von all dem hier.«

Eng umschlungen, von Angst und Schrecken erfüllt, besprachen sie ihre Lage; manchmal verstummten sie unwillkürlich, und dann schien die Luft zwischen ihnen von ihrer Furcht zu vibrieren. Carlos lehnte seinen Kopf an Teresas Hals und schloss die Augen, und Teresa klammerte sich an seine Schulter. So küssten und streichelten sie sich lange Zeit.

»Was machen wir jetzt?«

Carlos zögerte einen Augenblick, bevor er mit rauer Stimme antwortete.

»Wir gehen, und zwar gleich. Wir müssen von hier verschwinden.«

Er verstummte, unruhig und besorgt.

»Wir gehen, Alicia«, wiederholte er. »Alles ist schief

gegangen. Jetzt sind wir in Gefahr. Ich hätte nie gedacht, dass wir so versagen könnten. Es tut mir Leid, Alicia, es tut mir Leid. Verzeih mir.«

Teresa zog ihren Kopf zurück, sah Carlos tief in die Augen und sagte ruhig:

»Dir verzeihen, Carlos? Was soll ich dir verzeihen? Das Scheitern dieses Planes oder deine Lügen?«

Er schwieg und versuchte, den Sinn ihrer Frage zu ergründen.

»Deine Lügen, Carlos, diese Lügen, die du aufrechterhältst, um mich nicht zu verlieren, die habe ich dir schon längst verziehen.«

Teresas Augen füllten sich mit Tränen, und schluchzend fuhr sie fort:

»Ich liebe meinen Feind, so wie du, Carlos. Ich liebe dich, wie du eine rote Sanitäterin liebst.«

»Alicia«, war alles, was Carlos vollkommen überrascht hervorbrachte.

»Ich habe niemanden so sehr geliebt wie dich. Nie habe ich jemanden mehr geliebt. Ich habe dir schon längst verziehen«, schluchzte Teresa, »schon damals bei Anatole, als ich die Wahrheit herausgefunden habe.«

Carlos zuckte zusammen und löste sich aus der Umarmung.

»Was sagst du da, Alicia?«, fragte er tonlos.

»Das, was du nicht zu sagen wagst. Ich habe schon längst auf deine Worte gewartet, darauf, dass du mir die Wahrheit sagst, mir vertraust, auf deine Lügerei verzichtest, damit wir uns offen und ehrlich lieben können. Du hattest Angst, die wunderbare, süße Angst, mich zu verlieren, Angst, ich würde dich verlassen, wenn ich die Wahrheit erführe.«

Teresa schwieg einen Moment, sah zur Seite und fuhr dann fort:

»In diesem zerstörten Zimmer, in diesen Trümmern, heute, nachdem ich drei Männer habe sterben sehen, kann ich keine Minute länger warten.«

Plötzlich sprach sie laut und sicher, sie umfasste Carlos' Arme und zwang ihn, sie anzusehen.

»Anatole hat mir viel erzählt, Carlos. Während du deine Wunde auskuriert hast, hat er von dir gesprochen, während du in deinem Bett schliefst, hat er mir erzählt, wie er dir half und wozu die Reisepässe dienten. Anatole hat mir gesagt, wer du bist. Er versuchte, immer nett zu mir zu sein, als ob ich deine Verlobte wäre, deine Geliebte, deine Gefährtin, als ob ich alles wüsste. Das Französische ist nicht so schwer zu verstehen, wenn man mit mir von dem Mann spricht, den ich liebe, und wenn man mir sagt, wer er in Wirklichkeit ist.«

Carlos wandte den Kopf, um Teresas Blick auszuweichen.

»Als ich Anatoles Haus verließ, wusste ich bereits, dass ich mit einem faschistischen Soldaten gehe, Carlos. Und ich bin dir gefolgt. In jenem Haus habe ich den Krieg begraben. In jenem Haus begann ich, einen Feind zu lieben.«

Und ihre Stimme brach erneut, wurde zu einem erstickten Schluchzen, einem leisen Seufzen, während ihr zwei Tränen über die Wangen rollten. Carlos hörte zu, wie ihm Teresa die Wahrheit sagte, die Wahrheit, die sie schon längst erfahren hatte. Sie weinte nun haltlos, und ihre Tränen benetzten Carlos' Hemd. Unter Schluchzen umarmte sie ihn innig, streichelte sein Gesicht und sagte sanft und ganz langsam:

»Mein roter, mein blauer Soldat, mein Soldat aller Farben aller Parteien … Was hast du mit mir gemacht, dass mir nun alle Farben gleichgültig sind?«

Carlos schwieg, und so verharrten sie lange, eng aneinander geschmiegt, ohne sich anzusehen. Sie weinten beide, und ihre Tränen vermischten sich und nässten ihre Kleider. Schweigend und zutiefst aufgewühlt überwanden sie allmählich das peinliche Gefühl, bei einer Lüge ertappt worden zu sein, und ihr Weinen brachte sie einander noch näher.

»Weißt du noch, wie ich dir einmal sagte, du und ich seien der Krieg? Heute, in diesem zerstörten Zimmer, in den Trümmern dieses Zimmers, in dieser Kriegslandschaft, schließen wir Frieden.«

»Warum bist du bei mir geblieben, als du alles erfahren hast?«, fragte Carlos nach langem Schweigen mit schwacher Stimme.

»Darauf weiß ich keine Antwort. Auf alle diese Fragen kann ich dir nur mit einem Kuss und dieser Umarmung antworten.«

»Alicia …«

»Hier endet der Krieg. Die Farben, Carlos, alle Farben der Welt haben sich aufgelöst, die Farben des Bildes von Velázquez und die Farben des Krieges.«

Beide hatten das Gefühl, dass alles, was seit ihrer ersten Begegnung geschehen war – Teresas überraschendes Auftauchen im Sanitätsfahrzeug, der Grenzübergang zwischen den verschneiten Gipfeln, die Schussverletzung, Anatoles Haus, Machados Begräbnis, Lepines Schüsse, das Bild von Velázquez –, schon weit hinter ihnen lag; es erschien ihnen wie ein lange zurückliegender Traum, wie Fetzen eingebildeter Erinnerungen. Immer noch eng umschlungen sprachen sie über die verfluchten Schlachtfelder, die Bombenexplosionen, den entfesselten Hass, das unendliche Leid, die absurde, unverständliche Existenz von Grenzen und die Farben aller Flaggen.

Das Zimmer war nicht länger der gewohnte, alltägliche Aufenthaltsort, sondern ein Sinnbild von Verwüstung und Angst. Die Betttücher lagen zusammengeknüllt und wild durcheinander auf dem Boden, die Türen des Kleiderschranks standen offen, die Matratze war zerfetzt, der Polstersessel mit einem Messer aufgeschlitzt, die Schubladen herausgezogen, die Kleidungsstücke in die Ecken geschleudert. Sie saßen auf dem zurückgeschlagenen Teppich an der Wand, umarmten sich und hatten nur noch Augen füreinander.

»Hier endet das Spanien der tödlich verfeindeten Brüder, das ich erlebt habe und in dem ich gegen dich die Hand erhoben habe, Carlos.«

Durch das Fenster drangen keine Sonnenstrahlen mehr herein, und das Schweigen der beiden wurde immer länger, als bedürften sie keiner Worte mehr oder hätten schon alles gesagt. Kurz vor Mittag liebten sich Carlos und Teresa inmitten der Trümmer des durchwühlten Hotelzimmers mit dem umgekippten Bett, den zersplitterten Schubladen und der zerfetzten Matratze.

Später ging Teresa zu Machados Koffer, hob ihn auf und übergab ihn Carlos.

»Da ist noch etwas«, sagte sie. »Und dieses Geheimnis soll nicht so lange zwischen uns stehen.«

Carlos streckte den Arm aus, nahm den Koffer, öffnete ihn und zog eine eingerollte Leinwand hervor.

»Was ist denn das?«

Teresa seufzte tief auf.

»Unser Bild, Carlos, unser Gemälde. Der echte Velázquez. Lepine hatte eine genaue Kopie davon angefertigt.«

22. KAPITEL

Salomon Salinger hängte den Hörer auf, und sein Gesicht entspannte sich. Zwischen ein und zwei Uhr mittags hatte er nur drei Gespräche geführt. Das genügte, damit die Morde in Lepines Wohnung von der Zuständigkeit der Kantonspolizei in den geheimen Bereich der politischen Angelegenheiten wechselten. Auf diese Weise kappte Salomon Salinger die Fäden, die ihn mit dem Verbrechen verbanden, und war vor Nachforschungen geschützt. Es war nicht das erste Mal, dass er ungeschoren aus einem dunklen Geschäft herausgekommen war und seine Teilnahme mithilfe von Freunden an einflussreichen Stellen verwischt hatte. Er verfügte über brisante Details aus den heimlichen Lebensläufen einiger bedeutender Personen und hatte gewissen Leuten in angesehenen Positionen Gefälligkeiten erwiesen, die besser nicht öffentlich bekannt wurden.

Aus diesem Grund erhielt der Vorsitzende des Sicherheitsdienstes, Robert Holzmann, oberster Polizeichef und ein Beamter mit politischer Zukunft, um drei Uhr nachmittags Anweisungen von höherer Stelle, wie er die Angelegenheit zu behandeln habe. In Holzmanns Büro trafen ganz konkrete Weisungen, eindeutige Befehle von oben und eine Empfehlung ein, die einer strikt einzuhaltenden Vorschrift über sein Vorgehen gleichkamen. So erfuhr Holzmann, dass sich einige Abgeordnete nach dem Verlauf der Ermittlungen erkundigt hatten, und der Chefsekretär des Justizministeriums hatte ihn höchstpersönlich angerufen, um mit ihm über den Fall zu sprechen. Zwischen drei und vier Uhr nachmittags wurde Holzmann plötzlich klar, dass es sich um eine Angelegenheit handelte, die einige Politiker brennend interessierte, vor allem seine eigenen Vorgesetzten. Er stellte sich keine weiteren Fragen, da er wusste, dass seine politische Laufbahn, der angestrebte Sitz im Parlament oder gar in der Landesregierung, davon abhing, wie er solche Instruktionen befolgte. Um die öffentliche Aufmerksamkeit von diesem Fall abzulenken, leitete er deshalb einige administrative Maßnahmen ohne konkrete Erfolgsaussichten ein, ordnete ein paar Männer für unbedeutende Nachforschungen ab, verzögerte die Polizeiarbeit, indem er den mit dem Fall beauftragten Inspektor durch einen anderen ersetzte, übernahm persönlich die Leitung des Falles und unterstellte die ganze Untersuchung seiner direkten Befugnis. Um halb fünf war er sich sicher, dass sämtliche polizeilichen Ermittlungen im Zusammenhang mit den drei Mordfällen in seinen Händen lagen. Kurz darauf verlangte er, wie im Gespräch mit seinen Vorgesetzten vereinbart, telefonisch mit Joseph Avenol, dem Generalsekretär des Völkerbundes, verbunden zu werden.

Im Verlaufe des Gespräches bemühte sich der Diplomat, Stärke und Sicherheit zu zeigen, obwohl ihn die Nachrichten, die er hörte, aus der Fassung brachten. Holzmann erklärte ihm, dass in einer Berner Wohnung neben drei erschossenen Männern ein Velázquez aus dem Prado gefunden worden sei. Der Vorfall sei dermaßen schwerwiegend, sagte er dem Diplomaten, dass sowohl Vorsicht als auch Stillschweigen angebracht seien. Dann bezog er sich auf die Telefongespräche, die er geführt hatte, und machte Avenol darauf aufmerksam, dass es nach den Befehlen, die er von seinen Vorgesetzten und aus einem nicht näher definierten Umfeld der schweizerischen Politik erhalten habe, in seinem eigenen Interesse läge, alles streng geheim zu halten. Der Generalsekretär des Völkerbundes dankte für dieses Vorgehen und dachte bei sich, dass, wie er schon immer geahnt hatte, die Obhut über die Prado-Werke nichts als Probleme verursachte, die sich nur mit der sofortigen Rückgabe der Gemälde an die spanische Regierung lösen ließen.

Die Inventarisierung der Gemälde im Museum für Kunst und Geschichte in Genf stand an jenem Abend kurz vor ihrem Abschluss, und das Fehlen des *Gartens der Villa Medici* war bereits aufgefallen. Die Nachricht hatte Avenol schon am Vorabend erreicht, als die Fachleute die Katalogisierung der Werke von Velázquez beendet hatten. Der Generalsekretär des Völkerbundes ordnete sofort an, die Liste nicht abzuschließen und den Inspektionsbericht dieses Tages nicht zu unterzeichnen, bevor am darauf folgenden Tag die Inventarisierung endgültig beendet wäre, für den Fall, dass in den noch nicht ausgepackten Kisten und Schachteln das vielleicht falsch eingelagerte Gemälde gefunden würde.

»Monsieur Holzmann«, sagte Avenol am Telefon, »dieses Gemälde wurde gestern bei uns vermisst. Die Inventarisierung wird innerhalb weniger Stunden abgeschlossen sein. Ich brauche dieses Gemälde sofort hier in Genf, damit ich es dahin zurückbringen kann, wohin es gehört.«

»Selbstverständlich, Monsieur Avenol«, antwortete Holzmann. »Das Bild ist bereits in einem offiziellen Fahrzeug auf dem Weg zu Ihnen.«

»Wenn irgendetwas von diesen Vorkommnissen an die Öffentlichkeit dränge«, warnte Avenol, »würde dies einen nur schwer lösbaren internationalen Konflikt heraufbeschwören.«

»Genau aus diesem Grund habe ich Sie angerufen. Das Beste wird sein, wenn Sie alles heimlich in Ordnung bringen.«

Holzmann machte eine Pause und betonte:

»Unter striktester Geheimhaltung. Und sofort. Sobald das Gemälde in Ihrem Besitz ist.«

»Natürlich. Das Gemälde muss noch heute Nachmittag hier sein, bevor die Inventarisierung abgeschlossen ist.«

»Ich verpflichte mich, Monsieur Avenol, dem Vorfall keine weitere Bedeutung zuzumessen und die Presse in Schranken zu halten.«

»Ich brauche Sie nicht darauf aufmerksam zu machen, dass es beim geringsten Durchsickern der Nachricht, dass trotz aller Sicherheitsvorkehrungen ein Prado-Gemälde entwendet wurde, zu einem ernsten politischen Zwischenfall mit den zwei spanischen Regierungen kommen wird ... Und die ganze Welt käme auf den Gedanken, dass Sie unfähig sind, für die Sicherheit der Gemälde zu garantieren.«

Avenol schüttelte missbilligend den Kopf.

»Wie konnte das nur geschehen?«, fuhr er fort. »Das könnte die ganze Rettungsaktion zum Scheitern bringen. Der Völkerbund und die gesamte Schweizer Polizei könnten der Kritik nicht standhalten. Es würde aussehen, als ob der Prado stückweise an Diebe verhökert würde. Wissen Sie, was das bedeutet?«

»Natürlich, Monsieur Avenol. Ich für mein Teil werde den Fund des Gemäldes komplett verschweigen.«

»Wie konnte das nur geschehen?«, fragte der Diplomat in anklagendem Tonfall.

»Sie verstehen sicher, dass diese Angelegenheit nicht nur Sie betrifft, sondern auch mich. Ich bin ebenfalls für die Sicherheit der Gemälde verantwortlich. Ein einziger verlorener Velázquez würde die ganze Welt vermuten lassen, dass noch mehr Werke verschwunden sind.«

»Monsieur Holzmann«, beharrte Avenol, »glauben Sie mir, bei der heutigen internationalen Lage könnte dieses Gemälde einen ernsten internationalen Zwischenfall auslösen. Wir hüten einen Schatz, der uns nicht gehört. Und wir tun das …«

Avenol verstummte, unschlüssig, ob er noch einmal betonen sollte, wie wichtig es war, Stillschweigen zu bewahren.

»Wir hüten diesen Schatz …«, fuhr er fort, »gegen den Willen einer Regierung, die den Krieg gewinnen wird. Ich danke Ihnen sehr für das, was Sie da tun.«

»Das brauchen Sie nicht besonders zu betonen, Monsieur Avenol. Ich verstehe das.«

»Ja. Schließlich und endlich geht es hier nur um einen Diebstahl«, sagte der Diplomat und lächelte zum ersten Mal.

»Es geht um mehr, Monsieur Avenol. Es ist ein Diebstahl mit drei Toten. Unter normalen Umständen würde ich so etwas nie tun … Aber ich verstehe, dass es sich hier um einen Sonderfall handelt.«

Kaum war das Gespräch zu Ende, traf das offizielle

Fahrzeug mit dem schwarz verhüllten Gemälde auch schon in Genf ein. Um halb sechs wurde das Bild in den ersten Stock des Bibliotheksgebäudes des Völkerbundes gebracht, dorthin, wo auch die anderen Gemälde gewesen waren. Zwei der Spezialisten, die Avenol mit der Inventur betraut hatte und die sein Vertrauen genossen, brachten das Bild ins Genfer Kunst- und Geschichtsmuseum, wo sich die übrigen Gemälde befanden, und stellten es neben die wenigen Leinwände, die noch nicht aus ihren Kisten herausgenommen worden waren. Um sieben Uhr abends bestätigte Avenol, dass das Gemälde heimlich zu den noch nicht inventarisierten Kunstwerken gestellt worden war, als wäre es schon immer dort gewesen. Um halb elf Uhr nachts hielt der Diplomat das endgültige Verzeichnis der abgeschlossenen Inventur in seinen Händen. Darin waren zwei Werke von Velázquez mit demselben Titel *Im Garten der Villa Medici* aufgelistet. Erleichtert betrachtete er dieses Detail, im Wissen, dass der Werkkatalog des Prado erst in den letzten zwei Stunden vervollständigt worden war.

Noch in derselben Nacht kehrte Avenol in sein Arbeitszimmer zurück und verharrte dort schweigend und gedankenversunken. Es war ihm gelungen zu vertuschen, dass in der Wohnung eines gescheiterten Malers ein Velázquez gefunden worden war, umgeben von Leichen, und dass das Bild sich wieder unter den anderen Werken befand, als ob nichts geschehen wäre. Die Erleichterung darüber verhinderte jedoch nicht, dass Avenol es nach wie vor eilig hatte, sich des Prado ein für alle Mal zu entledigen. Seit dem Tag, an dem er Jaujard empfangen und versucht hatte, sich vor seinen Verpflichtungen zu drücken, hatte er viel Zeit damit verbracht, sich zu überlegen, wem er die Gemälde übergeben könnte, wie er sie so schnell als möglich loswerden und die Verantwortung für sie anderen aufbürden könnte, um nicht länger als ihr Treuhänder fungieren zu müssen.

Der Pakt von Figueres, das Abkommen, das die Republikanische Regierung und das Internationale Komitee im Scheinwerferlicht eines Opels geschlossen hatten, verpflichtete ihn, die Gemälde so lange in seiner Obhut zu behalten, bis in Spanien wieder Friede herrschte. In dieser Nacht aber überlegte der Politiker, wie er diese Verantwortung anderen übertragen und den Prado irgendjemandem ausliefern könne, ganz gleich, wem. Wie er da in seinem Arbeitszimmer am Schreibpult saß, nur von einer Tischlampe beleuchtet, war sich Avenol jedoch der offenkundigen Tatsache bewusst, dass der Krieg in Spanien noch immer nicht zu Ende war. Er lehnte seinen Kopf an die Sessellehne, schloss die Augen und dachte, dass trotz der immer noch andauernden Kampfhandlungen an der Front und in den Schützengräben angesichts der militärischen Lage der Republik wohl kaum noch von einem bewaffneten Konflikt zwischen zwei Heeren die Rede sein konnte. Gleichzeitig war ihm klar, dass diese Auslegung der Wirklichkeit nichts anderes war als politisches Wunschdenken. Dennoch hielt er hartnäckig an ihr fest, weil er verstand, dass sie ihm derzeit die einzige Möglichkeit bot, den Prado so bald wie möglich zurückzugeben, die Verantwortung für die Gemälde abzuschieben und das Problem der Lagerung der Kunstwerke zu umgehen.

Avenol wusste aber, dass seine Argumente zu schwach waren, um die internationale Meinung beeinflussen zu können. In Spanien ging der Krieg immer noch weiter, so sehr er auch sein Ende herbeiwünschte, und er dachte, dass er noch etwas warten müsse, wenigstens bis zu einem entscheidenden militärischen Sieg, vielleicht bis zur Einnahme Madrids oder bis es die Umstände erlaubten, der Welt die Nachricht zu verkünden, dass wieder Frieden herrsche. Im selben Augenblick würde er die Gemälde unverzüglich der Regierung von Burgos zurückerstatten und sich so des Problems der Kunstwerke entledigen. Er öffnete die Augen, ließ seinen Blick durch das ruhig daliegende Zimmer schweifen und bedauerte zutiefst, dass Franco den Krieg noch nicht gewonnen hatte.

Auf Avenols Arbeitstisch lagen die Tagesberichte, welche die Spezialisten im Verlaufe der Inventur abgezeichnet hatten. Abseits von den übrigen Papieren lag ein erst an diesem Abend um punkt zehn Uhr abgestempeltes und von allen Experten unterzeichnetes Schriftstück, das offiziell die Vollständigkeit der Werke des Prado bestätigte. Von der Tür seines Arbeitszimmers aus schaute Avenol zu seinem Schreibtisch zurück und konnte kaum glauben, dass es in knapp zwei Stunden gelungen war, ein gestohlenes Gemälde wieder an seinen Ort zu bringen.

In Burgos brannte am frühen Morgen im Arbeitsraum des Generals Jordana bereits Licht.

»Ich habe Sie zu mir beordert, Arias, weil D'Ors mich soeben aus Genf angerufen hat, um mir mitzuteilen, dass er eine Kopie des Schlussberichts des Inventars erhalten habe. Es fehlt kein einziges Gemälde, Arias! Nicht einmal dasjenige, von dem Sie annehmen, dass wir es in die Schweiz gebracht haben. Von unseren Agenten war keiner je im Besitz dieses Velázquez'.«

»Das ist unmöglich, mein General.«

»D'Ors weiß nichts von unserem Plan mit diesem Gemälde. Er ist zufrieden, und ich tat so, als wäre ich es auch. Ich weiß nicht, was ich davon halten soll, Arias. In dieser Angelegenheit ist nichts so gelaufen wie geplant. Sind Sie sicher, dass unser Agent getan hat, was ihm aufgetragen war?«

»In Frankreich habe ich seine Spur verloren. Aber ich kann Ihnen versichern, dass er das Bild bei sich trug, als er die Grenze passierte.«

»Und warum ist das Inventar dann vollständig?«

Arias schwieg, er wusste keine Antwort. Jordanas Gesichtsausdruck war hart, sein Körper angespannt, seine weit geöffneten Augen sahen ihn missbilligend an. Er schlug mit der Faust auf den Tisch und erhob sich, um aus dem Fenster zu sehen.

»Herr Oberst, dort draußen schlafen die Spanier, während wir mit allen Mitteln versuchen, einen Krieg zu gewinnen. Ihr Plan hat mir nie gefallen, aber ich habe ihn zugelassen, weil die Roten versucht haben, an Waffen zu gelangen. Verdammt, Arias! Hat es Ihnen die Sprache verschlagen?«

»Mein General, alles was ich weiß, ist, dass unser Agent, als er in Frankreich ankam und von einem unserer Kollaborateure einen falschen Pass ausgehändigt bekam, mit einer Frau zusammen war.«

»Mit einer Frau? Was wollen Sie damit sagen, Arias, dass sich ein Soldat in geheimer Mission unterwegs verliebt und das Bild zurückgegeben hat?«

Arias schwieg.

»Diese ganze Geschichte hat sich nie ereignet, Herr Oberst. Weder wollten die Roten mit Salinger ein Geschäft machen noch hatte unser Agent das Bild. Arias, verlassen Sie augenblicklich mein Zimmer, ohne sich abzumelden. Ich muss noch einiges überdenken. Von einem Chef des Militärischen Nachrichtendienstes kann nicht verlangt werden, dass er alle Möglichkeiten nutzt. Aber Sie waren verpflichtet, wenigstens die Gefahren vorherzusehen.«

23. KAPITEL

Eine enge Wegkurve im katalanischen Empordá, kurz vor der französischen Grenze. Donnerstag, 1. Juni 1939. Vier Uhr nachmittags.

Teresa und Carlos gingen an einer Bergflanke entlang, von der aus man am Horizont die Silhouette der zerstörten Dächer eines Dorfes gewahrte. Im ersten Frühlicht und todmüde hatten sie zu Fuß die Grenze überschritten, waren zurückgekehrt in ein gewalttätig befriedetes Spanien, in ein Land voller Trümmer und Rauch, in einen immer noch von den Kriegsspuren gezeichneten Landstrich. Weit über einem Tal blieben sie mitten auf dem Weg stehen und betrachteten ihr eigenes Land. Wohlweislich ließen sie die Hauptachse, die sie nach Figueres führte, hinter sich und versuchten vergebens, nicht über ihre Erinnerungen zu sprechen. Vom sandigen Weg, auf dem sie gingen, wirbelte trockener Staub bis zu ihren Köpfen, und die Sonne zeichnete ihre langen Schatten auf den Pfad. Teresa trug Machados Koffer und summte nervös ein trauriges, wortloses Lied, um die Stille zu vertreiben, die sie sonst bei ihrer Rückkehr mit Schrecken erfüllt hätte, der Rückkehr in ein abweisendes Land, in dem die Feinde gesiegt hatten, dessen Erde von den Schlachten verbrannt war, wo die inzwischen verstummten Gewehre immer noch widerzuhallen und inmitten eines Friedens, der härter war als der Krieg, immer noch Hass zu verbreiten schienen.

Im sanften Licht des frühen Nachmittags betrachtete Carlos die glänzende, von Schlachten ausgelaugte, von Schützengräben zerrissene, raue und trockene Erde eines angsterfüllten und an seine Erinnerung gefesselten Spaniens. Eine milde, von weit her kommende Brise streifte sein Gesicht, und der Wind pfiff um seine Ohren, als ob er die Schreie der Besiegten, der Gefangenen und erschreckten Kinder mit sich trüge. Durch unberührte Berge führte ihr Weg sie zurück. Carlos' Hoffnung lag in Scherben, und seine größte Befürchtung war, ein Land anzutreffen, welches im Schatten eines auf Galgen und Schafotts errichteten Friedens verblutete, ein Land, in dem jeden Tag noch Tausende starben. Er betrachtete Teresa von der Seite, und sie allein schien ihm liebenswert. Er empfand Ekel und Enttäuschung darüber, dass er in diesem Krieg mitgewirkt und die Welt in zwei Teile zerrissen hatte.

»In diesem Land, Alicia, haben wir uns einst bekriegt«, sagte Carlos.

»Und in dieses Land kehren wir Hand in Hand zurück.«

An jenem 1. Juni wurde zur selben Zeit weit entfernt in Genf eine Ausstellung eröffnet, welche die Kunstwerke des Prado zeigte. Avenol hatte die Gemälde zwei Monate zuvor, am 30. März, der Regierung Francos zurückgegeben, ohne einen einzigen Tag länger warten zu wollen. In einem förmlichen, von diplomatischem Protokoll überladenen Akt erhielt der spanische Botschafter in Bern, Pablo de Churruca, Marquis de Aycicena, den Kunstschatz feierlich aus den Händen des Politikers Avenol zurück. Weder Pérez Rubio noch die Mitglieder des Internationalen Komitees, welche die Gemälde gerettet hatten, waren zu der Übergabe eingeladen, und in den Reden wurden sie mit keinem Wort erwähnt. An diesem Tag vermeldete die spanische Presse, dass die Rückgabe die Frucht der Bemühungen der Regierung von Burgos sei. Ihr sei es gelungen, die von den Roten gestohlenen und gegen den Willen der Spanier ausgeführten Prado-Kunstwerke wieder heimzuführen.

In seinem Büro im Louvre lächelte Jacques Jaujard am 30. März ungläubig und skeptisch, als er erfuhr, dass der gesamte Kunstschatz soeben zurückgegeben worden war, ohne Dankesbezeugungen, ohne Rückschau und ohne ein Wort über die Bemühungen einer Gruppe europäischer und amerikanischer Museumsdirektoren. Einen Augenblick lang dachte er an die Bomben, die während der Unterzeichnung des Evakuierungsabkommens im Kastell von Figueres ganz in seiner Nähe eingeschlagen waren. Er dachte an die Gespräche mit Avenol, die Mühe, die so viele unbekannte Soldaten aufgewandt hatten, um die Fahrzeuge unter der Bedrohung durch die feindlichen Flugzeuge über die Grenze zu bringen. Wieder lächelte er gequält und schüttelte enttäuscht den Kopf, als er daran dachte, dass die Prado-Werke nun denselben Leuten zurückgegeben wurden, die während der Evakuierung der Kunstwerke die Straßen bombardiert hatten. Diese Werke waren nun wieder im Besitz der Leute, die sie mitten auf dem Schlachtfeld hatten lassen wollen und bewusst ihre Zerstörung in Kauf genommen hatten.

Die Bilder wurden einer Regierung zurückerstattet, die schon zu Beginn des Krieges und lange vor der ersten Auslagerung nach Valencia das Gebäude des Prado unter schweren Artilleriebeschuss genommen hatte, wobei Dächer zertrümmert, Gemälde mit Gips bekleckst und Wände zerstört worden waren, an denen immer noch Gemälde hingen. In seinem Büro im Louvre erinnerte sich Jaujard an die undankbare Aufgabe von Pérez Rubio, der zu seinem Freund geworden war und der, von allen vergessen und bettelarm, in Genf von Gnaden des mexikanischen Botschafters lebte, der ihn wie einen Bittsteller in sein Haus aufgenommen hatte, ihm das Essen gab, das er nicht bezahlen konnte, das Bett bereitstellte, das er nicht hatte, und das Gehör schenkte, das ihm von allen verweigert wurde.

Enttäuscht und niedergeschlagen trat Jaujard auf den Balkon seines Arbeitsraumes, betrachtete die Dächer eines regnerischen Paris, das ihm in diesem Augenblick ungeheuer trist erschien, und die Angst stieg in ihm auf, dass alle diese Gebäude und alle diese Straßen sich in einem anderen, unvermeidbar scheinenden Krieg mit Toten füllen könnten. Wenn dies geschähe und in Europa ein ähnlicher Konflikt ausbräche, dachte er, müsste man auch den Louvre retten. Man müsste ihn vor den Flammen schützen, die Kunst müsste erneut vor Granatsplittern, Bomben, Wahnsinn, Hass und Tod bewahrt werden, die Gemälde müssten vor den Menschen in Sicherheit gebracht werden.

Er schaute zum Himmel hinauf, sah wieder auf die Zeitung, die er in der Hand hielt, und auf den Artikel über den Übergabeakt der Prado-Werke an die spanische Regierung. Er stellte sich die Reden bei der Rückgabezeremonie vor und versuchte sein Möglichstes, um nicht mehr an die Umstände zu denken, unter denen diese Rettung abgelaufen war, und nicht an die Leute, die ihr Leben aufs Spiel gesetzt hatten, um die Gemälde aus dem Zentrum des Krieges zu evakuieren. Schließlich musste er einsehen, dass Franco den Krieg auf allen Gebieten, militärisch wie politisch, im eigenen Land und außerhalb Spaniens gewonnen hatte.

Am 1. Juni, zur selben Zeit, als Carlos und Teresa einem weit abgelegenen, steinigen Pfad folgten, der sie zu einem zerstörten Dorf führte, wurde in Genf die Ausstellung der Prado-Kunstwerke eröffnet. Adrien Lachenal, Präsident des Genfer Staatsrates, betonte in seiner Eröffnungsansprache seine Dankbarkeit gegenüber dem spanischen Staatschef, da dieser erlaubt habe, die Gemälde in der Stadt zu behalten und die Ausstellung zu organisieren. In aller Öffentlichkeit bekundete er so die Bewunderung und Freundschaft der Schweiz gegenüber seiner Exzellenz, Generalissimus Franco.

Auch bei dieser Einweihungsfeier fehlten die Mitglieder des Internationalen Komitees. Ihre Namen und ihre Arbeit waren bereits vergessen, begraben unter der Missachtung, zu der die strahlende Regierung eines aus dem Krieg auferstandenen, neuen Spaniens sie verdammt hatte, wissentlich aus der Geschichte gelöscht durch den Willen der Sieger.

Über die weiten Felder dieses militärischen Sieges wanderten an diesem Nachmittag Carlos und Teresa, weit von Genf entfernt und ohne Hass, in das Land hinein, das sie einst getrennt hatte. Über kahle Hänge und Gipfel kamen sie nach Spanien zurück, wie sie es verlassen hatten, jedoch enger vereint als je zuvor. In ihrem Innern hatten sie Frieden geschlossen, die Flaggen gestrichen, die Farben des Krieges aufgelöst, die Grenzen und Distanzen zwischen den Parteien überwunden.

»In diesem Land, Alicia, haben wir uns einst bekriegt«, sagte Carlos.

»Und in dieses Land kehren wir Hand in Hand zurück.«

Als sie sich umarmten, zeichnete die Sonne ihre vereinte Silhouette auf den Pfad. Sie küssten sich, und Machados Koffer fiel zu Boden. Zu Teresas Füßen lag das Gemälde von Velázquez, das Carlos in einer Vollmondnacht aus allen anderen ausgesondert hatte, während sie als Soldat verkleidet versteckt in seinem Fahrzeug mitreiste, damals, als sie noch Teresa hieß, als sie noch gegeneinander kämpften und noch nicht zur Einsicht gekommen waren.

Was ihnen an diesem Tag der Rückkehr noch blieb, waren der Weg, der Staub und die Angst.

SCHLUSS

Prado, Madrid.
7. Februar 2001, kurz vor acht Uhr abends.

Die alte Frau betrat am frühen Nachmittag einen der Ausstellungsräume und setzte sich auf die schmale Bank vor ein kleines Ölgemälde von Velázquez, das sie intensiv und beinahe regungslos betrachtete. Einige Stunden später, kurz vor acht Uhr, näherte sich ihr eine Museumsangestellte, um ihr mitzuteilen, dass jetzt geschlossen werde. Sie traf sie mit offenen Augen an, den Stock in den Händen, den Kopf leicht zur Seite geneigt und tot.

Die Angestellte gab an, dass sie um fünf Uhr mit dieser Frau noch ein paar Worte gewechselt habe. Sie erinnerte sich, wie sie ihr unter anderem gesagt hatte, dass sie in den Prado gekommen sei, um noch einmal dieses Gemälde zu sehen, bevor sie sterbe.

»Und was geschah dann?«, fragte sie der Leiter des Sicherheitsdienstes.

»Ich habe sie gefragt, was sie denn an diesem Gemälde fände, dass sie es so lange betrachtete. Sie antwortete mir, dieses Bild sei eine Fälschung und das Original hänge bei ihr zu Hause.«

Der Leiter des Sicherheitsdienstes und die Angestellte lächelten.

»Sie hat Ihnen also gesagt, dieser Velázquez sei eine Fälschung und sie hätte das Original?«

»Was sie mir sagte, schien mir so merkwürdig, dass ich mich noch ein Weilchen mit ihr unterhalten habe. Darauf erzählte sie mir, dass der echte *Garten der Villa Medici* seit 1939 ihr und ihrem Mann gehöre. Aber er sei im vergangenen Jahr gestorben, und sie habe kein Gemälde mehr haben wollen, das sie nicht mehr miteinander betrachten könnten.«

»Hat sie Ihnen gesagt, wie sie heißt?«

»Ja. Ich habe nach ihrem Namen gefragt, und sie hat mir geantwortet: Mein liebes Fräulein, wie sollte ich denn heißen? Alicia natürlich.«

NACHWORT

In diesem Roman tauchen einige historische Persönlichkeiten auf, die direkt an der Evakuierung der Werke des Prado im Februar 1939 beteiligt waren. An diesem denkwürdigen Unternehmen nahmen aber in Wirklichkeit viel mehr Leute teil, und alle trugen zur Rettung des Kunstschatzes bei. Einer dieser Menschen, derjenige, der sich am energischsten dieser gewaltigen Aufgabe widmete und als Erster die Initiative zur Evakuierung ergriff, war Josep Maria Sert (1876–1945). Dennoch ist sein Name auf diesen Seiten nicht zu finden. Der Hauptgrund dafür ist, dass ich einen Roman geschrieben habe und keine historische Abhandlung. Im Entwurf und in der Strukturierung dieses Werkes hat Sert als literarische Figur keinen Platz gefunden, obwohl er in keinem wissenschaftlichen Werk über die Prado-Rettung fehlen dürfte. Da ich keine historisch getreue Abhandlung schreiben wollte, habe ich mir auch die Freiheit herausgenommen, Daten, Umstände und Figuren nach rein literarischen Kriterien aufzunehmen oder wegzulassen und weniger der strikten Wahrheit der historischen Fakten als vielmehr der eigenen internen Logik des Romans zu folgen. So gab es zum Beispiel drei Treffen des Internationalen Komitees mit der Republikanischen Regierung und nicht zwei, wie im Buch beschrieben. Außerdem waren die Gemälde, solange sie sich in Katalonien befanden, an drei verschiedenen Lagerstätten untergebracht und nicht nur im Kastell von Figueres, wo sich nicht einmal der Hauptteil dieser Schätze befand. Die Gemälde von Velázquez waren in Wahrheit nie in diesem Kastell, sondern in einem Lager ganz in der Nähe, nämlich im Kastell von Peralada. Die Entschlüsse, die ich hier dem Staatsminister Julio Álvarez del Vayo (1891–1974) zuschreibe, waren nie ausschließlich seine. Und selbstverständlich wurden nie Fahrzeuge gewaltsam requiriert. Auch der Genfer David-Weill (1871–1952) taucht in diesem Roman nicht auf, obwohl er der Präsident des Internationalen Komitees für die Rettung des Kunstschatzes war. Wenn man ein Geschichtswerk schreibt, sollte man sich strikt an die Fakten halten. Anderseits, denke ich, müssen die historischen Gegebenheiten nicht stur bis aufs Letzte beachtet werden, wenn man einen Roman schreibt und ein literarisches Werk anstrebt. Dessen ungeachtet habe ich über die Evakuierung des Prado außer der mündlichen Überlieferung und vereinzelten Artikeln sehr wenige schriftliche Quellen gefunden. Die Doktorarbeit von Arturo Colorado Castellary: *El Museo del Prado y la Guerra Civil. Figueres-Ginebra, 1939* (Madrid: Museo Nacional del Prado, 1991, 84-87317-08-1, 346 S.) ist dabei zweifellos die ausführlichste zur Verfügung stehende Forschungsarbeit.

* * *

Für interessierte Leser möchte ich zusätzlich erwähnen, dass die Gemäldeausstellung in Genf bis zum 31. August 1939 bewilligt worden war. Obwohl es viele Empfehlungen, Vorschläge und Gesuche gab, sie über dieses Datum hinaus auszudehnen, verweigerte Francos Regierung systematisch eine Verlängerung über den 31. August hinaus. Noch in derselben Nacht, im Morgengrauen des 1. September, fiel das deutsche Heer über die schlesische Grenze in Polen ein – der Zweite Weltkrieg hatte begonnen. Überstürzt wurden die Prado-Gemälde einmal mehr eingepackt und auf einen Sonderzug verladen, der, um den Bombardierungen zu entgehen, mit ausgeschalteten Lichtern und ohne Zwischenhalt durch Frankreich, das sich bereits im Krieg befand, Richtung Spanien rollte. Am 9. September kamen die Kunstwerke im Bahnhof Príncipe Pío in Madrid an. Ob sich unter diesen Werken der echte *Garten der Villa Medici* befand oder nicht, überlasse ich selbstverständlich der persönlichen Erwägung jeder Leserin und jeden Lesers.

Die schönste Liebesgeschichte seit
»Die unerträgliche Leichtigkeit des Seins«

Mirjam Wilhelm
DIE LIEBENDEN DES LICHTS
BLT
ca. 537 Seiten
ISBN-10: 3-404-92222-0
ISBN-13: 978-3-404-92222-2

Der Zufall führt sie zusammen. Der Krieg reißt sie auseinander. Als die wohlbehütete Fabrikantentochter Gerta in eine Arbeiterdemonstration in Leipzig gerät und unversehens von einem Unbekannten geküsst wird, ahnt sie noch nicht, dass dieser Mann die große Liebe ihres Lebens werden wird und später als der berühmte Fotograf Robert Capa in die Geschichte eingeht. Im Paris der dreißiger Jahre treffen die beiden erneut aufeinander. Ihr Anspruch ist die Wahrheit. Ihre Leidenschaft die Fotografie. Sie gründen die berühmteste Bildagentur der Welt: MAGNUM. Und leben eine Liebe, die über den Tod hinaus geht.

BLT

»Lebendiges Lokalkolorit und atmosphärische Dichte mit einer fesselnden Kriminalhandlung«

SALZBURGER NACHRICHTEN

Francisco José Viegas
DER LETZTE FADO
BLT
352 Seiten
ISBN-10: 3-404-92219-0
ISBN-13: 978-3-404-92219-2

Es ist die Leiche des erfolgreichen Werbefachmanns João Alves Lopes, die in einem an einsamer Stelle geparkten Wagen in der Nähe von Porto gefunden wird. Waren es politische Gründe, aus denen der ehemalige Kommunist und Sohn eines Ministers sterben musste? Was sonst kann ihn kurz vor seinem Tod nach Mittelamerika geführt haben? Inspektor Jaime Ramos reist nach Kuba und Mexiko, um diese – wohl nahe liegendste – Spur zu verfolgen. Als sein Freund Filipe Castanheira sich unterdessen in Porto mit dem Fall befasst, fällt ihm das Foto der Frau in die Hände, mit der der Tote die letzten Stunden seines Lebens verbrachte. Sie ist spurlos verschwunden

BLT

»Temporeicher Krimi mit Witz und Verstand über die Schattenseiten im Leben der Reichen und Schönen.«

FÜR SIE

Alicia Giménez-Bartlett
PIRANHAS IM PARADIES
Ein Petra-Delicado-Roman
BLT
352 Seiten
ISBN-10: 3-404-92205-0
ISBN-13: 978-3-404-92205-5

Als hätte Inspectora Petra Delicado mit einer Familienfehde unter Zigeunern und der Sicherheitsüberwachung des Papstbesuches in Barcelona nicht schon genug zu tun, wird in der eleganten Vorort-Siedlung El Paradís der erfolgreiche Anwalt Juan Luís Espinet getötet. Leblos treibt seine Leiche im eigenen Swimmingpool. Ein untadeliger Ehemann, eine intakte Familie, ein treuer Freundeskreis – ein hinterhältiger Mord. Die Tat scheint so gar nicht in die heile Welt zu passen, doch Petra und Fermín finden schnell heraus, dass auch im Paradies die Dinge längst nicht so sind, wie sie scheinen.

BLT